LES FOUS DE BENGHAZI

ABONNEMENT / RÉABONNEMENT 2011
Je souhaite m'abonner aux collections suivantes
Merci de nous préciser à partir de quel numéro vous vous abonnez

☐ **BLADE**
6 titres par an - 46,00 € port inclus

☐ **BRIGADE MONDAINE**
12 titres par an - 76,00 € port inclus

☐ **L'EXÉCUTEUR**
12 titres par an - 76,00 € port inclus

☐ **POLICE DES MŒURS**
12 titres par an - 76,00 € port inclus

☐ **FRISSONS**
6 titres par an - 52,00 € port inclus

Paiement par chèque à l'ordre de :
GECEP
15, chemin des Courtilles - 92600 Asnières

☐ **S.A.S.**
4 titres par an - 36,40 € port inclus

Paiement par chèque à l'ordre de :
ÉDITIONS GÉRARD DE VILLIERS
14, rue Léonce Reynaud - 75116 Paris

frais de port et remise 5 % inclus dans ces tarifs
port Europe (par vol = 3,50 €)

Nom : .... Prénom : ....

Adresse : ....

....

Code postal : .... Ville : ....

SAS : Je souhaite recevoir

- les volumes cochés ci-dessous au prix de 7,50 € l'unité, soit :
N° ....
.... livres à 7,50 € = ...€

+ frais de port = ...€
(1 vol. : 1,70 €, 1 à 3 vol. : 3,50 €, 4 vol. et plus : 5,00 €)

TOTAL .... (ajouter à TOTAL abonnements) .... = ...€

DU MÊME AUTEUR

(* titres épuisés)

GÉRARD DE VILLIERS

LES FOUS DE BENGHAZI

Éditions Gérard de Villiers

Photographe : Christophe MOURTHÉ
Maquillage et coiffure : Andréa AQUILLINO
Modèle : Sayuri GEISH
Armes : Eurosurplus
2, bd Voltaire 75011 Paris
www.eurosurplus.com

Le Code de la propriété intellectuelle n'autorisant, aux termes de l'article L. 122-5, 2° et 3°
a), d'une part, que les « copies ou reproductions strictement réservées à l'usage privé du
copiste et non destinées à une utilisation collective », et, d'autre part, que les analyses et les
courtes citations dans un but d'exemple et d'illustration, « toute représentation ou reproduction intégrale ou partielle faite sans le consentement de l'auteur ou de ses ayants droit ou
ayants cause est illicite » (art. L. 122-4).
Cette représentation ou reproduction, par quelque procédé que ce soit, constituerait donc
une contrefaçon santionnée par les articles L. 335-2 et suivants du Code de la propriété
intellectuelle.

© Éditions Gérard de Villiers, 2012

ISBN 978-2-360-530-465

CHAPITRE PREMIER

Ibrahim Al Senoussi émergea de sa douche, nu comme un ver, et s'arrêta net devant l'entrée de sa chambre. Cyntia Mulligan était assise au bord de son grand lit, en train de téléphoner sur son portable. Ce qui, en soi, n'avait rien de sexy. Par contre, il pouvait apercevoir par l'entrebâillement de la veste de son tailleur Chanel – son cadeau d'anniversaire à la jeune femme – les pointes de ses seins percer le satin du chemisier grège.

Les jambes croisées découvraient leur galbe, du haut des cuisses à des bottes fauves à très hauts talons. Volontairement, elle avait fait raccourcir la jupe de ce tailleur, en principe très sage.

Le prince libyen, petit-fils du roi Idris, renversé par Khadafi en 1967, sentit le sang se ruer, d'abord dans son ventre, et ensuite dans son sexe. Qui se mit à gonfler comme une montgolfière.

Il avait poursuivi Cyntia Mulligan pendant plusieurs mois avant d'arriver à la mettre dans son lit. Lorsqu'il avait croisé cette magnifique blonde à la trentaine épanouie dans un vernissage, il avait tout de suite senti sa tête tourner. Ce jour-là, elle portait une robe Dior en mousseline bleue ajustée et presque transparente. Mettant en valeur un corps élancé aux jambes interminables.

En plus, elle ne semblait pas trop farouche : lorsqu'il l'avait abordée avec un sourire dégoulinant de lubricité, la jeune femme avait volontiers engagé la conversation. Et il n'avait pas eu de mal à la convaincre de dîner avec lui chez Annabel's. Un des rares endroits de Londres où on servait encore du *bon* caviar. Après avoir prétendu qu'elle ne buvait pas, elle avait avoué qu'elle aimait bien le champagne… Entre deux flûtes, ils avaient dansé sur la petite piste.

Lui, l'aurait volontiers écrasée contre lui, afin de lui faire sentir son érection triomphante, mais Cyntia Mulligan s'était tenue modestement à distance. Pourtant, le regard de ses yeux en amande n'avait rien d'effarouché. Ibrahim Al Senoussi avait rongé son frein, se disant qu'elle n'aimait peut-être pas les effusions en public.

Puis, le couperet était tombé à minuit.

Avec un sourire désolé, Cyntia Mulligan avait laissé tomber :

– Je dois rentrer. Demain, je me lève à sept heures.

Ibrahim Senoussi avait eu l'impression de recevoir une banquise sur la tête. Il avait balbutié, timidement :

– Mais, pourquoi ?

– Je travaille, avait simplement précisé la jeune femme, j'ai un *shooting* à huit heures trente, pour Vogue.

Cyntia Mulligan était cover-girl et gagnait honnêtement sa vie. Ce qui amenait certaines contraintes et beaucoup de voyages.

Marri, Ibrahim Al Senoussi n'avait pu que la raccompagner à son studio de Mulberry Walk, dans Chelsea. La quittant sur un baiser presque chaste, qui lui avait quand même permis de goûter ses lèvres, tout en effleurant d'une main fiévreuse un sein épanoui.

Hélas, après cette demi-exquise soirée, Ibrahim Al Senoussi n'avait pas revu Cyntia Mulligan avant deux mois ! Elle déclinait méthodiquement ses invitations, pour des raisons professionnelles, disait-elle.

Il l'avait invitée au Bal de la Rose, à Monte-Carlo, à Marbella, pour un week-end de rêve sur le bateau d'un ami, prêt à aller la récupérer en hélicoptère à l'aéroport de Malaga pour la ramener directement sur son yacht de 70 mètres ancré à Puerto Banius. À Venise, pour une visite privée du musée de François Pinault. Et à Paris, au Four Seasons, dans une suite insolente de luxe.

Cyntia Mulligan déclinait toujours pour la même raison : son travail.

Et puis, un jour où ils prenaient un verre ensemble au Dorchester, elle avait mentionné son anniversaire arrivant à la fin de la semaine. Ibrahim Al Senoussi avait sauté sur cette occasion de l'inviter, maniant tour à tour la menace et la supplication.

Miracle, la cover-girl avait cédé. Pour un dîner, de nouveau, chez Annabel's.

Dans la journée, le Libyen lui avait fait livrer un tailleur Chanel de 3 000 livres [1]. Quand on aime, on ne compte pas… Lorsqu'il était venu chercher Cyntia, à Chelsea, il avait eu une petite déception : elle ne portait

---

1. Environ 3 500 euros.

pas le tailleur, mais la robe de leur première rencontre, avec des bas noirs, ce qui avait envoyé le pouls du Libyen dans le cosmos.

Le dîner s'était déroulé sans anicroche jusqu'au moment où le cœur battant, Ibrahim Al Senoussi avait annoncé :

– Je t'ai préparé du champagne et un gâteau d'anniversaire chez moi.

Il s'attendait à une rebuffade mais Cyntia avait simplement souri et laissé tomber :

– C'est une bonne idée.

Lorsque la Bentley d'Ibrahim Al Senoussi s'était arrêtée devant le 7 Belgravia Mews, le Libyen était au bord de l'infarctus. Il avançait sur des œufs. À peine dans l'appartement, Cyntia Mulligan avait demandé un verre d'eau. Il avait couru dans la cuisine le chercher. Lorsqu'il était revenu, la jeune femme avait allumé les trois bougies disposées sur la table.

Ibrahim, lui, s'était rué sur la bouteille de Cristal Roederer et en avait fait sauter le bouchon.

Ils avaient trinqué.

À peine sa flûte vidée, Ibrahim Al Senoussi s'était rapproché de la jeune femme pour murmurer :

– *Happy Birthday, darling*.

Leurs lèvres s'étaient rencontrées, tandis qu'il passait un bras robuste autour de la taille de Cyntia.

Ensuite, cela avait basculé dans le brutal.

Ibrahim Al Senoussi avait écrasé sa bouche contre celle de la jeune femme avec une violence à lui déchausser les dents. Lui enfonçant jusqu'au gosier une langue raide comme un dard qui semblait prise de la danse de Saint-Guy.

La jeune femme, d'abord inerte, lui avait ensuite rendu son baiser, reculant de façon à emmêler leurs langues à l'air libre, ce qu'elle semblait trouver beaucoup plus excitant.

Le Libyen s'était prêté volontiers à ce caprice d'enfant, saisi d'une frénésie qui semblait lui donner autant de bras que la déesse indienne Shiva. Ses mains couraient partout sur le corps de sa conquête, caressant, malaxant, explorant, comme un collégien en rut.

Lorsque ses doigts avaient effleuré le tissu soyeux d'un slip de dentelle, il avait poussé un grognement de grizzli affamé, tirant sur la dentelle avec une telle violence qu'elle s'était déchirée.

Cyntia Mulligan, appuyée à la table, supposée abriter son dîner d'anniversaire, les vêtements en désordre, semblait prendre du bon côté cette tornade sexuelle.

Encouragé par cette acceptation muette, le Libyen s'était libéré, extrayant de son pantalon un sexe à la longueur exceptionnelle qui lui arrivait un peu au-dessus du nombril. À peine recourbé et doté d'un très beau gland rose qui tranchait sur sa peau très mate, proche de celle d'un Africain.

D'un geste plein d'élégance qui montrait sa bonne éducation, Cyntia avait refermé sa main autour.

Les traits crispés, Ibrahim Al Senoussi ne se maîtrisait plus. Ils n'avaient pas atteint la chambre, le Libyen basculant Cyntia Mulligan sur un canapé de velours noir. Agenouillé devant elle sur la moquette, il l'avait embrochée d'un seul coup, comme on plante un couteau dans le ventre d'un ennemi.

– *Take care, darling, you're very big* ! avait seulement remarqué, d'une voix calme, Cynthia Mulligan, les jambes relevées sur les épaules de son nouvel amant.

Elle aurait pu crier « au feu », cela ne l'aurait pas arrêté. En dépit du conseil de la jeune femme, Ibrahim Al Senoussi la martelait à lui faire sauter l'utérus.

Il avait explosé enfin avec un hurlement sauvage et s'était effondré comme un coureur de marathon franchissant la ligne d'arrivée.

Cyntia Mulligan avait caressé doucement sa chevelure crépue et remarqué gentiment :

– Tu avais très envie de moi…

Ibrahim Al Senoussi avait levé un regard éteint et laissé tomber :

– Cela fait des mois que j'ai envie de toi !

Il était encore fiché en elle et Cyntia avait bougé légèrement, gênée par le pic de chair planté dans son ventre.

– Tu ne vas pas t'en aller ! s'exclama Ibrahim Al Senoussi, affolé.

Cyntia lui avait adressé un sourire espiègle plein d'innocence.

– Tu m'as déchiré ma culotte. Je ne peux pas rentrer chez moi sans culotte…

***

Ce soir-là, Ibrahim Al Senoussi avait découvert que Cyntia Mulligan pratiquait admirablement tous les jeux érotiques, bien qu'avec un certain détachement. Il ignorait s'il l'avait fait jouir mais n'en avait cure.

Dans la culture arabe, le plaisir de la femme n'est pas une chose essentielle…

Cependant, il était secrètement vexé, car sa nouvelle maîtresse ne lui avait fait aucun compliment sur la longueur exceptionnelle de son sexe, timide ou blasée...

Bien qu'elle s'en soit parfaitement accommodée.

Leur liaison avait *vraiment* commencé ce jour-là. Certes, Cyntia Mulligan n'avait pas accepté de partager son appartement, mais ils se voyaient souvent, partaient en voyage pour des week-ends.

Depuis ce moment, Ibrahim Al Senoussi nageait dans le bonheur.

Pourtant, deux jours plus tôt, il avait tourné sept fois sa langue dans sa bouche avant de lui proposer de l'accompagner au Caire.

– Au Caire ?

Cyntia Mulligan avait ouvert de grands yeux. Il avait alors plongé, dévoilant à la jeune cover-girl un pan secret de son existence.

– Il faut que je te confie un secret, lui avait avoué Ibrahim Al Senoussi. Je suis le petit-fils du roi Idriss de Libye, renversé en 1967 par Khadafi.

La réponse de Cyntia avait été neutre.

– Ah bon ! avait-elle répliqué, guère intéressée par les soubresauts du monde arabe.

Le Libyen avait alors enfoncé le clou.

– Des gens voudraient me mettre à la tête de la Libye nouvelle, débarrassée de Khadafi, avait-il dit avec un peu d'emphase.

Ce qui n'avait pas impressionné la jeune femme.

– Quelles gens ? avait-elle demandé avec une curiosité polie.

– Je ne peux pas te le dire encore.

– Et pourquoi dois-tu aller au Caire ?

– Pour rencontrer là-bas des Libyens ralliés au nouveau gouvernement. Discuter de l'avenir.

– Tu vas rester longtemps ?

– Une dizaine de jours…

– Tu me retrouveras à ton retour, avait tranché Cyntia Mulligan. Je n'ai pas trop envie d'aller en Égypte…

Ibrahim Al Senoussi s'était alors roulé par terre, prêt à donner n'importe quoi pour que Cyntia l'accompagne, évoquant pêle-mêle, les Pyramides, les Pharaons, la température idéale et le charme de cette immense métropole.

En réalité, il avait surtout envie de profiter du corps magnifique de Cyntia jusqu'à plus soif.

Deux jours, d'innombrables coups de téléphone et une montre Bulgari, avaient été nécessaires pour convaincre Cyntia Mulligan de l'accompagner. Et maintenant, elle venait de débarquer chez lui avec un élégant sac de voyage Vuitton. Le temps épouvantable de Londres n'avait peut-être pas été pour rien dans sa décision.

– Tu ne t'habilles pas ? dit-elle d'une voix égale, ayant terminé sa conversation téléphonique.

Ibrahim était toujours planté devant elle, nu comme un ver, précédé d'une érection qui se développait à la vitesse de la lumière.

– Tu es très belle ! murmura-t-il d'une voix étranglée.

Cyntia Mulligan décroisa les jambes d'un geste

naturel, lui laissant apercevoir brièvement le trait blanc d'une culotte. Sûrement sans penser à mal.

Ce fut pourtant la goutte d'eau qui fit déborder le vase. Le regard fixe, Ibrahim Al Senoussi saisit le poignet de Cyntia et la força à se lever. Ils se touchaient presque. Il glissa la main sous la jupe Chanel et atteignit facilement le ventre de la jeune femme, refermant les doigts sur le nylon de la culotte.

– *One for the road[1]* ! lâcha-t-il d'une voix rauque.

Cyntia Mulligan comprit que, dans son état, il était prêt à la violer et referma docilement sa main sur le sexe tendu.

Ibrahim Al Senoussi était déjà en train de la débarrasser de son triangle de nylon quand l'interphone se mit à sonner. Un désagréable klaxon de sous-marin en train de couler.

Le Libyen poussa un grognement furieux et fonça vers l'entrée. La voix policée du concierge de l'immeuble annonça :

– Un gentleman vous attend pour vous conduire à l'aéroport, sir. Il dit qu'il n'y a pas une minute à perdre, la circulation est très mauvaise vers Heathrow. Je vous le passe.

Une voix tout aussi calme mais beaucoup plus ferme enchaîna.

– Ibrahim, vous devez être en bas dans cinq minutes, sinon nous ratons l'avion.

Le Libyen ouvrit la bouche pour protester – il était peut-être le futur roi de Libye – puis céda.

1. Un dernier pour la route !

Scott Ridley, l'agent du M.I.6[1] qui le « traitait » lui inspirait une sorte de crainte respectueuse. Toujours tiré à quatre épingles, la voix égale, le regard froid, il était lisse comme un galet.

– OK, j'arrive, promit-il, je sors de ma douche.

***

Il était 17 heures et les derniers passagers du vol 132 de la British Airways à destination du Caire finissaient d'embarquer. Le vieux Boeing 777, un des premiers touchés par la British Airways, était plein, sauf la première classe où Cyntia Mulligan et Ibrahim Al Senoussi se retrouvèrent seuls.

On fermait déjà les portes, le décollage étant prévu à 17 h 15.

Une fois installée, Cyntia Mulligan demanda, intriguée.

– Qui sont les gens qui nous ont accompagnés ? Comment ont-ils pu nous faire passer l'Immigration et la Douane devant tout le monde ?

– Ce sont des policiers, se rengorgea le Libyen. Ils sont chargés de ma protection, car, avec les événements de Libye, je suis devenu quelqu'un d'important.

Il ne pouvait pas lui avouer que Scott Ridley était son officier traitant du M.I.6 et que c'est lui qui lui avait suggéré un nouvel avenir.

Le « 777 » s'arracha de la passerelle et gagna le taxiway. Quelques instants plus tard, ils décollaient.

– Notre prochaine escale sera Le Caire où nous

1. Service de Renseignement Extérieur Britannique.

arriverons à 22 h 55, annonça l'hôtesse. Un repas vous sera servi après le décollage.

Déjà, il faisait presque nuit.

Ibrahim Al Senoussi déploya une couverture sur ses genoux, prit la main de Cyntia Mulligan, la posa sur son bas-ventre, et souffla à l'oreille de la jeune femme.

– Je n'ai pas faim. Tu vas t'occuper de moi. Je suis resté sur ma faim.

Cyntia serra ses doigts sur la masse du sexe, à travers le pantalon et sourit.

– Tu es insatiable !

L'idée de faire l'amour en avion ne lui déplaisait pas. La première fois qu'elle avait joui, c'était en se caressant toute seule, en regardant une scène très érotique du film « Emmanuelle » qui se passait justement dans un avion.

Espièglement, elle commença à masser le membre de son amant, à l'abri de la couverture, le sentant prendre de plus en plus de consistance. Les yeux fermés, la tête appuyée au dossier, Ibrahim Al Senoussi était aux anges. Il ne rouvrit les yeux que lorsque l'hôtesse voulut déplier sa tablette.

– Nous n'avons pas faim ! dit-il.

L'hôtesse n'insista pas et alla se caler dans son siège, après avoir baissé les lumières. Le Boeing 777 avait atteint son altitude de croisière et filait paisiblement à 36 000 pieds. À part le grondement des réacteurs, le silence était absolu.

Écartant la main de Cyntia, Ibrahim Al Senoussi descendit son zip, libérant un sexe qui se détendit comme un ressort. Après un bref coup d'œil à l'hô-

tesse qui semblait sommeiller, Cyntia écarta la couverture et sa tête plongea sur le sexe dressé à la verticale
en enfouissant dans sa bouche un bon tiers.

Réellement excitée, elle se mit à accompagner sa
fellation d'une masturbation énergique, tandis que sa
langue dansait un ballet infernal sur le sexe tendu.
Ibrahim Al Senoussi ne respirait plus que par à-coups.
Il savait déjà que Cyntia maîtrisait la fellation admirablement mais, chaque fois, c'était un nouvel éblouissement.

Il s'arcbouta sur son siège, retenant un grognement
étouffé. Cyntia venait de venir à bout de lui, avec une
maestria digne d'éloges.

Alertée par le bruit, l'hôtesse ouvrit les yeux juste
au moment où la jeune femme redressait la tête. Fugi-
tivement, elle aperçut le long sexe dressé, ce qui
déclencha des picotements dans son bas-ventre.

Apaisé, Ibrahim Al Senoussi baisa la main de
Cyntia et dit à voix basse :
– Ça va être formidable au Caire.

***

Le fourgon gris suivait l'avenue El Arouba qui
contournait l'aéroport du Caire au sud, se jetant ensuite dans le *ring road*[1] encerclant toute la ville.

Un grillage de quatre mètres de haut ponctué de
miradors séparait les pistes des routes périphériques,
doublé par un chemin de ronde renforcé de guérites en
béton occupées par des soldats armés de kalachs,

1. Périphérique.

souvent sommeillants. L'Égypte n'était pas en guerre, mais pas tout à fait en paix. De toutes façons, il était interdit de s'arrêter sur les routes encerclant l'aéroport. Le fourgon gris arriva à l'extrémité de l'avenue El Arouba. Celle-ci se scindait en deux parties. La voie de gauche montait vers l'*Airport Bridge*, partant ensuite vers le centre-ville, distant de plusieurs kilomètres.

L'autre voie continuait le long du grillage clôturant l'aéroport.

Le véhicule parcourut encore une centaine de mètres, puis ralentit et s'arrêta. Juste au moment où un Boeing 737 passait au-dessus de lui, en phase finale d'atterrissage. L'extrémité d'une des pistes se trouvait à peine à trois cents mètres du grillage et c'était celle qui était la plus utilisée.

À peine le fourgon arrêté, son conducteur sauta à terre et ouvrit le capot comme s'il était en panne. Il remonta ensuite dans sa cabine et composa un numéro sur son téléphone portable.

Il était 22 h 45 et la circulation était presque nulle à cette heure, sur cette voie. Personne pour prêter attention au véhicule arrêté. Au Caire, ce n'étaient pas les voitures en panne qui manquaient...

Un silence de mort régnait à l'intérieur du fourgon. Deux hommes en tenue européenne, chemise et jean, étaient assis, face à face, de part et d'autre d'une sorte d'escabeau permettant d'atteindre une trappe dans le toit.

De temps en temps, ils regardaient leur montre. Les minutes s'égrenaient lentement. À 10 h 50, un des hommes se pencha vers la cabine et demanda en arabe au chauffeur.

– Tu ne vois rien ?

– Non, assura le conducteur, qui ne quittait pas des yeux la zone où se présentaient les avions en phase d'atterrissage. La nuit, ils étaient facilement repérables grâce à leurs puissants phares d'atterrissage.

Évidemment, cela ne suffisait pas à les identifier, mais lorsqu'ils passaient à une trentaine de mètres au-dessus du chemin de ronde, il était facile de voir sur leur flanc à quelle compagnie ils appartenaient.

Depuis que le fourgon était là, trois avions avaient atterri : deux égyptiens et un saoudien.

Le silence retomba.

Abdul Gabal Al Afghani, le plus âgé, ne quittait plus sa montre des yeux, l'estomac noué.

Il était 23 h 55 pile.

Dans la cabine, le conducteur surveillait à la fois son rétroviseur et le ciel sur sa gauche. Parfois, des voitures de police patrouillaient autour de l'aéroport. Si l'une d'elles passait par là, elle ne manquerait pas de s'intéresser à ce véhicule immobilisé à un endroit où le stationnement était interdit.

Dix minutes s'écoulèrent encore dans un silence de plomb. Le conducteur se retourna et lâcha :

– Dans cinq minutes, on s'en va !

Deux minutes s'écoulèrent. Les trois hommes priaient Dieu de toutes leurs forces.

Soudain, un jappement jaillit de la cabine.

– *Inch Allah*, je crois que c'est lui !

Il venait d'apercevoir les feux d'atterrissage d'un gros porteur en approche qui allait passer au-dessus d'eux, avant de se poser.

D'un bond, Abdul Gabal Al Afghani escalada l'escabeau et débloqua la trappe, la rabattant, puis se glissa sur le toit du fourgon.

À son tour, il aperçut les phares blancs dans le ciel, sur sa gauche. Encore une ou deux minutes avant que l'avion ne passe au-dessus d'eux. Fiévreusement, le second occupant du fourgon, Mohammed Al Waili, lui tendit un long tube qu'Abdul Gabal Al Afghani posa d'abord sur le toit.

Ensuite, il se baissa et cala l'engin sur son épaule droite, un SAM 16 Strella de fabrication russe, un missile sol-air à guidage infra-rouge guidé par une plateforme gyroscopique, avec une charge explosive de 1 kg 8 et une vitesse de 400 m/seconde [1]. Une arme redoutable qui, grâce à son poids – 10 kgs – pouvait être maniée par un seul homme.

Abdul Gabal Al Afghani se tourna vers sa gauche, debout sur le toit du fourgon. Les feux d'atterrissage de l'avion en approche étaient tout près. D'après l'horaire, ce devait être le vol 132 de la British Airways.

Même au ralenti, le grondement de ses deux réacteurs devenait assourdissant.

Il ne restait que quelques secondes pour agir.

Abdul Gabal Al Afghani appuya sur le poussoir met-

1. Environ 14 400 km/h.

tant le système sous tension, ce qui demandait cinq secondes.

La respiration bloquée, il suivit l'appareil des yeux, pivotant sur lui-même au fur et à mesure qu'il se rapprochait. Le gros porteur passa sur sa gauche, à une altitude d'environ 300 pieds et Abdul Gabal Al Afghani eut le temps de distinguer sur la dérive du Boeing 777 les couleurs britanniques.

C'était bien sa cible.

Il continua à tourner sur lui-même et s'immobilisa. Désormais, le Boeing 777 se trouvait devant lui, en descente, prêt à toucher la piste, les deux taches rouges des échappements de ses réacteurs bien visibles.

Dans une trentaine de secondes il aurait touché la piste. Abdul Gabal Al Afghani déclencha le système d'acquisition de l'objectif.

Quelques secondes plus tard, un signal sonore et une lumière rouge clignotante lui apprirent que le système de guidage infra-rouge était verrouillé sur l'objectif.

Il ne restait plus qu'à appuyer sur la détente pour propulser le missile à 400 m/s vers le Boeing 777.

*_**

Le pilote du Boeing 777 qui avait coupé le pilote automatique pour l'atterrissage se concentrait pour contrôler la descente de l'avion, le nez dans ses instruments, lorsqu'il entendit soudain une exclamation angoissée du second pilote.

– *Oh, my God* !

Automatiquement, il leva la tête et aperçut durant une fraction de seconde sur sa droite un homme debout sur le toit d'un fourgon arrêté le long du grillage protégeant l'aéroport, brandissant un long tube braqué sur *son* avion.

Il crut que son cœur allait s'arrêter. C'était l'horreur absolue évoquée dans les consignes de sécurité : l'attaque par un missile sol-air sur un avion civil aussi vulnérable qu'un éléphant devant un tank.

Totalement impuissant, il serra les doigts sur le manche, tétanisé, et lâcha dans le micro :

– *Cairo Control, terrorist attack! Terrorist attack!* BE 132, BE 132.

Tout en sachant que cela ne servait strictement à rien.

**

Abdul Gabal Al Afghani, la respiration bloquée, écrasa la détente du Strella 3. Devant lui, l'énorme masse du Boeing 777 se trouvait encore à une quarantaine de mètres d'altitude. Il y eut un bruit étouffé et le recul faillit le projeter en arrière.

Le missile Strella 3 filait désormais droit vers le Boeing 777, son système de guidage infra-rouge le verrouillant sur la source de chaleur des réacteurs. Ses 1,8 kg d'explosifs suffiraient pour en faire exploser un des deux.

Sans attendre de voir le résultat de son tir, Abdul Gabal Al Afghani se laissa tomber à l'intérieur du fourgon, jetant le lanceur à l'intérieur, et hurla :

– *Allah ou Akbar*[1] !

Le conducteur démarrait déjà, faisant demi-tour pour rattraper l'*Airport Bridge* et le boulevard Ahmed Ismala, la route menant au Caire.

1. Dieu est le plus grand.

CHAPITRE II

La Mercedes s'arrêta pile devant une rangée de plots escamotables au sommet d'une rampe partant du quai Gamal Abdel Nasser, protégeant l'entrée du « Four Seasons » Hotel.

Un vigile escamota les plots et la Mercedes put atteindre l'entrée dominant le Nil. Des colonnes majestueuses, rappelant l'Égypte des Pharaons. Le quartier s'appelait « Garden City ». Il n'y avait pourtant pas la moindre trace de verdure…

Les façades des immeubles bordant le Nil étaient noirâtres, pourries, déformées par les bubons d'innombrables climatiseurs. Le Caire semblait être une des villes les plus laides du monde. Depuis l'aéroport, Malko avait vu défiler des rangées de barres de vingt étages, à perte de vue, de la couleur du désert, avec des centaines d'antennes paraboliques plantées sur leurs toits plats.

Dix-huit millions d'habitants au dernier recensement du Caire ; le quart de toute la population égyptienne ! À part les hôtels construits pour les touristes sur les deux rives du Nil, c'était un magma d'immeubles vieillis avant l'âge, mal entretenus, collés les uns aux autres. Un enchevêtrement d'autoroutes urbaines achevait de rendre l'ensemble particulièrement rébarbatif. Sans même parler d'une circulation démente embouteillant les avenues sur des kilomètres.

Malko avait été bloqué pendant dix minutes par un minibus Volkswagen, rempli de femmes en niqab, en panne au milieu de la chaussée. Au moment où Malko sortait de la Mercedes, le chauffeur, impressionnant avec d'énormes sourcils, une moustache fournie et une mâchoire carrée, annonça respectueusement :

– Sir, je vous attends.

Il avait pris Malko en charge dans le hall de l'aéroport, brandissant une pancarte à son nom. Il lui avait dit s'appeler Nasser et être envoyé par l'ambassade américaine.

Malko pénétra dans le hall majestueux au sol de marbre dont le centre était occupé par un salon de thé surélevé où il n'y avait que des hommes. Un pianiste, en contrebas, égrenait des notes mélancoliques comme dans un hôtel de l'Europe de l'Est.

L'enregistrement se fit en un temps record, avec un employé souriant, particulièrement affable en ces temps de disette de touristes.

Cinq minutes plus tard, Malko se retrouva dans une superbe chambre dominant les eaux marron du Nil où il régnait un froid glacial grâce à la clim. Le temps de prendre une douche et il redescendit, se laissa tomber dans la Mercedes et Nasser démarra aussitôt.

– On va à l'ambassade américaine, annonça-t-il.

L'ambassade américaine se trouvait à deux pas,

après l'importante ambassade de Grande-Bretagne qui occupait cent mètres de façade sur la rive est du Nil. Prestige de l'ancien colonisateur. La Mercedes abandonna le Nil et s'engouffra dans les rues étroites de Saadan City.

Une fois de plus, Malko se retrouva dans un univers nouveau, sans trop savoir pourquoi.

Une ville plate, tentaculaire, sale, pouilleuse, rappelant un peu l'Union Soviétique.

Un coup de fil chaleureux du chef de Station de la CIA à Vienne lui avait demandé s'il ne voyait pas d'inconvénient à se rendre au Caire pour l'Agence.

Sans préciser pourquoi.

Malko pouvait difficilement dire « non ». L'hiver approchait et les factures d'entretien du château de Liezen allaient rapidement s'annoncer. Certes, la CIA le rétribuait généreusement, mais Liezen était un gouffre sans fond, un tonneau des Danaïdes…

Alexandra, sa fiancée de toujours, avait poliment décliné son invitation à l'accompagner en Égypte : la saison des grandes soirées de Haute-Autriche commençait et elle n'avait pas envie de la rater. Seul geste en faveur de Malko : elle avait concocté un dîner particulièrement érotique et lui avait fait ensuite une démonstration éblouissante de ses talents, en guêpière et bas gris fumée, comme pour lui montrer ce qu'il abandonnait… Le lendemain, elle avait même consenti à l'accompagner à l'aéroport de Schwechat pour un ultime flirt sur la route. Ayant pris la précaution élémentaire de ne pas mettre de culotte.

Cinq cents mètres plus loin, Nasser stoppa sur une

petite place et se tourna vers Malko, lui désignant une rue sur la gauche.

– Impossible d'aller plus loin en voiture, *Amerika El Latinya* est barrée. L'ambassade est à cent mètres. Voilà mon téléphone. Appelez-moi quand vous aurez fini. Je vous dirai où je suis.

Déjà, un policier nerveux avait surgi et lui faisait signe de circuler.

Il faut dire que la police cairote était sur les dents. Après les récents incidents du Sinaï où des gardes-frontière israéliens avaient tué cinq policiers égyptiens, la foule qui manifestait pacifiquement place Tahrir s'était déplacée vers l'ambassade d'Israël, qui occupait des bureaux dans les trois derniers étages d'un vieil immeuble de la Shana-el-Tahrir, entre la place Nadar et le pont El Gamar sur la rive ouest du Nil.

Avec un enthousiasme communicatif, des centaines de jeunes avaient donné l'assaut à l'immeuble, pourtant protégé par l'armée égyptienne. Comme le reste du bâtiment était occupé par des locataires égyptiens, ils n'avaient pu y mettre le feu, se contentant de forcer les portes des locaux de l'ambassade. Ne pouvant défenestrer les diplomates israéliens, réfugiés aux 21e et 22e étages, ils s'étaient contentés de jeter leurs archives par la fenêtre.

Retranchés dans les deux derniers étages, les diplomates israéliens avaient appelé au secours et un hélicoptère de la police était venu évacuer l'ambassadeur d'Israël en se posant sur le toit.

Entre-temps, un manifestant avait arraché le drapeau israélien accroché à la façade, le remplaçant par un étendard égyptien.

La contre-attaque de la police avait été violente : quatre morts et 900 blessés...

La cible suivante des manifestants pouvait être l'ambassade des États-Unis.

Le Nil n'était plus un long fleuve tranquille.

La rue *Amerika-el-Latiniya* menant à l'ambassade américaine était entièrement barrée par des groupes de militants islamistes installés sur des tapis étalés sur la chaussée. Tout autour d'eux, des affiches en couleur appelant à la libération du vieux Cheikh aveugle Omar Abdul Rahman, condamné à la prison à vie aux États-Unis pour sa participation au premier attentat contre le World Trade Center, en 1995.

D'autres banderoles représentant le Cheikh enturbanné, avec ses lunettes noires et sa barbe fournie, étaient suspendues au-dessus de la rue...

La permanence de cette manif silencieuse en disait long sur le poids en Égypte des Frères Musulmans.

Malko contourna quelques manifestants pour gagner le second barrage établi devant l'ambassade, tenu, celui-là, par des soldats égyptiens armés et méfiants, retranchés derrière des chicanes et des sacs de sable.

Après un dialogue laborieux, il fallut dix bonnes minutes pour voir apparaître une employée américaine de l'ambassade, badge autour du cou, qui lui fit franchir le *no man's land* jusqu'au bâtiment rose abritant les services diplomatiques.

– *Mister* Tombstone vous attend, annonça la jeune femme dont la silhouette montrait qu'elle avait dû abuser des loukoums.

* * *

— Café turc, café américain, expresso ?

Jerry Tombstone égrena le choix d'une voix lente, un peu empesée, appuyant sur certaines syllabes.

— Expresso, choisit Malko.

C'était bien la première fois qu'il allait déguster un café décent dans une ambassade américaine… Jerry Tombstone déploya sa puissante silhouette et se dirigea vers une machine Nespresso installée au fond du bureau du chef de Station de la CIA en Égypte.

Il se déplaçait un peu comme un rugbyman et en avait la carrure : massif, très grand, il avançait avec un très léger balancement simiesque. Pourtant, sa chemise à très fines rayures rouges et sa cravate rouge indiquaient une certaine sophistication.

Il se rassit avec les deux tasses et fixa sur Malko le regard aigu de ses yeux très bleus.

— *Had a good trip* ?

— Excellent ! assura Malko, examinant l'Américain, qui ressemblait plus à un professeur de Harvard qu'à un opératif de la CIA.

On aurait dit un étudiant prolongé, en dépit de son crâne dégarni de cheveux qui avaient été roux. Son long nez pointu évoquait une tête chercheuse et son regard brillait d'une sorte d'intelligence reptilienne, lente mais affûtée. Il laissa Malko déguster son expresso avant de demander de sa voix lente, un peu emphatique :

— Bien entendu, vous savez pourquoi vous êtes au Caire ?

– Non, vous allez me l'apprendre.

L'Américain eut un hochement de tête approbateur.

– Exellent ! Personne n'a bavé.

Il eut un petit rire sec, se déplia, gagna son bureau et en revint avec un paquet de photos qu'il tendit à Malko.

– Je pense que votre mission dans ce beau pays vous reposera après ce que vous avez vécu à Ciudad Juarez [1], dit-il. Vous verrez, c'est particulièrement agréable.

Il n'y avait pas la moindre trace d'humour dans ses yeux bleus, pourtant, Malko se méfia. Jerry Tombstone émit un long soupir.

– J'espère que vous aimez le soleil ! Moi, ma peau ne le supporte pas et je sors le moins possible. D'ailleurs, il n'y a rien à faire dans cette foutue ville…

Malko était déjà plongé dans l'examen des photos. Toutes représentaient un seul personnage : une splendide blonde à la longue chevelure dans différentes situations : émergeant d'une mini Austin rouge avec une plaque britannique, exhibant sans gêne ses interminables jambes. Puis, dans toutes les tenues possibles : robe du soir, tailleur presque strict, mini, bottes. Les derniers clichés avaient été pris lors d'un défilé de maillots de bains et permettaient d'admirer la presque totalité du corps magnifique de cette inconnue. Sur une des photos, Malko découvrit le regard amusé de ses yeux en amande, accompagné d'une moue gourmande.

Il reposa les photos avec un sourire.

– Cette femme est le rêve impossible de l'homme marié, soupira-t-il. Je suppose qu'elle ne se trouve plus à Londres, sinon, c'est là que je serais.

1. Von SAS nº 190, Ciudad Juarez.

– *Right*, approuva Jerry Tombstone. Elle se trouve à l'hôtel où vous êtes descendu, le « Four Seasons », suite 2704.

– Elle m'attend ? ironisa Malko.

Jerry Tombstone eut un sourire mesuré.

– Pas vraiment, mais je compte sur vous pour vous rapprocher d'elle. Je pense que cela ne sera pas trop difficile.

– Qu'est-ce qui vous fait dire cela ?

– Cyntia Mulligan est une cover-girl assez connue à Londres. Elle habite un élégant studio à Chelsea et ne semble pas avoir de problème d'argent. D'après le « 5 » [1] qui a travaillé sur elle, elle est légèrement bi-sexuelle, un peu dans la proportion du pâté d'alouette et de cheval, un cheval, une alouette. On connaît certaines de ses conquêtes, mais pas toutes.

Malko l'interrompit.

– Qu'est-ce qui vous fait dire que cette blonde est prête à me tomber dans les bras, étant donné son profil ? Il faudrait plutôt lui envoyer une femme.

Jerry Tombstone eut un petit rire sec.

– Mon cher, nous n'avons pas cela à l'Agence. Nos lois anti-discriminatoires nous interdisent de « cibler » les lesbiennes et assimilées. Cependant, Ted Boteler, le directeur de la Division des Opérations, qui vous connaît bien, m'a assuré que vous étiez de taille à séduire n'importe quelle jolie femme.

Les yeux bleus de l'Américain étaient vrillés dans ceux de Malko avec une intensité nouvelle : le chef de Station de la CIA ne plaisantait pas.

1. MI5 : Service Intérieur britannique.

– Les choses sont parfois plus compliquées, objecta Malko, mais je suis prêt à déployer tout mon charme, si c'est pour la bonne cause.

– Excellent ! approuva l'Américain.

– À propos, que fait cette ravissante créature au Caire ? interrogea Malko.

– Elle s'y trouve avec son amant, répondit placidement Jerry Tombstone.

De nouveau, il se leva et ramena de son bureau un autre paquet de photos.

Celles-ci étaient nettement moins glamour : elles montraient un homme à la peau très foncée, presque noire, bien habillé, les cheveux courts et frisés, un visage à la Obama. Pas tout à fait Noir, pas tout à fait Blanc.

– Voilà son amant actuel, commenta l'Américain, le prince Ibrahim Al Senoussi, businessman à Londres, Libyen d'origine. Fortuné, il habite à Londres le quartier de Belgravia et il est fou amoureux de Cyntia Mulligan.

Malko leva la tête.

– Cela va *vraiment* faciliter les choses…

Jerry Tombstone balaya le prince Al Senoussi d'un geste désinvolte de sa main couverte de taches de rousseur.

– Je pense que peu de vos conquêtes étaient en jachère, laissa tomber l'Américain. De toutes façons, il ne s'agit pas d'un jeu. *You must deliver*[1] !

Toute sa légèreté apparente avait disparu.

– Je suppose que vous souhaitez que mon entre-

---

1. Vous devez réussir.

prise de séduction ne représente pas l'intégralité de ma mission, persifla Malko.

Jerry Tombstone ne broncha pas.

– *Right* ! La séduction n'est que la première partie de votre mission, la plus facile. Et la plus agréable… Nous devons absolument apprendre un certain nombre de choses et ce n'est qu'en gagnant la confiance de Cyntia Mulligan que nous avons une chance d'y parvenir.

– Les femmes ne parlent pas toujours, objecta Malko. Elles protègent l'homme qu'elles aiment.

– Je ne suis pas certain que Cyntia Mulligan aime Ibrahim Al Senoussi, trancha sèchement Jerry Tombstone.

– Elle est pourtant avec lui au Caire et je suppose qu'ils dorment dans le même lit.

L'Américain eut un sourire ironique.

– *Lui*, est fou amoureux d'elle, et, disons qu'elle se laisse apprivoiser.

– Pourquoi est-elle donc au Caire si elle n'a aucun sentiment pour lui ?

Gros soupir. Jerry Tombstone passa la main sur son crâne dégarni et reconnut :

– Je ne m'y connais pas beaucoup en femmes, mais elles obéissent souvent à des motivations complexes. D'après ce que nous savons, Ibrahim Al Senoussi a déployé beaucoup d'efforts pour séduire Cyntia Mulligan. Il a de gros moyens, et puis elle avait peut-être envie de découvrir les Pyramides ; ou de passer des vacances agréables dans un palace.

– OK, conclut Malko qui commençait à avoir faim.

Supposons que vous ayez raison et qu'elle me tombe dans les bras, *what is the name of the game* [1] ?

Jerry Tombstone se renversa dans son fauteuil et laissa tomber de sa voix lente, en détachant chaque syllabe :

– Nous voulons savoir qui a tenté de les assassiner tous les deux, il y a huit jours. D'une façon particulièrement brutale, avec cent soixante-sept autres personnes.

1. Quel est le nom du jeu ?

CHAPITRE III

— Ce n'était pas un meurtre « ciblé », remarqua Malko avec un humour assez noir…

— Je ne vous le fais pas dire, enchaîna Jerry Tombstone. Si l'attentat avait réussi, tous les passagers du vol 132 de la British Airways auraient péri.

— Que s'est-il passé exactement ?

— Ce vol British Airways en provenance de Londres était en phase finale d'atterrissage, volant à très basse altitude. Au moment où l'appareil atteignait le périmètre de l'aéroport, un des pilotes a aperçu, debout sur le toit d'un fourgon un homme brandissant en direction de l'avion ce qui semblait être un missile portable sol-air.

— Et ensuite ?

— Le pilote, mort de peur, a vu quelques secondes plus tard passer à côté de l'appareil, le missile qui avait raté sa cible, un des réacteurs. Ensuite, les roues du 777 ont touché le sol et il ne s'est plus occupé de rien, sauf de signaler l'incident dès son arrivée.

— On a retrouvé le tireur ?

— Non. D'après ce que nous avons reconstitué,

celui-ci a tiré un SAM 16 Strella sur le jet. *Normalement*, la tête chercheuse infra-rouge du missile aurait dû aller s'engouffrer dans un des réacteurs et tout faire exploser...

» Mais il y a eu deux miracles.

– Lesquels ?

– D'abord, le système de guidage infra-rouge n'a pas fonctionné, lui faisant rater sa cible. Sans cela, il n'y aurait plus de Boeing 777.

» Ensuite, le dispositif d'auto-destruction du missile qui le fait s'auto-détruire entre 14 et 18 secondes après avoir raté sa cible, n'a pas fonctionné non plus.

» Le Strella a été retrouvé sur le tarmac, le lendemain matin, par des agents du Moukhabarat.

» Intact.

» Bien entendu, nos homologues égyptiens nous ont immédiatement communiqué les numéros de série de ce Strella, sachant que notre banque de données est plus complète que la leur.

» Ils ont eu raison.

» Nous avons découvert que ce Strella faisait partie d'un lot de 500 missiles livrés à la Libye par Rosoboronexport, l'agence russe officielle de ventes d'armes, en 1998.

» Nous avons même appris que les Libyens avaient alors réclamé aux Russes des IGLA, beaucoup plus modernes, mais que ceux-ci avaient refusé, leur « soldant » un stock de Strella qui n'étaient plus fabriqués.

» Si le « nôtre » n'a pas fonctionné, c'est qu'il n'a pas été entretenu. Les Russes considèrent qu'au bout de dix ans, les Strella ne sont plus bons à rien.

– Vous avez aussi découvert *comment* ce missile sol-air livré à la Libye de Khadafi il y a treize ans, s'est retrouvé ici ?

– Nous avons une hypothèse plus que plausible. D'après les documents que nous avons récupérés à Tripoli, nous savons que le Strella était stocké dans une caserne de l'armée libyenne dans la ville d'Al Beida, à l'est de Benghazi. Deux jours après la « Révolution du 17 février » une foule d'insurgés en a chassé les soldats khadafistes et vidé le dépôt d'armes jusqu'à la dernière cartouche.

– Que sont devenues ces armes ?

L'Américain eut un sourire ironique.

– Nous en avons au moins retrouvé une. Les autres sont dans la nature. Beaucoup ont été pillées par la population libyenne, d'autres sont vraisemblablement parties vers le sud, le Niger et le Mali, pour renforcer les katibas de l'AQMI[1]. Les Services français nous ont signalé la présence de membres de l'AQMI dans la région de Benghazi, venus faire leur marché. Certaines sont parties pour l'Égypte. D'ailleurs, l'armée égyptienne a intercepté deux camions bourrés d'armes, des Kalachs, des RPG 7 et des munitions. Ce dont nous nous moquons. En revanche, c'est la première trace du stock de quarante Strella stockés à Al Beida.

– Ils n'ont pas été tranférés à Gaza ?

Jerry Tombstone hocha la tête.

---

1. Al Qaida au Maghreb Islamique.

– *It's a distinct possibility*[1]. Mais pas forcément au Hamas. Il y a là-bas un groupe salafiste très actif, le *Jund Ansar Allah*, totalement radical. Il ne veut ni négociations avec les Israéliens, ni autre pouvoir que celui de Dieu. Ils ont proclamé, il y a quelque temps, l'Émirat Indépendant de Gaza, contre la volonté du Hamas et sont intégrés au clan Dogmush, une puissante famille de Gaza.

» Ils sont financés par le Qatar, l'Arabie Saoudite et le Yemen. Et surtout, ils ont des liens avec la branche clandestine des Frères Musulmans égyptiens, le *Tanzim Al Assazi*, qui, eux, sont très proches d'Abu Bokatalla, chef d'une katiba *takfiri*, originaire de Darna.

» Nous savons, par des écoutes, que Abu Bokatalla est très lié au Qatar et très actif à la construction d'un Émirat islamique en Libye.

» Donc, c'est possible que certains des Strella volés à Al Beida se soient retrouvés à Gaza. Cependant, cela n'inquiète pas trop les Israéliens. Ces Strella ne sont pas dangereux pour des appareils de combat modernes, bourrés de contre-mesures électroniques.

Malko écoutait l'exposé de l'Américain, de plus en plus perplexe.

– Vous voulez dire qu'on a voulu tuer Ibrahim Al Senoussi et sa maîtresse en sacrifiant délibérément les autres passagers de ce vol ? Il y a d'autres méthodes pour liquider un gêneur.

Jerry Tombstone lui jeta un regard de commisération.

1. C'est tout à fait possible.

– En 1990, les Services libyens ont placé une bombe – une valise piégée – sur un vol de l'UTA reliant Libreville, N'Jamena et Paris. La bombe a explosé au-dessus du Ténéré, tuant évidemment tous les passagers. Les Services libyens avaient appris qu'un opposant notoire au colonel Khadafi devait se trouver sur ce vol. Heureusement pour lui, il a raté l'avion, mais les autres passagers sont morts.

» Pour rien.

Un ange passa, un brassard noir autour des ailes.

– Ce doit être facile de tuer quelqu'un dans une ville comme Le Caire. Sauf s'il dispose d'une protection rapprochée efficace.

– Certes, reconnut Jerry Tombstone, mais le meurtre ciblé d'un Libyen au Caire aurait embarrassé les Frères Musulmans qui se présentent aux élections législatives dans quelques semaines.

– Ils font profil bas.

– Abattre un avion de ligne, ce n'est pas faire profil bas…

– On peut mettre cela sur le dos des extrémistes *Jund Ansar Allah* de Gaza. Ils sont déjà venus attaquer des Israéliens près d'Eilat, à partir du sol égyptien.

» Même si ceux-ci sont aidés par des membres du *Tanzim Al Assazi*, la branche clandestine des frères Musulmans.

– Bien, conclut Malko, il y a quand même un gros point d'interrogation : pourquoi avoir tenté d'assassiner Ibrahim Al Senoussi ?

Jerry Tombstone hocha la tête, avec la satisfaction d'un professeur à qui on pose une question intelligente.

– C'est *la* bonne question ! reconnut-il. Bien entendu, mon homologue de Vienne n'a pas mentionné
l'opération « Sunrise » ?

– Non, confirma Malko.

Les Américains avaient la manie de baptiser leurs
manips secrètes de noms poétiques.

Jerry Tombstone émit un hennissement plein de re-
tenue.

– Eh bien, je vais vous mettre au courant. En revenant un peu en arrière. Depuis 2003, lorsque le colonel
Khadafi a renoncé à se procurer des armes nucléaires,
sous notre amicale pression, nous étions redevenus
amis. Il était toujours fou, mais c'était *notre* fou.

– L'amicale pression avait consisté à menacer
Khadafi de vitrifier la Libye s'il s'obstinait dans la
recherche du nucléaire.

Jerry Tombstone continua de sa voix professorale.

– En plus, nous avions le même ennemi : les islamistes et Al Qaida. Il s'est mis à nous aider beaucoup... Nous aussi, d'ailleurs, en lui signalant des gens
qui pouvaient lui nuire et en lui fournissant du matériel d'écoute. Tout allait pour le mieux dans le meilleur
des mondes lorsqu'a éclaté la révolte du 17 février
2011 à Benghazi. Nous n'étions pas trop inquiets,
connaissant le rapport de force entre l'armée de Khadafi et ces manifestants, mal armés et pas entraînés.

» Seulement, la France a fait du zèle, par droit-de-
l'hommisme et a entraîné la Grande-Bretagne dans
une croisade anti-Khadafi.

» Vous connaissez la suite : Khadafi savait mater
des opposants mais n'était pas de force contre l'OTAN.

» Ensuite, nous avons très vite compris que, parmi les opposants à Khadafi, les seuls organisés étaient les Islamistes de tous poils, les autres n'étant que des « idiots utiles » comme aurait dit Lénine.

» L'Agence s'est mise à travailler sérieusement et a découvert un pot-aux-roses inquiétant : le rôle du Qatar.

» Certes, *officiellement*, il avait pris le parti des rebelles, donnant de l'argent et des armes.

» Nous avons appris que, secrètement, l'Émir du Qatar, le Cheikh Hamad, avait décidé de mettre la main sur la « révolution libyenne ».

– C'est loin du Qatar la Libye, remarqua Malko. Et le Qatar n'a pas besoin de pétrole, il en a…

– Certes, reconnut Jerry Tombstone, mais il y a un lien entre les deux pays : la famille Salabi, des Libyens opposés à Khadafi, car islamistes bon teint. Trois frères.

» Ali Salabi fut jeté en prison par Khadafi dans les années 80. Libéré, puis exilé, il se réfugia au Qatar où il fut accueilli à bras ouverts par un théologien des Frères Musulmans, Youssef Al Qaradawi, qui prêche sur la télé Al Jezirah que prôner une constitution laïque en Libye équivaut pour un musulman à commettre un crime d'apostasie…

– Rassurant… remarqua Malko.

– Je ne vous le fais pas dire, enchaîna Jerry Tombstone. C'est Ali Salabi qui a convaincu l'Émir du Qatar d'aider les rebelles anti-Khadafi.

» À commencer par son frère, Ismail Salabi, qui a fondé la Katiba du 17 février, grâce à l'argent et aux armes livrés par le Qatar.

» Ensuite, tous les islamistes radicaux de Libye ont rejoint cette mouvance. Abdulhakim Belhadj, ancien djihadiste en Afghanistan, proche d'Oussama Bin Laden, un autre, Abdulhakim Al Hasadi, formé par les talibans, Abu Sofiane Qumu, djihadiste libéré de Guantanamo en 2007, Abu Bukatalla, *takfiri* haïssant l'Occident. Tous ces gens avaient combattu dans le GICL, Groupe Islamique de Combat Libyen, actif en Libye jusqu'en 2009, qui s'était rallié en 1995 à Al Qaida.

– Tout cela n'est pas encourageant.

– C'est pourquoi l'Agence a décidé de réagir, expliqua le chef de Station de la CIA. En essayant de former un camp qui ne soit pas islamiste ou anti-occidental.

» Le problème c'est que les Libyens qui nous aiment bien ne représentent pas une force militaire.

» Alors, nous avons pensé au leadership.

» Le chef actuel du Conseil national de Transition n'est pas vraiment kasher... Ancien ministre de la Justice de Khadafi, ayant requis deux fois la peine de mort contre les infirmières bulgares retenues en otages par Khadafi, il ferait un peu désordre, à la tête de la Libye nouvelle.

» Ce sont les Cousins[1] qui nous ont suggéré le nom d'Ibrahim Al Senoussi.

» Avantage, c'est le petit-fils du roi Idriss, renversé par Khadafi ; les rebelles ont adopté le drapeau de son grand-père et il est pro-occidental.

– L'idéal ! remarqua Malko.

---

1. Les Services britanniques.

Jerry Tombstone fit la moue.

– Pas tout à fait : au départ, il ne voulait pas. Il a fallu que l'O.T. [1] du « 6 » fasse des prouesses pour le convaincre. Sans lui dire que nous étions derrière la manip, pour ne pas l'effrayer. Comme il n'est pas fou, il a voulu, avant de se décider, aller vérifier s'il pouvait disposer de soutiens en Libye.

» Voilà pourquoi il est arrivé au Caire.

– Que fait Cyntia Mulligan dans ce tableau ?

– Rien. C'est le repos du guerrier.

– Cela ne me dit pas qui a tenté de l'assassiner, insista Malko. Vous ne soupçonnez pas le Conseil National de transition qui aurait pu prendre ombrage des velléités de pouvoir d'Ibrahim Al Senoussi ? Beaucoup de pays l'ont reconnu comme incarnant la Libye nouvelle et c'est lui qui gouverne officiellement la Libye.

L'Américain lui jeta un regard de commisération.

– Il fait semblant de la gouverner... Il n'a aucun pouvoir *réel* à l'intérieur du pays. Plusieurs de ses membres ont déjà déclaré forfait. En plus, la « résistance » libyenne est extrêmement divisée, regroupée en une quarantaine de katibas qui se regardent en chiens de faïence.

– Ils ont pourtant repris le pays...

– Grâce à l'OTAN et il ne vous a pas échappé que la Libye post-Khadafi se débat dans une situation totalement bordélique. Regardez ce qui s'est passé à Tripoli : la ville a été arrachée aux gens de Khadafi par plusieurs katibas venues de Misrata, de Zentan, du Djebel Nafoussa et par des résistants locaux.

1. Officier traitant.

» Notre ami Abdulhakim Belhadj s'est proclamé gouverneur de la ville. Or, le CNT l'a appris en regardant Al Jezirah… Quand ils ont demandé à Belhadj de céder sa place à un civil du CNT, il les a envoyé promener. Je vous ai dit qui était Belhadj ?

– En gros, oui.

– Même un membre d'Amnesty International aurait un haut-le-cœur en lisant son C.V.

» Il a été l'Émir du Gick avant de partir en Afghanistan où il a rencontré Oussama Bin Laden qui l'a adoubé. Ensuite, il a été arrêté en Malaisie, interrogé par nous en Thaïlande par l'Agence et finalement livré aux Libyens qui l'ont mis au trou pour six ans.

» Et vous savez qui l'en a sorti ?

– Non, avoua Malko.

– Le président actuel du C.N.T., Mustapha Abdel Jalil… À l'époque, il était Ministre de la Justice, et très religieux. Il est intervenu auprès du Guide pour faire libérer Belhadj qu'il considérait comme un bon musulman… L'autre lui rend bien mal la monnaie de sa pièce…

– Donc, insista Malko, le C.N.T. aurait pu vouloir éliminer Ibrahim Al Senoussi.

– Non, trancha sèchement l'Américain, ils n'en ont pas les moyens. Bref, si nous ne retrouvons pas ceux qui ont voulu liquider notre « candidat », nous risquons de nous retrouver très vite avec un Émirat islamique libyen, anti-occidental, plaque tournante idéale entre l'AQMI, le HAMAS, la Tunisie et, bien entendu, l'Égypte des frères Musulmans.

» Et le printemps arabe se transformera en hiver salafiste. La Libye est déjà un pays islamiste. Régi par une charia dénicotinisée. Certes, on ne coupe pas la main des voleurs, juste un petit doigt, mais les femmes sont complètement cloîtrées, l'alcool est interdit, on ne se marie que religieusement, on observe les cinq prières quotidiennes et tout le monde est content.

Probablement épuisé par cette description apocalyptique, Jerry Tombstone se versa un verre d'eau.

– Vous ne m'avez toujours pas dit qui vous soupçonnez d'avoir tenté d'assassiner Ibrahim Al Senoussi.

– *Well*, fit Jerry Tombstone, nous avons une petite idée, mais aucune preuve.

– Pourquoi « nous » ?

– Je vous ai dit que l'opération « Sunrise » avait été initiée par les Cousins. Bien entendu, ils ont mis Ibrahim Al Senoussi sur écoutes.

» Ce dernier était très réticent à venir au Caire, il aurait aimé mener ses consultations à partir de Londres. Jusqu'au moment où il a été contacté par un émissaire libyen, un certain Chokri Mazen. Venant de la part d'Abu Bukatalla et proposant à notre ami Ibrahim de venir rencontrer au Caire ses émissaires. Laissant entendre qu'Abu Bukatalla serait prêt à soutenir sa candidature de roi constitutionnel.

– C'est lui dont vous parliez tout à l'heure ?

– Tout à fait. Un *takfiri* à la tête d'une katiba formée d'islamistes purs et durs.

– C'est étrange...

– Ce Chokri prétendait que les Islamistes avaient toujours entretenu de bons rapports avec la tribu des Senoussi...

– Et Ibrahim Al Senoussi a écouté son conseil ?

– Tout à fait. Il a pris une réservation pour le Caire avec la belle Cyntia. Seulement, entre-temps, les Cousins avaient découvert que Chokri Mazen était tout le temps fourré à l'ambassade du Qatar à Londres. Or, pour les Qatari, le projet d'Ibrahim Al Senoussi ne colle pas du tout avec leur agenda.

– Il aurait donc joué double jeu avec Ibrahim Al Senoussi pour l'attirer au Caire et abattre son avion.

– Officiellement, on ne peut même pas en parler. Mais très peu de gens connaissaient le vol emprunté par notre candidat au trône.

» Chokri Mazen, lui, était au courant.

Un ange traversa le bureau du chef de Station de la CIA au Caire, ses ailes peintes aux couleurs du Qatar.

– Vous voulez dire, résuma Malko, qu'Ibrahim Al Senoussi aurait été attiré ici pour se faire assassiner avec les passagers du vol 132 de la British… Sur les ordres du Qatar?

– C'est vous qui le dites, fit Jerry Tombstone avec un sourire en coin.

– D'après ce que vous m'avez dit, releva Malko, cet Abu Bukatalla a des relais dans les milieux extrémistes islamistes du Caire.

» Il aurait donc très bien pu leur faire parvenir un missile sol-air.

– Tout est possible, fit évasivement l'Américain.

– Je crois que l'Agence est en très bons termes avec le Moukhabarat égyptien, remarqua Malko. Pourquoi ne leur demandez-vous pas un coup de main?

– C'est déjà fait! laissa tomber l'Américain. Le Moukhabarat, effectivement, est très bien informé, mais ils refusent de s'attaquer aux Islamistes, deux mois avant les élections. Pourtant, je suis en excellents termes avec le général Mowaffi, le remplaçant d'Omar Suleiman, écarté de la tête du Service à cause de sa proximité avec Moubarak.

» Il a mis à votre disposition Nasser, le type qui est venu vous chercher à l'aéroport, « pour votre sécurité », mais c'est *aussi* pour espionner ce que nous faisons… Vous pouvez être certain que Nasser fait son rapport tous les soirs à la Maison de l'avenue Malika.

Les portes se fermaient les unes après les autres.

Il en restait une, évidente.

– Pourquoi ne pas interroger Ibrahim Al Senoussi ? Il a peut-être une idée, proposa Malko.

Jerry Tombstone le foudroya du regard.

– Fausse bonne idée, laissa-t-il tomber d'une voix glaciale. Pour deux raisons.

» D'abord, Ibrahim Al Senoussi ne sait *pas* qu'on a tenté de l'assassiner. Rien n'a filtré dans la presse et les passagers du vol 132 ne se sont rendu compte de rien. Si on lui apprend la vérité, il risque de reprendre le premier avion pour Londres avec sa chérie.

» *End of the game*[1].

» Or, nous n'avons aucun remplaçant sur l'étagère.

– OK, admit Malko. Je comprends mieux votre plan. Mais quelle est l'utilité de séduire Cyntia Mulligan ? Vous me dites vous-même qu'elle n'est au courant de rien.

– Elle vit dans l'intimité d'Ibrahim Al Senoussi,

1. Fin de partie.

rétorqua Jerry Tombstone. Donc, elle est forcément au courant de ses rendez-vous, des gens qu'il rencontre, de ses coups de téléphone. À travers ce qu'elle sait, on pourra peut-être savoir qui est en première ligne chez les suspects.

— En admettant qu'elle tombe dans mes bras, reprit Malko, pourquoi jouerait-elle ce rôle ?

L'Américain secoua son crâne dolicéphale de pachyderme fatigué.

— C'est votre boulot de la convaincre. Cela pourrait peut-être l'exciter de jouer les espionnes. Les femmes sont souvent très romantiques.

— Mais pas forcément idiotes, ajouta Malko.

— Toutes les femmes le sont plus ou moins, laissa tomber l'Américain, avec une philosophie furieusement machiste. Il baissa les yeux sur sa montre.

— Bon, maintenant, vous savez tout. C'est l'heure d'entrer dans la cage aux fauves.

Devant l'étonnement de Malko, il ajouta.

— Nous allons prendre un verre au Four Seasons. Depuis qu'il est au Caire, Ibrahim Al Senoussi va tous les jours vers six heures, déguster un Mojito au bar du Troisième. Accompagné de sa ravissante fiancée.

— Vous ne craignez pas qu'il vous reconnaisse ?

— Il ne me connaît pas. Il n'a de contacts qu'avec le représentant des Cousins. N'oubliez pas qu'il croit travailler pour les Brits... Deux hommes attirent moins l'attention d'un seul.

CHAPITRE IV

Le bar du troisième étage, en dépit de sa vue magnifique sur le Nil, était totalement vide. Un barman se précipita et installa les deux hommes à une table dominant l'avenue Gamal Abdel Nasser et le Nil. Le Four Seasons, comme la plupart des hôtels du Caire, était aux trois quarts vide. Le « printemps arabe » avait été le fossoyeur du tourisme et certains commerçants spécialisés dans les promenades à dos de chameaux autour des pyramides en étaient réduits à manger leur gagne-pain pour survivre..

– Deux Mojitos, commanda Jerry Tombstone.

L'ambiance ressemblait plus à celle d'une veillée funèbre que d'un bar en vogue. En même temps que les Mojitos, débouchèrent trois Arabes du Golfe, gris comme des croquemorts.

Malko se tourna vers Jerry Tombstone.

– Vous êtes certain qu'ils vont venir ?

L'Américain esquissa un sourire résigné.

– Au pire, on en sera quitte pour avoir bu un excellent Mojito…

– À propos, demanda Malko, Nasser est au courant de ce que je fais au Caire ?

– Non, bien entendu. J'ai dit au Moukhabarat que vous étiez ici pour travailler sur des groupes islamistes un peu trop remuants.

Il s'était remis à téter la paille de son Mojito quand Malko vit son regard se fixer sur l'entrée du bar.

À son tour, il tourna la tête. Et reçut un choc au creux de l'épigastre. Un couple venait de pénétrer dans le bar et l'atmosphère semblait brusquement se réchauffer. La femme ondulait en marchant comme un mannequin sur un podium, le buste très droit, la tête haute, les cheveux cascadant sur les épaules, juchée sur des talons aiguilles. Le barman en avait les yeux hors de la tête. Pourtant, la tenue de cette inconnue était extrêmement convenable : une robe en soie grise au-dessus du genou, même pas décolletée, mais épousant les lignes de son corps comme un gant...

Lorsqu'elle passa près de leur table, Malko put apercevoir qu'en dépit de sa tenue modeste, la soie moulait indiscrètement les pointes de ses seins.

Derrière cette créature de rêve, son cavalier, le cheveu crépu, la peau très foncée, traits épais, passait inaperçu avec sa chemise blanche et son pantalon noir.

Le couple s'installa à la table voisine ; l'homme leur tournait le dos et sa compagne faisait face à Jerry Tombstone et Malko. D'un geste naturel et assuré, elle croisa les jambes assez haut pour laisser apercevoir ses cuisses.

De quoi avoir les mains moites...

Le barman s'approcha, le regard obstinément fixé sur le Nil, probablement pour éviter de commettre un attentat à la pudeur.

Après avoir commandé, Ibrahim Al Senoussi prit la main de sa compagne et ne la lâcha plus.

Probablement de peur qu'on ne la lui vole…

Eux aussi prenaient des Mojitos. Ils parlaient peu et la jeune femme semblait plus passionnée par les « river-boats », les vedettes touristiques qui remontaient le Nil dans un éclaboussement de néons criards et de musique arabe crachée par des puissants haut-parleurs. Malko avait du mal à détacher les yeux de sa « cible ». Une très jolie femme, à qui ses yeux légèrement en amande donnaient une allure féline.

Jerry Tombstone se pencha au-dessus de la table.

– OK, dit-il, je vous invite à dîner, inutile de trop s'attarder. Cela pourrait attirer l'attention. Notre client est amoureux, mais pas forcément idiot.

» L'essentiel est fait : vous l'avez vue.

Malko ne discuta pas : il pouvait difficilement se jeter sur la jeune femme en présence du Libyen.

Lorsqu'ils retrouvèrent le rez-de-chaussée, Nasser, le chauffeur, discutait avec l'employé de la réception. En les voyant, il l'abandonna et courut se mettre au volant de la Mercedes. Après avoir démarré, il jeta quelques mots en arabe à Jerry Tombstone.

Celui-ci se tourna vers Malko.

– Je lui avais demandé de se renseigner sur le couple de la suite 2704.

L'employé de la réception lui a dit que l'homme avait commandé une limousine pour sept heures demain matin. Il va à Marsa-Matrouh.

– Où est-ce ?

– Sur la côte, après El Alamein. À environ 500 kilomètres du Caire. Une station balnéaire sans intérêt.

— Il quitte l'hôtel ?

— Non, il s'en va juste pour la journée.

— Avec Cyntia Mulligan ?

— À mon avis, il va à un rendez-vous pour son projet. Il ne l'emmènera pas. Ce qui peut vous laisser le champ libre pour la journée. On va dîner.

Ils filèrent vers la place Tahrir vide de manifestants, tournant dans Kasa El Nile, une petite rue au bout de laquelle un gamin offrait des poissons gardés dans une vieille baignoire.

Quelques minutes plus tard, la Mercedes s'arrêta dans une rue encombrée en face d'une porte en bois décorée d'incrustations de nacre. Une enseigne en arabe et en anglais annonçait « L'Arabesque ». Juste en face des Saudi Airlines.

— C'est là qu'on va dîner, annonça l'Américain.

Cela ressemblait à un bar avec un grand écran télé suspendu au mur et une musique moderne à tue-tête. Ils contournèrent le bar pour s'installer à droite dans une petite salle. Peu de clients. Quelques hommes bavardaient autour d'une table ronde très haute, en dessous du poste de télé.

— La bouffe n'est pas trop mauvaise, assura l'Américain : des mezzés et du poisson. C'est un des endroits à la mode. Vous voulez une bière ?

— Il n'y a rien d'autre ?

Malko n'était pas très bière.

— Non.

— OK, va pour la bière.

*
* *

Abu Bukatalla surveillait la route plongée dans l'obscurité, plutôt crispé. Avec un polo à rayures, son pantalon vert kaki et sa barbe abondante, il n'attirait pas l'attention. C'était pourtant un des hommes les plus dangereux de Libye, un « *takfiri* », radical islamiste, à la tête d'une katiba d'une centaine de fanatiques. Bien que haïssant Khadafi, il avait refusé de monter au front pour ne pas combattre aux côtés des Infidèles de l'OTAN.

Cinq kilomètres avant Galoum, le poste frontière égypto-libyen, son chauffeur avait quitté la route asphaltée venant de Tobrouk pour emprunter une piste courant au sud de celle-ci, empruntée seulement par la circulation locale. Ils n'étaient plus qu'à deux kilomètres de la frontière et la nuit était déjà tombée. À l'avant, son garde du corps gardait sa Kalach à crosse pliante sur ses genoux, chargeur engagé, une cartouche dans le canon. Abu Bukatalla, un des leaders islamistes les plus radicaux de Libye n'avait pas que des amis…

Le Libyen sortit son portable et composa un numéro libyen, avec une réponse immédiate. La conversation fut très courte. Rassuré, il raccrocha.

Cinq minutes plus tard, un double appel de phares venant d'en face, éclaira la piste. Le chauffeur s'arrêta sur le bas-côté et Abu Bukatalla, suivi de son garde du corps, sortit de la vieille Opel, gagnant une voiture arrêtée non loin.

Le chauffeur de celle-ci sortit à son tour et étreignit Abu Bukatalla.

– *Allah ou Akbar*, murmura-t-il. C'est un ami qui se trouve au check-point…

Les deux Libyens prirent place à l'arrière d'une très vieille Mercedes en plaques égyptiennes, ce qui supprimait les contrôles. Certes, une voiture immatriculée en Libye pouvait franchir la frontière, à condition qu'elle soit conduite par son propriétaire, mais il fallait souscrire une assurance spéciale. Et surtout se signaler à une Immigration tatillonne.

Ils roulèrent en silence quelques minutes puis des lumières apparurent : le poste frontière. Minuscule. Il n'était supposé filtrer que les frontaliers. Contrairement à celui installé sur la grande route. Principalement les Égyptiens qui allaient acheter de l'essence ou des dattes en Libye. Le chauffeur stoppa devant la barrière peinte aux trois couleurs égyptiennes, gardée par un policier. Le chauffeur baissa la glace et lui adressa quelques mots.

Le policier égyptien lui sourit et, sans même inspecter l'intérieur du véhicule ou faire ouvrir le coffre, ordonna à un soldat de lever la barrière.

Le policier Gamal Al Azzazi était membre de la Confrérie des Frères Musulmans égyptiens qui souhaitaient vivement l'établissement d'un émirat islamique en Libye. Il ignorait l'identité des passagers, sachant seulement que le chauffeur de la vieille Mercedes était membre de la même cellule que lui à Saloum et que le Caire avait donné l'ordre de laisser passer ce véhicule.

La voiture transportant Abu Bukatalla traversa rapidement le hameau de Bir Jubni, continuant sur une piste qui courait parallèlement à la route Salloum-Marsa-Matrouh. Vingt kilomètres plus loin, après avoir descendu le col, le chauffeur bifurqua vers le nord pour rejoindre la route principale. Bien entendu, cette piste était connue de l'armée égyptienne qui y dressait parfois des barrages pour y coincer les contrebandiers d'armes. Or, ceux-là ne seraient pas forcément des Frères Musulmans... Il y avait donc un petit risque.

Cinquante kilomètres de route caillouteuse et une heure et demie plus tard, ils atteignirent la petite ville côtière de Sidi Barrani et la route de Marsa-Matrouh, désormais vierge de check-points.

Il leur fallut encore deux heures pour ariver à Marsa-Matrouh. Abu Bukatalla était mal à l'aise de se trouver en Égypte, à la merci du redoutable Moukhabarat. Bien sûr, les Égyptiens avaient retourné leur veste, prenant le parti des nouveaux maîtres de la Libye, autorisant même, au début, les avions qatari à se poser sur l'aéroport militaire égyptien de Saloum pour livrer des armes destinées aux rebelles qui étaient ensuite acheminées de l'autre côté de la frontière.

Oubliées, les compromissions du gouvernement Moubarak qui échangeait parfois quelques valises de billets contre des opposants anti-khadafistes réfugiés en Égypte.

Cependant, le Moukhabarat mangeait à plusieurs rateliers et était proche des Américains.

Il fallait une raison grave à Abu Bukatalla pour s'aventurer de ce côté de la frontière. Son plan initial d'élimination d'Ibrahim Al Senoussi avait échoué et il était obligé de mettre sur pied un plan B qui aurait peut-être d'autres avantages.

Le conducteur arrêta la vieille Mercedes loin du

centre, devant une maison carrée et donna un coup de klaxon. Aussitôt, un jeune homme ouvrit la porte de bois et Abu Bukatalla pénétra à l'intérieur. Une pièce avec de vieux tapis par terre et de la nourriture dans différents récipients.

Un homme dégingandé, en robe blanche, sauta de son tapis pour venir étreindre le nouveau venu. Le visage émacié avec un gros nez, très maigre, le regard farouche. Il se rassit avec Abu Bukatalla autour des mezzés et des bols remplis de morceaux d'agneau et de riz.

Le Libyen, avant même de manger, lança un regard sévère à l'homme au grand nez.

– Mon Frère, demanda-t-il d'un ton plein de reproches, pourquoi Allah n'a-t-il pas guidé ton bras convenablement ? Avais-tu commis des péchés qui l'aient mis en colère ?

Abdul Gabal Al Afghani baissa la tête et bredouilla que son âme était pure comme du cristal. Que ce n'était pas sa faute si ce maudit Strella fabriqué par des Infidèles n'avait pas fonctionné.

Expliquant ensuite que, pour lui, tout s'était bien déroulé. Bien sûr, il avait été surpris de ne pas entendre le Boeing 777 de la British Airways exploser. Hélas, de toutes façons, c'était trop tard pour un nouvel essai. Cpendant, il était prêt à recommencer si Abu Bukatalla le lui demandait. Ce dernier écoutait, perplexe. Ce n'était pas la première fois qu'un missile sol-air ne fonctionnait pas et il avait toute confiance en Abdul Gabal Al Afghani, membre de la *Muslim Brotherhood* qui avait été combattre les Américains en Afghanistan pour revenir ensuite en Égypte où il assurait la liaison avec le *Jund Ansar Allah* de Gaza.

C'est à lui qu'Abu Bukatalla avait fait livrer trente Strella volés à Al Beida pour renforcer le groupe extrémiste de Gaza. Aussi, Abdul Gabal Al Afghani n'avait pas pu refuser quand un émissaire d'Abu Bukatalla lui avait demandé de tirer un Strella sur le jet de la British Airways. Sans, bien sûr, lui dire pourquoi.

Seulement, cet échec le forçait à modifier tous ses plans. Normalement, le problème Ibrahim Al Senoussi aurait dû être réglé.

L'ordre de l'éliminer était venu du Qatar et Abu Bukatalla avait obéi sans discuter.

Maintenant, il devait imaginer une stratégie alternative pour éliminer l'homme des Infidèles. Il ne voyait qu'une solution : l'attirer en Libye où il serait plus facile à liquider.

C'est Ibrahim Al Senoussi lui-même qui lui en avait donné l'idée en lui demandant un rendez-vous, pas en Libye mais en Égypte.

En effet, Abu Bukatalla faisait partie des leaders islamistes qu'il espérait convaincre de se rallier à lui. Ce dernier avait échafaudé un plan à deux étages. D'abord, attirer Al Senoussi en Libye pour rencontrer ses futurs soutiens qu'il n'avait pas identifiés, afin de les éliminer ensuite, lorsqu'ils seraient identifiés.

Et enfin, liquider Ibrahim Al Senoussi lui-même.

Finalement, c'était encore plus efficace qui la version échafaudée au Qatar.

Évidemment, il y avait un risque pour Abu Bukatalla en acceptant ce rendez-vous à Marsa-Matrouh avec Ibrahim Al Senoussi. Celui-ci pouvait arriver en traînant le Moukhabarat derrière lui.

Risque qu'il avait décidé d'assumer. L'établissement d'un Émirat islamique en Libye méritait de prendre des risques. Ragaillardi, Abu Bukatalla plongea un morceau de galette dans un bol de houmouz. Il avait faim.

Abdul Gabal Al Afghani l'observait anxieusement. Abu Bukatalla lui adressa un sourire rassurant.

– Je te crois, mon Frère, tu n'as commis aucune faute.

Rassuré, l'Égyptien se mit à déguster sa soupe aux lentilles. Intérieurement, il était vexé d'avoir raté cet avion de la British Airways. En Afghanistan, il avait touché des cibles beaucoup plus difficiles.

Il pria Allah d'avoir bientôt l'occasion de se racheter.

***

La télé hurlait toujours aussi fort, mais les mezzés étaient enfin arrivés sur la table. Nettement moins bons qu'au Liban. L'Arabesque s'était remplie. Surtout des hommes installés au bar, sous d'étonnants lustres faits de bouteilles vides, dégustant des bières à la chaîne.

Malko observait Jerry Tombstone qui dévorait littéralement pour nourrir sa grande carcasse. Tournant le dos à la porte, il se concentrait sur la nourriture, comme un fauve en train de dévorer une gazelle. Soudain, Malko aperçut un couple qui venait d'entrer, se dirigeant dans leur direction.

– Jerry, fit-il à mi-voix. Regardez !

L'Américain happa un dernier kafta et leva la tête. Juste pour apercevoir Ibrahim Al Senoussi et sa sculpturale compagne s'asseoir non loin d'eux !

La jeune femme jeta sur la salle un regard circulaire découvrant Malko et Jerry Tombstone. Elle fixa Malko quelques fractions de seconde avec une expression à la fois surprise et amusée, puis se plongea dans le menu.

– *God is on our side*[1], laissa tomber l'Américain. Ils ne peuvent pas soupçonner qu'on les a suivis.

– Quel intérêt ? On les a déjà vus.

– Elle vous mémorise, corrigea Jerry Tombstone. Quand vous lui adresserez la parole à l'hôtel, elle se souviendra de vous.

Ils terminèrent leur dîner. Les desserts étaient infects et ils se contentèrent d'un café turc « *masbout* »[2]. Le portable de Jerry Tombstone couina et il l'ouvrit.

– Tiens ! fit-il, ils ont de nouveau attaqué l'ambassade israélienne. Je crains que nous ne soyons les prochains sur la liste... Les Égyptiens n'en peuvent plus de la politique pro-Israel de Moubarak. Tout cela va mal se terminer.

Quand ils se levèrent, la « fiancée » d'Ibrahim Al Senoussi tourna légèrement la tête. Cette fois, son regard se posa carrément sur Malko.

Celui-ci la regarda à son tour et leurs deux regards restèrent accrochés quelques secondes, puis la jeune

1. Dieu est de notre côté.
2. Moyen.

femme baissa la tête et reprit le découpage d'une très vieille côte d'agneau.

Dehors, il régnait une chaleur lourde ; quelques rafales d'armes automatiques claquèrent dans le lointain. Jerry Tombstone soupira :

– Je vais être obligé de repasser par l'ambassade, envoyer un télégramme. En tous cas, c'est une soirée faste.

– Pourquoi ?

– Vous avez eu ce que nous appelons aux Etats-Unis un « *eye contact* ». Le regard de cette ravissante blonde posé sur vous n'était pas indifférent. Il ne vous reste plus qu'à tenter votre chance.

– Prions pour que notre ami Ibrahim n'emmène pas sa fiancée à la mer.

– Demain devrait être votre jour.

CHAPITRE V

Nasser, au volant de sa Mercedes, surveillait l'entrée du Four Seasons. La veille au soir, Jerry Tombstone lui avait demandé de vérifier si Ibrahim Al Senoussi partait bien à Marsa-Matrouh. Mêlé aux taxis et aux minibus de tourisme, il passait totalement inaperçu. Il bâilla : sept heures dix. Théoriquement, Ibrahim Al Senoussi aurait dû quitter l'hôtel à sept heures. Il avait peut-être changé d'avis. Dix minutes plus tard, Nasser se redressa : le Libyen venait d'apparaître.

Seul.

Il s'engouffra dans une grosse Cherokee blanche qui démarra aussitôt, remontant le quai du Nil vers le Nord. La circulation était, comme toujours, effroyable. Ils bifurquèrent dans d'interminables avenues menant vers le *Ring Road*, afin de rattraper la route d'El Alamein. Enfin, la Cherokee atteignit le premier péage de l'autoroute d'El Alamein. Là, on roulait mieux, en dépit des nombreux camions. Partout des stations service, des cafés de routiers, avec des dizaines de camions alignés sur les aires de repos. C'était une des principales artères du pays…

À Abar Al Brins, l'autoroute continuait sur Alexandrie. La Cherokee s'engagea dans la grande voie menant à El Alamein longeant la côte.

Derrière elle, Nasser restait à bonne distance. Apparemment, Ibrahim Al Senoussi se rendait à Marsa-Matrouh, à 150 kilomètres de là.

Soudain, en jetant un coup d'œil dans son rétroviseur, il aperçut une Toyota verte qu'il avait déjà repérée à la sortie du Caire.

Prudent, il se gara près d'un café comme pour une halte et laissa passer la Toyota. Il ne risquait pas de perdre sa cible : il n'y avait qu'une route… Il attendit trois minutes, puis ressortit, rattrapant sans mal la Toyota. Celle-ci collait à la Cherokee.

Ibrahim Al Senoussi était suivi. Par qui ? Pas par le Moukhabarat, puisque Nasser était là. Il resta prudemment derrière la Toyota dont il nota le numéro.

À son bord, il n'y avait qu'un homme seul, jeune, barbu, mais c'était courant en Égypte. Nasser, aussi, avait une barbe. Il se passa une heure jusqu'à Marsa-Matrouh. Dans la journée, cela lui ferait près de 1200 kilomètres.

Pour un salaire de misère.

***

C'est la faim qui avait réveillé Malko : la nourriture de l'Arabesque ne tenait pas au corps. Après une douche rapide, il descendit au breakfast-room.

Presque vide.

À part une femme en train de se servir au buffet :

Cyntia Mulligan, entassant des croissants et des toasts sur son assiette. Elle portait un short moulant sur une croupe ronde et un débardeur blanc tout aussi collant. Malko n'hésita pas. Il prit une assiette à son tour et gagna le buffet, se débrouillant pour se trouver nez à nez avec la jeune Britannique.

Ils faillirent se heurter. La jeune femme leva la tête et son regard cilla quelques instants. Malko attaqua aussitôt, demandant avec un sourire :

— Vous ne dîniez pas à l'Arabesque hier soir ?

— C'est exact, confirma la jeune femme.

— Moi aussi, dit Malko, j'étais avec mon boss. Vous étiez la plus jolie femme de la salle.

Elle sourit à son tour.

— Ce n'était pas difficile, il n'y avait que des hommes.

Ils se faisaient face, leur assiette à la main. Malko prit l'initiative

— Vous êtes seule ?

— Oui.

— Puis-je vous inviter à ma table ?

— Non, plutôt à la mienne, corrigea Cyntia Mulligan, j'ai mes affaires là-bas.

À peine assis, il se présenta.

— Malko Linge. Je suis autrichien et expert en pétrole. J'attends de pouvoir aller en Libye remettre les raffineries en route. En attendant, je bulle au Caire. Hélas, il n'y a pas grand-chose à faire. Et vous, que faites-vous en Égypte ?

Cyntia Mulligan mordit dans un croissant et répondit :

— Je suis en vacances, avec mon ami. Il est parti aujourd'hui à Marsa-Matrouh pour la journée.

— Qu'est-ce qu'il fait ?

— Du business. Il est Libyen, alors il se relance dans l'import-export.

— Vous allez rester longtemps au Caire ?

— Je ne sais pas.

Ils continuèrent leur breakfast en échangeant des propos légers. Malko observait la jeune femme qui, parfois, lui expédiait de brefs regards curieux. Visiblement intriguée par lui.

Elle semblait parfaitement à l'aise, amusée par la présence de cet homme qui, ostensiblement, lui faisait la cour...

Quand ils eurent terminé, elle regarda sa montre.

— Je vais vous laisser. Je dois aller visiter les Pyramides. Il ne faut pas y aller trop tard, sinon il fait trop chaud...

— Vous revenez quand ?

— Vers deux ou trois heures. Ensuite, je vais à la piscine, au cinquième.

Elle se leva et ajouta :

— Peut-être à tout à l'heure.

En tous cas, elle ne semblait pas fuir le contact. Malko ne lui proposa pas de l'accompagner. C'eût été un peu lourd...

Il n'avait plus qu'à patienter.

Il fit un rapide calcul. Étant donné la distance, Ibrahim Al Senoussi risquait de ne pas revenir avant très tard dans la nuit... Cela lui laissait une chance.

***

La terrasse de l'hôtel Al Aouina donnait sur une mer bleue et déserte. En cette saison, Marsa-Matrouh n'était pas très fréquentée.

Ibrahim Al Senoussi bâillait à s'en décrocher la mâchoire devant un café. Il avait décidé de faire ce voyage fatiguant après avoir été contacté par un certain Nabil, envoyé par Chakri Mazen, l'homme de Londres. Afin de rencontrer l'homme qui l'avait poussé à venir au Caire Abu Bukatalla et qui devait se rallier à lui.

Il était 10 h 10 quand un homme se planta devant sa table, souriant, jeune et barbu.

– La personne que vous devez voir vous attend, annonça-t-il.

– Où ?

– Pas très loin.

Devant la réticence d'Ibrahim Al Senoussi, il ajouta aussitôt.

– Nous devons être prudents. La personne que vous devez voir n'est pas ici officiellement.

Convaincu, Ibrahim Al Senoussi le suivit jusqu'à une petite voiture blanche garée dans le parking. Deux hommes se trouvaient à côté, vérifiant visiblement les alentours. Le voyage dura une dizaine de minutes jusqu'au sud de la ville, une maison carrée, isolée, aux stores fermés. On y voyait à peine à l'intérieur, mais Ibrahim Al Senoussi distingua un homme installé par terre devant un tapis couvert de plats de nourriture, accompagnés de bouteilles de soda et d'eau minérale.

Ce dernier se leva vivement en le voyant entrer et marcha vers lui, les bras tendus.

– *Allah ou Akbar*! lança-t-il d'une belle voix de baryton, tu es enfin arrivé!

Il l'étreignit longuement, puis recula, souriant de toutes ses dents. Avec son visage rondouillard, mangé par une envahissante barbe noire et sa chemise mauve à fines rayures, il était plutôt rassurant. Seul, un couvre-chef, une sorte de keffieh marron dont l'extrémité pendait sur son épaule droite, rappelait l'Islam.

Ibrahim Al Senoussi, impressionné par cet accueil chaleureux, oublia les 600 kilomètres qu'il venait de parcourir. Imitant son hôte, il s'assit sur le tapis couvert de mezzés et de bouteilles de soda et les deux hommes attaquèrent la nourriture.

Un peu plus tard, repu, Abu Bukatalla but un soda au goulot et rompit le silence.

– Je suppose que je ne suis pas le seul que tu veuilles rencontrer en Libye pour exposer tes projets, dit-il. Je suis prêt à t'aider et cela peut t'être utile. Quels sont tes plans?

Mis en confiance par l'accueil chaleureux de son hôte, Ibrahim Al Senoussi n'hésita pas à se découvrir. Il se sentait flotter sur un petit nuage rose. La conquête de la Libye paraissait plus facile que ce qu'il avait escompté.

– Je dois rencontrer le général Abdel Fattah Younes, expliqua-t-il. J'ai parlé à Londres avec quelqu'un de sa tribu qui m'a donné le numéro de téléphone de son neveu préféré, Abdul Razik. J'ai essayé de l'appeler pour lui demander de venir au Caire, mais je n'ai pas pu le joindre.

Abu Bukatalla demeura impassible. Le général Younès, ancien ministre de la Défense de Khadafi, était particulièrement haï par les Islamistes en raison du rôle qu'il avait joué dans la répression contre eux durant la Jamariya.

– C'est une excellente idée, mon Frère, approuva Abu Bukatalla. Le général Younès joue un rôle très important et appartient à la puissante tribu des Obeidi.

» Seulement, je crains que cela soit presque impossible de le joindre du Caire.

» D'abord, le téléphone fonctionne très mal. Ensuite, le général Younès se trouve à l'ouest de Benghazi, soit à Brega, soit à Ras Lanouf. Je suis certain qu'il sera heureux de te rencontrer à Benghazi, mais il ne viendra sûrement pas au Caire. Il est trop connu.

Ibrahim Al Senoussi sentit le petit nuage rose se dissoudre. Le MI 6 britannique lui avait recommandé de ne pas se risquer en Libye pour l'instant, certains des membres du CNT ne voyant pas son ascension d'un bon œil.

– C'est dangereux, objecta-t-il.

– Pas si tu es sous ma protection, affirma Abu Bukatalla, une main sur le cœur. Tu dois passer la frontière clandestinement et te réfugier à Benghazi dans un endroit secret d'où tu pourras alors contacter facilement le neveu du général Younès.

» Sur le Prophète, je me porte garant de ta sécurité. Personne ne saura que tu te trouves là-bas.

– Certains Égyptiens sont en contact avec le CNT, objecta Ibrahim Al Senoussi. Ils ne doivent pas savoir que je suis en Libye.

— Ils ne sauront rien, affirma Abu Bukatalla. Nous franchirons la frontière clandestinement, comme je l'ai fait pour venir ici.

Tout à coup, le muezzin de la mosquée voisine se mit à hurler, appelant les fidèles à la prière : il était midi et demi.

— Prions, mon frère ! conseilla Abu Bukatalla. Tu pourras ainsi t'inspirer de ce que te dira Allah le Tout Puissant et le Miséricordieux.

Il déplia un vieux tapis de prière et se leva. Ibrahim Al Senoussi qui n'en avait pas, dut se contenter d'un bout de celui qui avait été utilisé comme nappe.

À son tour, il s'agenouilla, tourné vers La Mecque. Certes, il n'éprouvait pas de sympathie particulière pour les Islamistes, ayant toujours vécu en Occident, mais savait qu'il ne pouvait se passer d'eux s'il voulait accéder au pouvoir, même théorique en Libye. L'accueil d'Abu Bukatalla lui réchauffait le cœur.

***

Nasser rongeait son frein, à la terrasse de El Aouina. Son premier geste avait été de suivre Ibrahim Al Senoussi lorsqu'on était venu le chercher. Il l'avait suivi jusqu'au parking, repérant immédiatement deux hommes qui veillaient sur une vieille Honda dans laquelle Ibrahim s'était engouffré. Ils étaient restés sur place lorsqu'elle avait démarré : chargés visiblement de s'assurer qu'elle n'était pas suivie.

Il avait dû se résigner. Il fallait surtout éviter d'alerter ses adversaires. Il ne saurait pas qui Ibrahim Al Senoussi allait rencontrer.

***

La prière était terminée et les deux hommes avaient repris place autour du tapis. Abu Bukatalla rompit le silence :

– Allah t'a-t-il inspiré, mon Frère ?

Ibrahim Al Senoussi n'hésita pas.

– Je vais suivre tes conseils, dit-il. Mais il faudra garder le secret le plus absolu.

Abu Bukatalla demeura impassible.

– C'est la volonté d'Allah ! affirma-t-il comme s'il avait une ligne directe avec Dieu. Je vais préparer ton voyage et je te ferai contacter par nos Frères du Caire. Celui que tu connais déjà, le Frère Nabil. Lorsque j'aurai organisé ton passage en Libye, il te dira simplement de te rendre à Marsa-Matrouh. Je m'occupe du reste.

– Je vais être absent longtemps ? demanda Ibrahim Al Senoussi.

– *Inch Allah*, laissa tomber Abu Bukatalla. Quelques jours, mais il peut y avoir des imprévus. Les communications ne sont pas faciles et les chiens de Khadafi rôdent encore partout. Fais-moi confiance.

– Je te fais confiance, confirma Ibrahim Al Senoussi.

Il n'avait pas osé parler de sa fiancée et se voyait mal débarquer chez les Islamistes avec cette créature sulfureuse à leurs yeux. Tant pis, elle l'attendrait au Caire.

Il regarda sa montre.

– Je vais devoir te quitter, j'ai encore une longue route pour retourner au Caire.

– Qu'Allah t'ait en sa Sainte garde, affirma Abu Bukatalla. Tu auras bientôt de mes nouvelles. *Inch Allah.*

*
* *

Malko était en train de contempler un couple inattendu qui venait de s'installer au bord de la piscine en plein air du cinquième étage du « Four Seasons ». Malheureusement opposé au Nil et entourée de murs.

L'homme avait la barbe bien taillée, était vêtu d'une djellaba beige, les pieds nus dans des sandales. Il tenait par la main une femme habillée de noir jusqu'aux pieds, le visage caché par un niqab qui ne laissait qu'une fente étroite pour les yeux. Les deux parties du niqab réunies par une bande de tissu épousant l'arête du nez. C'était étrange dans cet hôtel moderne pour touristes ; ils semblaient parfaitement à l'aise.

Une voix fit sursauter Malko.

– Vous ne m'avez pas attendue ?

Il se retourna : Cyntia Mulligan était debout derrière lui. Les yeux protégés par des lunettes noires, moulée dans une minirobe s'arrêtant largement au-dessus des genoux. Avec, comme toujours, des escarpins.

Absolument splendide.

Malko remarqua des reflets irisés sur ses jambes : inattendu et de bon augure. Une femme *vraiment* sage ne met de bas que pour les enterrements.

– Je ne pensais plus à vous, prétendit-il. Vous prenez quelque chose ?

– Avec plaisir, accepta la Britannique.

Elle s'assit sur la banquette en face de lui et sa robe remonta, découvrant la plus grande partie de ses cuisses.

Sondant le regard de Malko, elle dit en riant :

– Vous vous demandez pourquoi je mets des bas avec cette chaleur ? C'est à cause des moustiques, ils pullulent ici et s'attaquent férocement à mes jambes.

– Je ne pensais pas aux moustiques, assura Malko, mais je trouve que cela vous va très bien…

– Merci. Je mets souvent des bas à Londres et pas à cause des moustiques…

– Comment étaient les Pyramides ? demanda-t-il.

– Poussiéreuses. Une chaleur de bête. On a l'impression de les avoir déjà vues tant elles passent à la télé et dans les journaux. En plus, j'ai cru que le guide allait me violer. Il avait les yeux hors de la tête. Quand il m'a aidée à monter sur un chameau, j'ai pensé que sa main ne se décollerait pas de mes fesses…

Malko rit de bon cœur.

– Regardez la femme là-bas, avec le barbu, dit-il. Ici, les hommes sont habitués à cela, alors évidemment, une créature comme vous, c'est le paradis sur terre.

– Ils sont fous, soupira la Britannique. Je peux avoir un Mojito ?

Nasser suivait à bonne distance la Cherokee d'Ibrahim Al Senoussi. Ils venaient de dépasser El Alamein. La Toyota verte qui l'avait suivi à l'aller était toujours là. Un filet de protection. Il espérait que son conducteur ne s'était pas rendu compte de sa présence. Cela prouvait simplement que des gens veillaient sur Ibrahim Al Senoussi. Or, Nasser était bien placé pour savoir que ce n'était pas le Moukhabarat égyptien. Donc, il fallait savoir qui et pourquoi. Il calcula qu'ils seraient au Caire à la tombée de la nuit, si la circulation n'était pas trop mauvaise. Jerry Tombstone et ses chefs seraient sûrement heureux d'en savoir plus sur l'escapade d'Ibrahim Al Senoussi à Marsa-Matrouh.

La jeune Britannique avait accepté un second Mojito. Son portable venait de sonner. La conversation fut très courte et la jeune femme alluma une cigarette. La voyant détendue, Malko osa proposer.

– Nous pourrions dîner quelque part ?

Cyntia Mulligan arbora un sourire d'excuses.

– Impossible. Mon ami vient de me téléphoner, il revient ce soir. On se reverra peut-être une autre fois.

– Cela me ferait très plaisir, assura Malko en la fixant avec insistance.

Cyntia sourit avant de se lever.

– Moi aussi. On verra.

Elle s'éloigna de sa démarche ondulante et Malko la suivit des yeux. Elle était véritablement magnifique. En dehors de la CIA et de sa mission, il s'y serait intéressé de toutes façons. En plus, elle ne paraissait pas horriblement farouche. La façon dont elle bougeait, souriait, fixait du regard, indiquait une femme libre.

Avant d'entrer dans l'hôtel, elle se retourna et lui adressa un petit signe de la main.

***

Karim Akhdar avait à peine regardé la compagne d'Ibrahim Al Senoussi. D'abord, c'était une Infidèle, une créature impure, presque démoniaque, qui s'habillait comme une putain, mais surtout, il n'était pas là pour ça.

Désormais, sa cible c'était l'inconnu blond avec qui elle avait pris un verre. Karim Akhdar appartenait au Tanzim Al Assazi, la branche clandestine des Frères Musulmans. Son chef lui avait demandé de surveiller Ibrahim Al Senoussi et sa fiancée afin de savoir qui ils rencontraient et il accomplissait sa tâche. Sa future femme, qui l'accompagnait, n'était pas au courant et ne le serait jamais.

Il but une gorgée de son soda et décida d'en savoir plus sur l'homme blond qui était en train de signer son addition.

Cela signifiait qu'il résidait à l'hôtel.

Tranquillement, Karim Akhdar se leva et gagna le bar où était établie la caisse, y arrivant en même temps que le garçon. D'un geste naturel, il prit l'addition posée sur le plateau et y jeta un coup d'œil. Enregistrant deux informations : le nom de l'inconnu et le numéro de sa chambre : 2621.

Il croisa le regard du garçon, un peu étonné, qui se

contenta de sourire. On ne s'attaquait pas aux « bar-bus ». Dans quelques mois, les Frères Musulmans risquaient d'être les patrons de l'Égypte et ils avaient la mémoire longue.

Karim Akhdar regagna sa table, satisfait. Il n'avait plus qu'à transmettre l'information sans savoir comment elle serait utilisée.

CHAPITRE VI

Un vieux labrador fatigué s'arracha paresseusement à sa sieste, tiré par la laisse du soldat gardant le check-point à l'entrée du Sofitel et fit le tour du taxi en reniflant mollement avant d'aller se recoucher.

Dérisoire défense contre une éventuelle charge d'explosifs.

Le soldat préposé à l'effacement des plots protégeant l'entrée de l'hôtel planté à la pointe de l'île Manyyal El Rada, entre les deux rives du Nil, hésita quelques secondes, fasciné par les cheveux blonds qu'il apercevait au fond du taxi. Le tourisme avait presque disparu du Caire et les rares étrangers qui s'y trouvaient encore étaient des retraités du quatrième âge, venus mourir au pied des Pyramides.

Le taxi plongea dans la pente menant à l'entrée du Sofitel, une tour assez hideuse de jour, nimbée de néons verts, la nuit tombée.

Seul avantage : on pouvait dîner dehors, sur une terrasse surplombant le Nil.

Ibrahim Al Senoussi attendit qu'un groom ouvre la portière pour retirer sa main de la cuisse de Cyntia

Mulligan. Celle-ci émergea du véhicule, coupant le souffle du *bell-captain*. Sa robe noire n'était guère plus qu'une large ceinture et elle avait gainé ses jambes de bas noirs, toujours à cause des moustiques…

Ibrahim Al Senoussi, à peine installé sur la petite terrasse au ras du fleuve, connaissant ses goûts, commanda deux Mojito, puis leva son verre.

— À nos vacances ! Tu aimes l'Égypte ?

La jeune femme fit la moue.

— C'est plutôt pouilleux, mais il fait chaud. Et les gens sont gentils…

Le Libyen se demandait comment il allait faire pour lui apprendre qu'il allait l'abandonner seule au Caire pour quelques jours. C'est Cyntia qui, involontairement, mit le sujet sur la table.

— Ça s'est bien passé, ton rendez-vous ?

Elle s'en moquait mais elle était polie ; Ibrahim sauta sur l'occasion.

— Très bien ! se rengorgea-t-il. Je crois que je vais me rendre en Libye.

— Ah bon, fit Cyntia Mulligan, cela va me changer un peu du Caire. Il paraît qu'il y a de belles plages…

Ibrahim Al Senoussi plongea le nez dans son Mojito. Visiblement, ils n'avaient pas la même approche…

— Oh, tu sais, fit-il, ce n'est pas terrible ! On mange très mal, c'est encore un pays en guerre. Et les hôtels…

Cyntia ne broncha pas.

— C'est chouette, je pourrai envoyer des cartes postales à mes copines, fit-elle. Tout le monde parle de la Libye en ce moment.

– La poste ne marche pas, tu sais, le téléphone non plus, c'est très difficile…

– Pas grave, on visitera le pays.

– C'est le désert, il n'y a rien à visiter et c'est encore dangereux…

Cette fois, la jeune femme perçut sa réticence.

– Qu'est-ce qu'il y a ? demanda-t-elle, tu ne veux pas m'emmener ? Tu as une autre bonne femme là-bas ?

Furieux, le Libyen dut dévoiler ses batteries.

– Pas du tout ! protesta-t-il avec indignation, mais la Libye est un pays *très* conservateur. Je vais rencontrer des religieux, tu ne pourras pas venir avec moi et, là-bas, il n'y a pas de Pyramides…

– Ça ne fait rien, ça m'amuse.

Levant les yeux, elle croisa le regard affolé d'Ibrahim Al Senoussi et comprit qu'il avait *vraimen*t un problème.

– Oh ! soupira-t-elle, ce n'est pas grave ! Quand tu t'en vas dans ton pays de merde, je rentre à Londres. Il y a plein de soirées super, en ce moment. C'est la *fashion week*.

Le sang du Libyen ne fit qu'un tour. Il voyait déjà Cyntia dans les bras robustes d'un photographe, n'ayant aucune illusion sur ses sentiments réels.

– Non, fit-il, en posant sa main sur celle de la jeune femme, je vais t'emmener en Libye, mais j'espère que tu ne seras pas déçue.

***

Malko avait dîné dans sa chambre : l'idée d'aller seul au restaurant le déprimait et il ne voulait pas trop se montrer avec Jerry Tombstone.

En plus, l'image de Cyntia Mulligan flottait dans sa tête. Désormais, il avait *vraiment* envie de la séduire. Et, pas seulement pour les beaux yeux de la CIA. Avec son regard de chatte dévergondée et son corps sculptural, elle était particulièrement attirante.

Hélas, Ibrahim Al Senoussi était revenu de Marsa-Matrouh et cela n'allait pas faciliter les choses.

***

Un bateau de touristes glissa sur le Nil le long de la terrasse, dans l'éblouissement de tous ses néons, la musique orientale à fond pour ses trois passagers et Cyntia laissa tomber.

– Allez ! On rentre !

Ibrahim Al Senoussi avait hâte de capitaliser sur sa promesse et de plus, ce soir, Cyntia lui paraissait plus désirable que jamais.

Un seul hic : comment allait réagir Abu Bukatalla en le voyant débarquer à Marsa-Matrouh avec Cyntia ? Même enveloppée comme un paquet, elle restait encore une créature sulfureuse aux yeux d'un musulman honnête.

Or, Abu Bukatalla était *un peu plus* qu'un musulman honnête. Les femmes comme Cyntia, il les lapidait…

À peine dans l'ascenseur, Ibrahim Al Senoussi ne put s'empêcher de prendre les seins de la jeune femme à pleines mains, refermant les doigts sur leurs pointes si fort qu'elle protesta.

– Eh, doucement, je ne suis pas une mollette de coffre-fort.

– Mais, protesta le Libyen, tu m'as dit que tu étais très sensible des seins.

– C'est vrai, mais pas quand on essaie de les arracher !

Dépité, il se rabattit sur la robe et parvint avant le vingt-septième étage à lui arracher sa culotte. Il aurait pu casser des noix avec son érection.

Azouz Gait remontait Maketton Street sur sa moto, une artère à deux voies, séparée par un terre-plein herbeux, bordée de villas neuves, d'immeubles modernes et de terrains vagues. Traversant un quartier excentrique où, vingt ans plus tôt, il n'y avait que le désert.

Tous les bâtiments étaient neufs, avec certaines boutiques pimpantes qui donnaient envie d'y entrer.

Hélas, toutes ces constructions avaient l'air d'avoir cent ans alors qu'elles en avaient à peine vingt.

Le motard vira à droite dans la rue N° 9 et tourna la poignée des gaz pour augmenter la puissance, faisant un écart pour ne pas écraser un cycliste zigzaguant devant lui avec un plateau de gâteaux en équilibre sur la tête. La rue N°9 montait beaucoup, se terminant à un promontoire d'où on pouvait admirer tout Le Caire, presque invisible dans une brume de chaleur.

Dans ce quartier récent, personne ne s'était soucié de donner des noms aux rues, qui, pour la plupart, n'avaient que des numéros.

Azouz Gait s'arrêta et appuya sa moto à un maigre palmier en face d'un impressionnant bâtiment de neuf étages, en pierres ocres, aux fenêtres recouvertes d'un filtre vert contre le soleil, qui leur donnait l'air d'être blindées. Un sigle s'étalait sur sa façade : deux sabres croisés sur fond vert, évoquant vaguement le drapeau saoudien, au-dessus d'une inscription en anglais et en arabe :

« *Headquarters of Muslim Brotherhood* »

Le nouveau QG des Frères Musulmans, inauguré quelques mois plus tôt.

Les Frères Musulmans, jadis traqués par le pouvoir, avaient désormais pignon sur rue et se préparaient, grâce aux prochaines élections, à partager le pouvoir avec l'armée égyptienne, débarrassée de Moubarak. Les sondages leur donnaient 40% des voix au minimum.

Seulement, derrière un parti politique pacifique et presque modéré, derrière cette façade respectable, agissait une branche dont les Frères Musulmans niaient l'existence, « *Al Tanzim Al Assazi* » chargée de toutes les opérations clandestines, en liaison avec tous les mouvements radicaux musulmans dans les pays voisins, du Hamas, à Gaza, aux anciens du CICL en Libye. Et qui vénéraient toujours le nom du docteur Ayman Al Zawahri, membre de la Confrérie, agitateur égyptien, devenu d'abord bras droit d'Oussama Bin Laden et, depuis sa mort, le nouveau patron d'Al Qaida…

Azouz Gait pénétra dans le hall gardé par un barbu jovial et corpulent à la chemise sport qui le salua respectueusement.

– La bénédiction soit sur toi, mon Frère, dit-il. Les autres t'attendent au bureau 206.

Azouz Gait s'engagea dans l'escalier de marbre, passant devant les portraits de feu les neuf derniers dirigeants de la Fraternité. Une série de barbus austères, parfois coiffés du fez.

Un écriteau cloué sur la porte du bureau 206 annonçait :

« Bureau d'assistanat social islamique. »

La couverture de « Al Tanzim Assazi ». Qui faisait effectivement du social, permettant de recruter des nouveaux adhérents. Trois hommes étaient déjà installés autour d'une table et on offrit aussitôt à Azouz Gait du thé à la menthe. Azouz Gait occupait un rôle important dans l'organisation. C'est lui qui « traitait » les membres du Moukhabarat donnant des informations aux Frères Musulmans. Des policiers qui espéraient bien que leur penchant pour les islamistes serait récompensé dans un avenir proche. En plus, les Frères Musulmans étaient généreux, arrondissant les soldes misérables des policiers qui se mouillaient pour eux.

Celui qui présidait la séance, connu sous le pseudo de « Habib », adressa à Azouz Gait un large sourire et demanda.

– As-tu pu obtenir des informations, mon Frère ?

Azouz Gait inclina affirmativement la tête.

– Oui, grâce à Dieu. L'homme qui occupe la chambre 2621 de l'hôtel « Four Seasons » s'appelle

Malko Linge. Le Moukhabarat le connaît comme un agent américain qui est en contact étroit avec le chef de la CIA au Caire. Il est arrivé au Caire il y a cinq jours et on ignore ce qu'il y fait.

– Bravo ! conclut « Habib ». Tu as rendu un grand service. Allah te récompensera.

Cela signifiait qu'on n'avait plus besoin de ses services et Azouz Gait s'éclipsa. Cinq minutes plus tard, il remontait sur sa petite moto rouge et redescendait vers le centre reprendre son job dans un restaurant de *chawermas*.

***

Cette fois, Malko n'avait même pas pu approcher Cyntia. Elle se trouvait bien à la piscine, mais accompagnée de sa « malédiction » à la peau sombre. Installés sur deux transats devant des cabines permettant de se changer, ils lisaient et bavardaient.

Malko n'avait aucune nouvelle de Jerry Tombstone. C'est lui qui le contacterait s'il avait du nouveau.

Il regarda la jeune femme se lever et aller plonger dans la piscine, suivie par tous les regards, vêtue d'un maillot noir au soutien-gorge si décolleté qu'il en était presque indécent. Mais, au « Four Seasons », on était déjà presque en Europe.

***

« Habib » pénétra dans le Costa Café de l'île de Zamalek, un des quartiers les plus chers du Caire, sur une des deux îles plantées au milieu du Nil.

Au coin de la rue Mahashli et de Tahar Hussein street, ce Costa Café – il y en avait plusieurs au Caire – était un des endroits snobs de la ville, là où on ne se serait pas attendu à rencontrer un Islamiste à cause des femmes, vêtues avec peu de modestie, qui le fréquentaient.

« Habib » contourna un marchand affalé le long d'un mur devant un tas d'oranges, ignora l'affiche vantant les cafés glacés et gagna une table occupée par un homme seul attablé devant une glace.

Un barbu d'une trentaine d'années, vêtu d'une chemise et d'un jean, qui ressemblait à un étudiant prolongé.

– Que la bénédiction d'Allah soit sur toi, mon Frère, dit-il chaleureusement.

« Habib » lui rendit respectueusement son salut. Son vis-à-vis, dont il ne connaissait que le pseudo « Chaloubi », était le chef actuel d'*Al Tanzim Al Assazi* pour l'agglomération du Caire. Un homme que le Moukhabarat n'avait jamais réussi à identifier. Secrétaire dans un cabinet d'avocats, il parlait parfaitement anglais et menait une vie calme, avec ses quatre enfants et son épouse « bâchée », qui, bien entendu, ne mettait jamais les pieds dehors.

Il écouta avec attention le récit de « Habib », le comparant à ce qu'il savait déjà.

C'est lui qui dirigeait le filet de protection placé autour d'Ibrahim Al Senoussi, à la demande d'Abu Bukatalla. Le *Tanzim Al Assazi* ne pouvait rien refuser à l'islamiste libyen qui, depuis le début de la révolution libyenne, fournissait des armes à l'Organisation et à ses amis de Gaza.

Dont des missiles sol-air, jadis introuvables.

Aussi, quand Abu Bukatalla avait demandé au *Tanzim Al Assazi* d'utiliser un des missiles qui leur avaient été livrés gratuitement pour abattre un appareil de la British Airways, personne n'avait posé de questions.

Depuis que Al Senoussi se trouvait au Caire, aucun de ses faits et gestes n'échappait à la surveillance des hommes du *Tanzim Al Assazi*, qui transmettaient ensuite leurs informations en Libye.

« Chaloubi » termina sa glace, paya et lança à « Habib ».

– Je vais te quitter, mon Frère, tes informations sont précieuses. Qu'Allah te protège.

Les deux hommes se séparèrent à la sortie du Café Costa. « Chaloubi » s'éloigna à pied. Il se méfiait des taxis, n'empruntait que les transports en commun. Les chauffeurs de bus appartenaient rarement au Moukhabarat. Il attendit d'avoir atteint l'avenue Abu El Fes, longeant le Nil à l'ouest, pour héler un taxi et lui donner une adresse à Gizeh. Tandis que le véhicule se traînait sur le pont du 6 octobre, en réalité une autoroute urbaine enjambant l'île d'est en ouest, il se mit à prier Dieu pour qu'il l'aide à prendre la bonne décision. Curieusement, la peur ne l'effleurait jamais. Pourtant, n'importe quel Moukhabarat aurait arraché tous les ongles à n'importe quel prisonnier pour connaître son nom. Lorsqu'il arriva à destination, dans le quartier d'Al Sharabei, il descendit près d'un kilomètre avant sa destination finale : une officine de rechappage de pneus, au fond d'une cour.

Il traversa l'atelier, ignoré des ouvriers affairés sur

leurs vieilles carcasses de pneus et gagna un petit bureau vitré, au fond, dont l'occupant le serra sur son cœur. Ils passèrent dans la pièce voisine et le patron de l'atelier roula soigneusement un tapis, découvrant une trappe dans le sol qu'il rabattit.

Une échelle métallique menait à un très grand sous-sol encombré d'un bric-à-brac incroyable et inextricable, éclairé par des tubes néon.

Un homme s'affairait sur un établi et se redressa en voyant les deux hommes.

Abdul Gabal Al Afghani, un des membres de la cellule de ce quartier dont l'avis, depuis son séjour en Afghanistan, était respecté de tous.

Il était en train de tester un Strella en partie démonté, grâce à un banc électronique. Il étreignit « Chaloubi », un homme pour qui il avait un profond respect. Le responsable d'*Al Tanzim Al Assazi* demanda :

– Tu as beaucoup de travail ?

– Oui, fit Abdul Gabal Al Afghani. Tous ceux-là partent sur Gaza. Je dois les vérifier pour être sûr qu'ils fonctionnent.

« Chaloubi » approuva et dit en souriant.

– Tu vas devoir abandonner provisoirement cette tâche pourtant utile. J'ai un travail pour toi.

– Si c'est la volonté de Dieu, Inch Allah, fit Abdul Gabal Al Afghani.

– Un travail dangereux, précisa « Chaloubi ».

– Je le ferai, assura Abdul Gabal Al Afghani.

Il brûlait de se racheter après son échec de l'attentat contre le Boeing 777 de la British Airways.

– Nous devons éliminer un ennemi de Dieu, lança d'une voix solennelle « Chaloubi ».

La main sur le cœur, Abdul Gabal Al Afghani répondit aussitôt :

— Si c'est un ennemi de Dieu, il est aussi mon ennemi.

— Voilà de quoi il s'agit, enchaîna « Chaloubi ». Il faut que cela soit fait rapidement.

Il avait décidé qu'il était impossible de laisser dans la proximité d'Ibrahim Al Senoussi un agent de la CIA, qui plus est connaissant sa maîtresse. Toutes les Infidèles étant des putains, elle était peut-être *aussi* sa maîtresse. Sans connaître les détails de la présence du Libyen au Caire, « Chaloubi » savait qu'il devait être protégé de toute « pollution ».

Il avait pris la décision d'éliminer cet agent de la CIA, sans en référer aux Frères libyens, mais il était certain qu'ils l'approuveraient.

Il ne restait plus qu'à armer le piège.

CHAPITRE VII

Malko, allongé sur un transat au bord de la piscine du 5ᵉ étage, essayait de s'intéresser au Financial Times qui ne prévoyait que des catastrophes économiques pour les semaines à venir… Cette mission commençait à lui peser, avec son inaction presque obligée. Bien sûr, Cyntia Mulligan était magnifique, mais, pour l'instant, aussi intouchable que si elle avait été sur une autre planète. Le « *kriegspiel* » de Jerry Tombstone semblait mal parti. Comme si toutes les femmes tombaient dans les bras de Malko au premier regard…

Bien sûr, il ne semblait pas complètement indifférent à la jeune Britannique, mais celle-ci restait scotchée à sa malédiction libyenne.

Justement, Cyntia Mulligan et Ibrahim Al Senoussi venaient d'apparaître. Lui, en T-shirt et bermuda, elle, avec un paréo fendu très haut. Ils s'installèrent dans leur « cabine » habituelle et, en passant, Cyntia jeta un bref regard dans la direction de Malko. Bon pour son amour-propre, mais insuffisant pour son plan.

De nouveau, le Financial Times.

En plus, le soleil tapait férocement et Malko

commençait à se sentir une âme de homard plongé dans une casserole d'eau bouillante.

Il avait eu le matin une brève conversation avec Jerry Tombstone qui lui avait assuré de sa voix calme et lente qu'il fallait avoir de la patience, que l'affaire était suffisamment importante pour qu'on s'y accroche, remarquant au passage que ce n'était pas un cauchemar de se prélasser au soleil dans un palace alors que lui croulait sous les rapports dans un bureau exigu, harcelé par les messages de Langley.

La porte de l'hôtel s'ouvrit à nouveau. Cette fois, c'était le couple déjà aperçu la veille, la femme toujours engoncée dans son niqab et son probable mari qui la tenait par le bout des doigts, sérieux comme un pape. Eux ne risquaient pas de plonger dans la piscine. Ils commandèrent des jus de fruit et ne bougèrent plus.

Il était près d'une heure. De temps en temps, Malko jetait un œil en direction de la « cabine » où se prélassaient Cyntia et son amant, bien installés à l'ombre de l'auvent de toile.

Comme il les observait, il vit Ibrahim Al Senoussi saisir son portable et engager une conversation. Bien entendu, impossible de savoir ce qu'il disait, et, en plus, il devait parler arabe…

La conversation fut brève. Après avoir reposé l'appareil, il dit quelques mots à sa compagne, l'air contrarié, puis se leva et remit son T-shirt. Malko le

vit passer devant lui et disparaître dans l'hôtel. Intrigué, il attendit une dizaine de minutes, puis, comme il
ne réapparaissait pas, il se leva et gagna la « cabine »
où Cyntia était plongée dans un magazine.

Elle leva les yeux et lui sourit.

– Je ne vous dérange pas ? Votre ami…

– Il est parti, laissa-t-elle tomber. Un rendez-vous
urgent. Il m'a dit qu'il en avait pour plusieurs heures.

Le pouls de Malko grimpa en flèche.

– Il ne vous a pas emmenée ?

Cyntia Mulligan sourit.

– Oh non. Il va dans une mosquée, très loin, à
Gizeh, il m'a dit un truc qui s'appelle Al Isti quelque
chose. Vous voulez prendre un verre ?

Elle aussi semblait s'ennuyer…

Malko était devant un dilemme. Rester avec sa
« cible » en maillot blanc Dior, un modèle qui semblait
avoir été dessiné par le Diable lui-même, tant il était
sexy… Ou s'intéresser à ce rendez-vous impromptu
d'Ibrahim Al Senoussi. Le devoir prit le dessus.

– Moi aussi, soupira-t-il, j'ai un rendez-vous. J'espère que vous serez encore là quand je reviendrai.

Cyntia lui jeta un regard appuyé et dit d'un ton
léger :

– Revenez vite, alors !

– Peut-être à tout à l'heure, dit-il s'éloignant sous
le soleil brûlant.

Nasser était fidèle au poste, dans la Mercedes. Il en
sortit et vint au devant de Malko. Il faisait vraiment
peur avec son crâne carré, ses énormes sourcils,
sa moustache à la Saddam Hussein et sa mâchoire
prognathe. Un bouledogue humain.

— Vous connaissez une mosquée dans le quartier de Gizeh ? demanda Malko. Qui s'appelle Isti quelque chose.

L'Égyptien n'hésita pas.

— Il y a la mosquée Al Istiqama place Gizeh, dit-il. Elle est très connue.

— Pourquoi ?

— C'est un fief des Frères Musulmans.

— Est-ce que vous avez vu passer notre « client » ?

— Oui, il y a cinq minutes. Il a pris un taxi.

Malko ouvrit la portière de la Mercedes.

— OK, on va à cette mosquée. C'est loin ?

— Une demi-heure, *Inch Allah*, si on roule bien…

Malko ignorait si cette filature allait donner quelque chose, mais ce rendez-vous impromptu l'intriguait.

**

Karim Akhdar consulta sa fausse Rolex. Un quart d'heure s'était écoulé depuis que l'homme qu'il était chargé de surveiller avait quitté l'hôtel, sur les talons d'Ibrahim Al Senoussi. Il composa un numéro, ne prononça que quelques mots et remit l'appareil dans la poche de sa djellaba. Tourné vers sa femme, il annonça.

— On va rentrer, il commence à faire chaud.

Son travail de la journée était terminé.

**

— Voilà la mosquée, annonça Nasser, avant de s'engager sur une rampe descendant vers un terre-plein où se trouvaient une sorte de marché, une gare routière de bus verdâtres et, au fond, une petite mosquée, à côté de l'immeuble blanc massif des Telecom, près d'une antenne géante.

Nasser s'arrêta en face de celui-ci et se tourna vers Malko.

– Vous voulez que j'aille voir si je l'aperçois ?

– Je vais y aller moi-même, dit Malko.

Il venait de repérer plusieurs étrangers dans la petite foule qui se pressait devant l'entrée de la mosquée. Il passerait inaperçu. Le bâtiment arborait une modeste façade blanche et bleue avec des colonnades et une entrée sur le côté menant à un hôpital construit derrière la mosquée, par les Frères Musulmans.

Un haut-parleur crachait des prières à jet continu, entrecoupées d'« Allah ou Akbar » tonitruants.

Devant la mosquée, c'était les marchands du temple !

Sous un grand parasol bleu siglé bizarrement Nivea, un jeune homme offrait des piles de prêches enregistrés en CD. À côté, un autre vendait des chaussettes et des sous-vêtements. Un autre stand proposait des livres. Quelques touristes prenaient des photos sous le regard suspicieux de deux grands barbus en djellaba, la tête couverte d'une calotte, l'une blanche, l'autre marron.

Pas des têtes de vrais démocrates.

Un peu plus loin, une douzaine de soldats égyptiens, en bérets rouges plats comme des galettes de Pont-Aven, engoncés dans des gilets pare-balles G.K., veillaient sur la mosquée. Les Frères Musulmans étaient désormais les chéris du gouvernement…

Malko se demandait ce qu'il allait faire. Pas d'Ibrahim Al Senoussi. Le regard des deux grands barbus se posait souvent sur lui. Visiblement, ils se méfiaient des Infidèles.

Celui coiffé d'une calotte noire, le nez chaussé de lunettes, s'approcha de lui avec un sourire, la main sur le cœur.

— *Salam Aleikoum*, dit-il, vous vous intéressez à nos activités ? Êtes-vous journaliste ?

— Seulement touriste, assura Malko. Je me promène.

— Si vous appartenez aux Gens du Livre[1], vous pouvez visiter la mosquée, assura le barbu.

Malko déclina poliment. Entretemps, une petite foule de badauds arabes s'était agglutinée autour d'eux, buvant les paroles du grand barbu.

— Vous êtes l'Iman de la mosquée ? demanda Malko.

L'autre eut un sourire modeste.

— Oh non, je ne suis pas assez instruit pour cela ! Seulement un assistant zélé pour la cause d'Allah.

Le flot de paroles continuait à sortir des hautparleurs. C'était à la fois bon enfant et terrifiant : une machine impitoyable en route. Les certitudes de ces gens étaient comme du granit. Ils ne manquaient jamais une occasion de faire du prosélytisme.

— Venez visiter notre mosquée, répéta le barbu.

Devant son insistance, Malko finit par céder et monta les marches, se déchaussant devant l'entrée, surveillé par le barbu.

---

1. Membre d'une région monothéiste.

L'intérieur de la mosquée était frais, avec sur la gauche, un panneau lumineux annonçant l'heure des différentes prières de la journée. Quelques hommes, le dos appuyé à des piliers, priaient ou méditaient. Un dormait carrément, roulé en boule. Un pauvre hère qui avait trouvé là un refuge contre la chaleur. Le grand barbu susurra à l'oreille de Malko :

– Cette mosquée accueille beaucoup de gens, à cause de l'hôpital que nous gérons à côté. Nous faisons beaucoup de bien. Voulez-vous visiter l'hôpital ?

Malko déclina poliment.

Aucune trace d'Ibrahim Al Senoussi. Son déplacement se révélait un coup d'épée dans l'eau. Il aurait dû rester faire la cour à la belle Cyntia.

Il ne se sentit bien qu'après avoir remis ses chaussures et pris congé de son « guide ».

Il y avait beaucoup plus de monde devant la mosquée, des gens agglutinés devant les échoppes en plein air, sous le regard bovin des soldats ressemblant avec leurs gilets G.K. à des tortues NINJA.

Il descendit vers eux.

*<center>**</center>*

Abdul Gabal Al Afghani, mêlé à la foule, surveillait les marches de la mosquée. La main droite refermée autour du manche de corne d'un long poignard qu'il avait effilé pour la circonstance.

Bien sûr, il aurait pu suivre sa « cible » à l'intérieur de la mosquée mais c'eût été un péché grave de tuer un homme dans la Maison de Dieu.

Même un Infidèle.

Or, Abdul Gabal Al Afghani était profondément croyant. C'était même la seule chose à laquelle il se raccrochait dans cette vie de merde où il travaillait dur pour quelques centaines de livres égyptiennes. Heureusement qu'il engrossait sa femme tous les ans.

Il se fraya un chemin vers la mosquée. L'étranger venait de descendre les marches et se fondait dans la foule. Abdul Gabal Al Afghani le suivit, tout entier tendu vers son but. Accomplir la volonté de Dieu.

En quelques mètres, il fut arrivé dans le sillage de sa « cible » qui se dirigeait vers le building des Telecoms. Abdul Gabal Al Afghani parcourut encore quelques mètres. Désormais, il était presque au contact de l'homme qu'il était venu tuer. Lentement, d'un geste naturel, il sortit la main de la poche de sa djellaba et colla le long poignard contre son flanc. La foule était trop dense pour qu'on le remarque. Il avait tué déjà de cette façon : il suffisait d'enfoncer la lame à l'horizontale dans les reins de la victime de toutes ses forces et de la retirer ensuite.

Au pire, il la laisserait plantée dans sa blessure.

Il se trouvait dans un quartier populaire où il n'aurait aucune peine à se fondre dans la foule. Il avait déjà repéré un petit marchand de *chawermas* dans la grande avenue dominant la mosquée, où il s'arrêterait pour laisser les choses se calmer.

Il s'approcha, tenant la lame à l'horizontale et prit son élan. Le dos de sa victime ne se trouvait qu'à un mètre de lui.

Son réflexe fut plus fort que la prudence. Avant de

frapper, il lança un « *Allah Ou Akbar* » de toute la
force de ses poumons.

***

Malko se retourna brusquement, surpris par ce cri
émis tout près de lui.

Pour se trouver nez à nez avec un jeune barbu au
nez de perroquet et au regard halluciné, tenant un
poignard comme une lance, braqué sur son ventre.

L'homme plongea brusquement dans sa direction,
se fendant comme un escrimeur, de façon à éventrer
sa victime.

CHAPITRE VIII

Nasser, le chauffeur, n'avait jamais quitté Malko des yeux. Un vieux réflexe de policier, sauf lorsqu'il était entré dans la mosquée. Il savait que, là, il ne risquait rien. Il y a, dans le monde islamique, des règles qu'on ne transgresse pas, même pour le Djihad.

Ensuite, à la sortie, il s'était rapproché de Malko, mêlé à la foule. Il ne se trouvait plus qu'à trois mètres de lui, lorsqu'il repéra l'homme qui semblait pressé d'avancer, écartant les badauds sans ménagement.

Du coup, Nasser s'intéressa à lui. Trente secondes plus tard, il repérait le long poignard qu'il tenait dans la main droite, collé à sa djellaba. Brutalement, Nasser bouscula un voisin pour se rapprocher. Il n'était pas armé, mais sa corpulence lui donnait un avantage certain sur l'inconnu au poignard.

Il vit ce dernier se rapprocher encore de Malko jusqu'à moins d'un mètre.

Tout se passa simultanément. Au moment où Abdul Gabal Al Afghani tendait le bras pour frapper sa victime en hurlant son cri de guerre « *Allah Ou Akbar* », Nasser bondit et le ceintura par derrière.

Les deux hommes roulèrent à terre.

Le tueur se débattait comme un beau diable. Il perdit une sandale, essaya de frapper Nasser, puis se releva, tenant toujours son poignard.

Malko s'était retourné à moins d'un mètre. Il se dit qu'il avait encore une chance de le tuer. Mais, au moment où il se détendait pour frapper, Nasser lui asséna une violente manchette sur le poignet qui lui fit lâcher son arme.

Un des grands barbus criait comme une sirène, appelant au secours les soldats de la garde...

Jouant des coudes, le tueur s'enfuit, zigzaguant entre les bus de la gare routière. Nasser voulut le suivre, mais deux soldats s'interposèrent et le bloquèrent, le prenant pour le coupable !

Malko regarda l'arme tombée à terre, choqué. Il aurait dû l'avoir dans le ventre. Une voix le fit sursauter.

– Vous n'êtes pas blessé, mon Frère ?

Le grand barbu à la calotte marron le regardait avec componction.

– Non, dit Malko, mais je ne sais pas pourquoi cet homme a essayé de me frapper.

Le barbu hocha la tête avec tristesse.

– C'est un croyant exalté. Certains pensent que les Infidèles ne doivent pas s'approcher des mosquées, que c'est un péché. Bien entendu, c'est faux. Il faut leur pardonner.

Des soldats s'étaient approchés et formaient un cercle autour d'eux, après avoir libéré Nasser. Le grand barbu les écarta d'une voix autoritaire et ils reprirent leur garde inutile. Il prit ensuite Malko par le bras.

— Venez, je vais vous offrir un thé pour vous réconforter.

Il tenait Malko d'une poigne si puissante que ce dernier n'eut pas le loisir de discuter. Ils montèrent les marches et entrèrent dans une sorte de sacristie, une petite pièce poussiéreuse et chaude, avec des banquettes le long du mur et un large plateau de cuivre repoussé devant. Un jeune garçon surgit et le barbu aboya quelque chose.

Cinq minutes plus tard, il était de retour avec deux verres de thé sucré.

Malko trempa ses lèvres sèches dans le sien, soulagé de se désaltérer. Le cerveau en capilotade.

Ivre de rage.

La douce Cyntia l'avait froidement envoyé à la mort en lui mentionnant ce rendez-vous ! Il se reprocha aussitôt ce soupçon : pour cela, il eût fallu que la Britannique sache qui il était.

Ce qui était peu probable.

Elle ne pouvait pas non plus être certaine que Malko se précipite sur les traces de son amant.

La réponse était claire : quelqu'un sachant *qui* était Malko avait tablé sur ses réflexes. Un beau coup d'échecs. Qui avait failli réussir…

Il posa son verre de thé et se leva.

— Je vous remercie de votre gentillesse, dit-il.

— Revenez quand vous voulez, fit le barbu, sans la moindre trace d'humour.

Dehors, la foule s'était dispersée, les soldats étaient

à l'ombre et le poignard qui aurait dû tuer Malko avait disparu. Ce dernier se dirigea vers la Mercedes de Nasser. Celle-ci était vide.

Il regarda autour de lui : le chauffeur avait disparu. Bien sûr, les clefs étaient sur le contact, mais Malko ne se sentait pas capable de conduire dans Le Caire, et, surtout, il était certain de se perdre.

Il prit son portable et appela le chauffeur.

*
* *

Nasser était planté devant une vitrine de chaussures, juste en face d'un petit restaurant de *chawermas* au poulet et au mouton. Un seul homme était attablé au comptoir : celui qui avait voulu assassiner Malko.

C'est son acharnement de policier qui lui avait permis de le retrouver. Presque par hasard. Libéré par les soldats, il avait suivi la direction prise par l'agresseur de Malko. Au bout de la gare des bus, un escalier permettait de rejoindre la grande avenue Sharia El Aram.

Nasser s'était retrouvé dans une foule grouillante, sans trop savoir ce qu'il allait faire.

L'homme qu'il poursuivait devait être loin. Il avait quand même décidé d'aller jusqu'à une station de bus distante d'une centaine de mètres. Les Islamistes utilisaient beaucoup les transports en commun.

C'est en marchant sur le trottoir qu'il avait repéré, presque par hasard, un homme debout devant un comptoir de *chawermas*, en train d'en dévorer un !

Celui qui avait essayé de poignarder Malko.

Il s'était aussitôt planté sur le trottoir opposé, noyé dans la foule, bien décidé à suivre l'inconnu.

C'est à ce moment que son portable avait sonné.

Reconnaissant la voix de Malko, il dit aussitôt :

– J'ai retrouvé l'homme qui a essayé de vous tuer. Je le suis. Rentrez à l'hôtel en taxi.

* * *

Ibrahim Al Senoussi en était à son quatrième verre de thé et commençait à trépigner intérieurement. L'homme qui l'avait appelé, lorsqu'il était au *Four Seasons* avec Cyntia, était un certain Nabil, qui lui avait déjà servi d'intermédiaire avec Abu Bukatalla. Au téléphone, il était toujours succinct, fixant simplement un lieu de rendez-vous.

Cette fois-ci, il avait ajouté que c'était urgent, en demandant à Ibrahim Al Senoussi de le retrouver devant la mosquée Al Istiquama, à Gizeh square.

Persuadé qu'il s'agissait de la préparation de son voyage en Libye, Ibrahim Al Senoussi n'avait pas hésité.

Nabil était bien là. Il l'avait tout de suite entraîné jusqu'à l'avenue Sharia Al Aram où ils avaient pris un taxi jusqu'à la gare Ramses. Là, ils s'étaient installés dans un petit café et Nabil avait enfin expliqué qu'il attendait quelqu'un qui arrivait de Marsa-Matrouh.

Seulement, l'attente s'était prolongée. Nabil téléphonait souvent, et lâchait ensuite, désolé.

– Il n'est pas encore arrivé.

Ibrahim Al Senoussi prenait son mal en patience, se demandant quand il allait pouvoir regagner l'hôtel.

* * *

Malko regardait défiler les rues pouilleuses, la foule compacte sur les trottoirs, perplexe.

On savait désormais ce qu'il faisait au Caire et on avait décidé de le tuer. Le calme olympien de Jerry Tombstone risquait d'en être affecté.

Quand son taxi stoppa devant l'entrée du *Four Seasons*, il revoyait encore le regard halluciné de l'inconnu qui avait voulu le poignarder, et son cri résonnait encore dans ses oreilles.

Au moins, le crime était signé…

La fraîcheur du hall climatisé lui fit du bien. Machinalement, il se dirigea vers les ascenseurs, puis, au moment d'appuyer sur le bouton de son étage, écrasa celui du cinquième.

Il ignorait si Ibrahim Al Senoussi était de retour à l'hôtel et même si Cyntia Mulligan était encore à la piscine, mais, au pire, il prendrait une vodka pour se remettre de ses émotions. Les abords de la piscine étaient déserts. La « cabine » d'Ibrahim Al Senoussi, par contre, n'était pas fermée. Des affaires traînaient sur une table basse entre les deux transats.

Malko gagna la « cabine » et appela :

– Cyntia ?

– Qui est-ce ? demanda la voix de Cyntia, de l'intérieur.

Malko écarta le rideau isolant la petite pièce de l'intérieur.

Se trouvant nez à nez avec la jeune Britannique.

Courbée vers le sol, elle était en train de ramasser ses lunettes noires, offrant involontairement ses seins comme sur un plateau.

Elle se redressa. Son regard croisa celui de Malko. Ce fut comme un choc électrique. Il fut balayé par une pulsion magique et irrésistible. L'ombre de la mort flottait encore sur lui. Il avait bien failli mourir, ce qui déclenchait toujours chez lui un jet d'adrénaline et une furieuse envie de vivre.

Cyntia le fixait, indécise.

Sans dire un mot, Malko se jeta sur elle, emprisonnant sa poitrine entre ses mains comme si c'étaient des fruits. Uniquement vêtue de son deux-pièces Dior, elle fleurait la sensualité par tous les pores de sa peau. Une fraction de seconde plus tard, collée à la cloison de bois, Cyntia sentait la langue de Malko forcer sa bouche, écartant ses dents dans un baiser furieux.

Il avait lâché les seins et empoigné le ventre de la jeune femme à travers son maillot, sentant sous ses doigts la masse tiède et douce de son sexe.

Une érection de jeune homme lui brûlait le bas-ventre. Il ne réfléchissait plus, ôtant de ses pensées l'amant de la jeune femme, qui pouvait surgir à tous moments. La mêlée confuse dura quelques secondes. Cyntia semblait comme anesthésiée par cette tornade sexuelle. Puis, tout à coup, Malko sentit la langue de la jeune femme s'enrouler autour de la sienne ! Il ne la violait plus.

Cyntia noua les bras autour de son cou et son bassin s'appliqua étroitement au sien.

Malko n'avait pas besoin de cela.

Fiévreusement, il fit glisser son pantalon d'alpaga, écarta son slip, dégageant son membre prêt à exploser.

Cyntia n'était pas en reste. D'elle-même, elle fit glisser le bas de son maillot le long de ses longues jambes, révélant une touffe blonde bien taillée en forme de cœur. Comme Malko plongeait les doigts dans le ventre offert, la jeune Britannique le repoussa légèrement, pour l'entraîner vers ce qui ressemblait à une couchette. Le poussant aux épaules, elle força Malko à s'y allonger sur le dos. Pas un mot n'avait été prononcé. C'était du sexe à l'état pur.

Comme on enfourche un cheval, Cyntia s'installa à califourchon sur Malko, écrasant son sexe contre le sien.

Puis, elle se mit à bouger légèrement d'avant en arrière, le masturbant avec son propre sexe. Malko s'attendait à ce qu'elle se soulève pour s'empaler sur lui, mais elle ne semblait pas y penser. Son sexe à lui était tellement gonflé qu'il en était douloureux.

Tranquillement, Cyntia défit les boutons de la chemise de Malko et effleura habilement sa poitrine, s'attardant sur les mamelons.

Malko se hâta de dégrafer son soutien-gorge. Penchée sur lui, Cyntia lui massait toujours le sexe. Soudain, elle ouvrit la bouche pour la première fois, demandant à voix basse :

– Prends mes fesses dans tes mains !

Il obéit et elle se balança encore plus vite. Malko, le sexe écrasé contre celui de Cyntia, sentait le plaisir monter. Il serra encore plus les globes de la croupe et Cyntia dit d'une voix chavirée, douce :

– J'aime bien qu'on me tienne comme ça…

Malko chercha à la soulever pour s'enfoncer dans son ventre, mais elle pesait un âne mort…

Soudain, il jouit sans pouvoir se retenir, inondant son propre ventre.

Le regard de Cyntia avait changé. Il était plus sombre, plus intense. Soudain, elle se souleva légèrement et, toujours à califourchon sur lui, avança son sexe nu jusqu'au visage de Malko. L'écrasant sur sa bouche.

– Et si tu t'occupais de moi ? demanda-t-elle gentiment.

Bien calée sur lui, le buste droit, elle frémit quand la langue de Malko commença à l'explorer. Elle bougeait légèrement, poussant de petits cris pour l'encourager. Il la sentait incroyablement réceptive à ses caresses.

Cyntia avait pris ses seins entre ses mains, jouait avec, effleurant leurs pointes, les yeux fermés.

Quand il enfonça un doigt dans son anus, elle frémit mais ne protesta pas.

Peu à peu, Malko se prenait à ce jeu inattendu. Il entreprit de la caresser avec une fougue nouvelle, la sentant sursauter chaque fois que sa langue effleurait une zone sensible. Peu à peu, l'attitude de la jeune femme se modifiait. Elle ne jouait plus mais se laissait emporter par le plaisir.

Tout à coup, son bassin fut agité d'un bref sursaut, elle écrasa son sexe sur la bouche de Malko, puis se laissa doucement glisser en avant.

Malko avait retrouvé une nouvelle érection, mais elle ne semblait pas s'en apercevoir.

Elle redressa la tête et son regard croisa le sien : espiègle.

— Je ne savais pas que tu savais si bien te servir de ta langue, dit-elle.

Visiblement, c'est ce qu'elle préférait dans l'érotisme.

Un peu frustré, Malko voulut la soulever pour l'empaler sur lui, mais elle le repoussa gentiment.

— Il faut que tu te sauves. Il risque de revenir.

C'était la voix de la raison. Malko remonta son pantalon tandis que Cyntia remettait son maillot.

Lorsqu'il écarta le rideau, elle était en train de se remaquiller. Elle s'interrompit pour lui demander :

— Tu restes encore un peu au Caire ?

— Oui, je pense, dit Malko.

Cyntia sourit.

— Tant mieux, mon ami doit aller en Libye, je pensais l'accompagner mais ce serait dommage de me passer de tes talents. Tu es à quelle chambre ?

— 2621.

— Je t'appelle dès que je suis libre.

Le rideau retomba. Malko se dirigea vers l'hôtel. Encore ébloui de ce qui venait de se passer.

En tout cas, il avait une information précieuse : Ibrahim Al Senoussi allait se rendre en Libye.

Le plan de Jerry Tombstone semblait fonctionner, d'une façon un peu différente que prévu…

À peine dans sa chambre, il appela le chef de Station de la CIA qui broncha à peine lorsqu'il lui apprit qu'il avait beaucoup de choses à lui dire.

— Je viens vous chercher pour dîner, proposa l'Américain. Un des rares bons restaurants égyptiens de la ville.

À peine Malko avait-il raccroché que son portable sonna, c'était Nasser.

– Je suis rentré, dit le Moukhabarat, et j'ai suivi votre assassin. Je sais maintenant où il habite.

CHAPITRE IX

Malko sentit son pouls s'accélérer. C'était inespéré. Décidément, Nasser était un bon.

– Où est-il ? demanda-t-il.

– Il a regagné un atelier de rechappage de pneus dans le quartier populaire de Al Sharabei. J'ai attendu devant plus de deux heures. L'atelier a fermé, des ouvriers en sont sortis mais pas cet homme. Je pense qu'il se planque là.

– Vous êtes certain qu'il ne vous a pas repéré ?

– Certain.

Cela allait être difficile de faire une enquête sans éveiller l'attention. Pourtant, si on pouvait interroger cet homme, on saurait qui avait donné l'ordre de tuer Malko.

– Je vais en parler à M. Tombstone, dit Malko. En attendant, gardez l'information pour vous.

Nasser jura qu'il serait muet comme une tombe. Malko était néanmoins inquiet : la première fidélité du chauffeur allait *forcément* au Moukhabarat.

Les choses s'accéléraient dans tous les sens. Il se demanda si Ibrahim Al Senoussi était revenu de son mystérieux rendez-vous. Il n'osait pas appeler la suite du couple pour le vérifier, et, de toutes façons, il devait dîner avec Jerry Tombstone. Il avait pas mal de choses à lui dire.

***

Ibrahim Al Senoussi était d'une humeur de chien. Après avoir poireauté à la gare Ramses, près de deux heures, Nabil lui avait avoué que celui qu'il devait rencontrer avait dû changer ses plans. Il espérait que le prochain rendez-vous pour fixer son départ serait le bon.

Le Libyen avait trouvé Cyntia noyée dans un bain de mousse, apparemment d'excellente humeur. Elle ne s'était même pas étonnée de sa disparition provisoire.

– On va dîner à la *Cairo Tower*, proposa-t-il. Il paraît qu'il y a une vue magnifique au dernier étage.

Cyntia fit la moue.

– Une vue magnifique sur cette ville de merde, ça m'étonnerait.

Il ne discuta pas. Un autre problème venait de surgir dans sa tête : devait-il prévenir le représentant du MI 6 au Caire de son départ pour la Libye ?

En attendant, il se servit un scotch dans le mini-bar, essayant de se détendre.

Cyntia l'y aida involontairement en sortant un peu plus tard du dressing room, maquillée comme la Reine de Saba, drapée dans une des robes de soie qu'elle affectionnait, moulante comme un gant.

– On y va, darling ! dit-elle avec une bonne humeur évidente.

Tout n'était pas noir.

* *
*

Installés au restaurant terrasse du Sofitel, au ras du Nil, Jerry Tombstone et Malko en étaient presque les seuls clients.

Ses yeux bleus plissés de concentration, l'Américain écoutait le récit de l'après-midi de Malko. Il poussa une brève exclamation lorsqu'il arriva à la tentative de meurtre.

– My God ! fit-il, vous avez eu de la chance. C'est bizarre. Certes, la mosquée Al Istiquama est une base des Frères Musulmans. Cependant, je ne les vois pas, en ce moment, monter un attentat contre vous…

– Personne ne pouvait savoir que j'allais essayer de suivre Ibrahim Al Senoussi, remarqua Malko. Pas même Cyntia. Ce ne peut être qu'un coup monté par des gens qui ne veulent pas que je m'intéresse à Ibrahim Al Senoussi. Probablement les mêmes qui ont tenté de descendre son avion avec le Strella.

» C'était un piège qui pouvait ne pas réussir si je n'y avais pas été. Mais, dans ce cas, je n'en aurais rien su. Je pense que Senoussi est toujours sous la surveillance de ces tueurs et qu'ils ont tenté de m'éliminer.

» Et qu'ils recommenceront…

On apporta des mezzés et Jerry Tombstone se jeta dessus voracement. Quand il fut plein de Hoummouz, il releva la tête.

– Donc, vous ignorez où Senoussi a été ?

– Totalement, avoua Malko. Comme nous ignorons qui il a rencontré à Marsa-Matrouh.

» Simplement « on » sait que j'appartiens à l'Agence.

– C'est tout ?

– Non, dit Malko d'une voix égale, mes relations avec Cyntia ont évolué.

Une lueur presque salace passa dans les beaux yeux bleus de l'Américain.

– Vous avez couché avec elle ?

– On peut dire ça comme ça…

– Je ne vous demande pas les détails, dit Jerry Tombstone d'un air gourmand, montrant qu'il avait envie de le faire.

Malko picora un peu à son tour une feuille de vigne.

– C'est un concours de circonstances, dit-il, grâce à l'absence de service. On pourrait parler de simple pulsion sexuelle. Un moment d'abandon. Elle s'ennuie et je ne la crois pas vraiment amoureuse de lui.

– C'est une pute, quoi ! laissa tomber brutalement l'Américain.

Malko sourit.

– Vous êtes un peu brutal. Les motivations des femmes sont souvent complexes.

– *Anyway, well done* ! approuva Jerry Tombstone. Vous avez *commencé* à remplir votre mission.

Il soupira.

– Vous avez de la chance d'arriver à séduire une fille magnifique comme Cyntia Mulligan. Moi, cela ne m'est jamais arrivé.

– Grâce à la « pute », enchaîna Malko, j'ai quand même obtenu une information intéressante. Ibrahim Al Senoussi s'apprête à partir pour la Libye. Et il veut l'emmener.

– Ça, c'est du *news* ! approuva Jerry Tombstone, ragaillardi. Cela expliquerait la tentative de meurtre. On ne veut pas que vous soyez sur ses traces. Que va-t-il faire en Libye ? Quand part-il ?

– Elle ne me l'a pas dit et ne le sait probablement pas.

Le silence retomba, troublé par le braillement du haut-parleur d'un bateau de touristes.

Après avoir nettoyé tous les mezzés, Jerry Tombstone regarda Malko.

– Vous devez approfondir votre relation avec Cyntia Mulligan. Et, s'ils partent en Libye, il faut les suivre.

– Cela ne sera pas évident, remarqua Malko, ils me connaissent.

– On verra ! Je vais parler aux Cousins du « 6 », demain, pour savoir si Senoussi leur a parlé de ce voyage. Dans le cas contraire, cela veut dire qu'il faut *aussi* se méfier de lui. Il nous fait des cachotteries.

» Ce voyage m'étonne. Il avait dit au « 6 » à Londres qu'il ne voulait pas aller en Libye en ce moment, que c'était trop risqué pour lui, qu'il fallait attendre un peu pour se déclarer. Il avait l'intention de faire venir au Caire ses anciens soutiens.

» Ensuite, on pourrait lancer l'opération « Sunrise ». Dévoiler une figure respectable, avec un back-ground historique, pour représenter la Libye nouvelle.

» Évidemment, pour ça, il ne faut pas qu'il lui arrive malheur.

Assoiffé, il vida d'un coup la moitié de sa Stella[1].

Malko avait gardé le meilleur pour la fin.

1. Bière égyptienne.

— Il faudra donner une prime à Nasser, dit-il. Non seulement, il m'a sauvé la vie, mais il prétend avoir retrouvé l'homme qui a essayé de me tuer.

Il relata à l'Américain le coup de fil de Nasser, s'attendant à une explosion de joie ; ce ne fut pas exactement le cas... Jerry Tombstone explosa.

— *Shit ! Shit ! Shit* [1] ! J'espère qu'il n'a pas été baver.

Il avait déjà sorti son portable et composait un numéro.

Il secoua la tête, dépité.

— Il ne répond pas. J'espère qu'il n'a pas été tout raconter à son Service. Brutaux comme ils sont, les Moukhabarats risquent de réagir comme un éléphant dans un magasin de porcelaine. Dès demain matin, j'appelerai le général Mowaffi.

Une felouque passa silencieusement, descendant le Nil. On retrouvait enfin l'Égypte des cartes postales. Au même moment, une chanteuse, moulée dans une robe noire du cou aux chevilles, se planta non loin d'eux et commença à brailler dans un micro.

— On va y aller ! fit Jerry Tombstone, nerveux. L'histoire Nasser m'ennuie. Notre intérêt, c'est de ne rien faire pour le moment, afin de remonter le réseau.

*
* *

Nasser Ihab tapait avec deux doigts sur son ordinateur, dans un petit bureau, au siège du Moukhabarat de l'avenue Malika. Une pièce non climatisée, où il faisait une chaleur de bête. Il mourait de faim et avait

_____

1. Merde ! Merde ! Merde !

hâte d'aller retrouver sa femme, mais il devait se plier à une règle absolue chaque soir : rédiger le compte rendu de sa journée passée au service de la CIA. C'est à ce prix qu'on le laissait profiter de deux salaires : celui d'agent du Moukhabarat et les « primes » en liquide de la CIA.

Il resta le doigt en l'air au moment d'expliquer comment il avait « logé » l'agresseur de Malko. S'il se taisait et que ses chefs l'apprenaient, il risquait de graves ennuis. Et même de se retrouver au chômage…

Finalement, il raconta tout par le menu, signa son rapport, le déposa dans une boîte dans le couloir et regagna son taxi. Avec le secret espoir d'obtenir une prime pour cette information, dont il ne comprenait pas tous les tenants et aboutissants.

Cyntia Mulligan prenait son breakfast comme tous les matins avec Ibrahim Al Senoussi. Ensuite, le Libyen filait à la salle de sport. Avant de descendre, il s'était largement servi de Cyntia, comme tous les matins, ce qui ne déplaisait pas à la jeune bi-sexuelle.

Encore endormie, la sensation de se faire forer comme un puits de pétrole avait quelque chose de très excitant. Ibrahim Al Senoussi beurrait un croissant quand elle rompit le silence.

– Quand pars-tu en Libye ?

– Je ne sais pas encore. Pourquoi ? dit le Libyen.

– Finalement, je pense que je vais rester au Caire.

Ibrahim Al Senoussi se sentit envahi d'une vague

d'optimisme. Il n'aurait pas à se brouiller avec ses amis libyens! Il dissimula sa satisfaction sous une réticence apparente.

– C'est dommage. Tu es sûre?

– Oui, fit Cyntia, j'ai regardé un guide touristique et j'ai vu qu'il y avait plein de choses à faire. Et puis, j'ai peur que le voyage soit fatiguant. Ce doit être plein de moustiques là-bas…

Tout en parlant, elle pensait à l'homme qui lui avait procuré un délicieux orgasme. En restant au Caire, elle en espérait beaucoup d'autres…

Ibrahim Al Senoussi, hypocritement, sembla se résigner.

– Tu seras sage? demanda-t-il. Ici, les femmes comme toi ne courent pas les rues.

Cyntia secoua la tête.

– Je n'ai pas envie de me taper un Égyptien…

Ce qui était la stricte vérité.

– Bien, conclut le Libyen, je te dirai quand je pars. Malheureusement, il n'y a pas grand-chose à ramener de mon pays.

– Ça ne fait rien, assura la jeune Britannique.

Elle se leva pour retourner chercher des croissants et Ibrahim Al Senoussi se dit qu'elle avait vraiment une croupe magnifique.

**

Fathi El Said, le propriétaire de l'atelier de rechappage de pneus, sentit son estomac se tordre en voyant les trois véhicules de la police militaire stopper devant son atelier. Déjà, les hommes en bérets rouges et tenue blanche, sur laquelle ils avaient passé un gilet en Kevlar G.K, sautaient à terre et se déployaient dans l'étroite rue.

Il nourrissait encore un faible espoir au moment où un policier fit irruption dans sa boutique et le colla contre le mur, le canon de sa Kalach dans le ventre, glapissant :

– Où est-il, ce salaud ?

El Said resta muet de terreur. Les policiers se ruaient déjà dans l'atelier, bousculant les trois ouvriers présents, puis les forçant à s'allonger par terre, à coups de pieds et de crosse. Enfin, un gradé entra à son tour, pistolet au poing, le regard mauvais.

Il colla son arme sur le cou de Fathi El Said et rugit :

– Tu caches un terroriste. Où est-il ?

Fathi El Said mit quelques secondes à retrouver la voix.

– *Sidi*, je ne cache personne, affirma-t-il. Vous pouvez vérifier. Je suis un honnête musulman et je ne connais pas de terroristes.

On le colla à genoux et l'officier du Moukhabarat partit dans l'atelier. Les trois ouvriers avaient leurs papiers en règle et il fut vite persuadé qu'ils n'avaient rien à se reprocher. Il revint vers Fathi El Said.

– Un de mes hommes a vu pénétrer ici, hier soir, un assassin. Où est-il ?

Fathi El Said baissa les yeux.

– *Sidi*, je ne connais pas d'assassin, je le jure sur le Coran. Il n'y a personne. Comment s'appelle-t-il ?

L'officier lui expédia un coup de pied dans le ventre : il ne connaissait pas le nom du suspect.

– Tu es un menteur ! rugit-il. Dis-nous qui est cet homme et où il est. On te pardonnera.

– Sur Allah, je ne sais pas de quoi tu veux parler, jura Fathi El Said.

– Très bien, fit l'officier, on va tout fouiller. Si tu as menti, je te tue de ma propre main…

D'autres soldats étaient entrés à leur tour. On commença à fouiller partout et ce fut vite fait : l'atelier était petit. Fathi El Said comptait les minutes et priait Dieu. Soudain, un policier repoussa de sa botte le tapis du petit bureau et le coin de la trappe apparut.

Hurlements. Tous se précipitèrent, on enroula le tapis, dévoilant la trappe. Le capitaine amena Fathi El Said par le collet et rugit.

– Et ça, qu'est-ce que c'est ?

– Ça mène au sous-sol, admit Fathi El Said. Il n'y a rien que des vieilleries, des vieux pneus..

Deux soldats avaient déjà rabattu la trappe. Le sous-sol était plongé dans le noir. Muni d'une torche, l'un commença à descendre les marches de bois. Il était à mi-chemin lorsqu'une rafale éclata, venant du sous-sol et il tomba en avant.

D'autres soldats se précipitèrent à leur tour. Le capitaine hurla :

– Attrapez ce chien vivant !

Un prisonnier vivant valait plus qu'un cadavre.

Le premier soldat venait de toucher le sol lorsqu'une violente explosion secoua l'endroit. Une flamme orange, de la fumée, puis le silence. L'officier penché sur la trappe avait été projeté contre le mur. Après quelques secondes de stupeur, il se rua sur Fathi

El Said et le prit à la gorge, le frappant au visage à coups de crosse et l'insultant.

Si fort que Fathi El Said tomba. L'officier continuant à le frapper. Jusqu'à ce qu'il ne bouge plus. Il réalisa alors qu'il serait plus utile vivant que mort. Il lança à ses hommes.

– Emmenez ce chien. Je vais m'en occuper moi-même.

Avec précaution, deux policiers redescendirent, butant sur les cadavres de deux des leurs, essayant de se repérer dans une fumée épaisse et âcre. En plus des deux soldats, on découvrit le cadavre d'un homme qui s'était fait sauter avec une grenade.

Des pompiers et des ambulances arrivaient à la rescousse, le quartier avait été bouclé.

Laissant ses hommes sur place, le capitaine du Moukhabarat repartit ventre à terre vers le siège de son Service. À l'arrière de son pick-up, deux soldats étaient assis sur Fathi El Said, encore inconscient.

Une demi-heure plus tard, le pick-up passait le long de l'automitrailleuse gardant l'entrée du Moukhabarat. Le véhicule alla jusqu'à un bâtiment de béton gris sans fenêtre, le centre d'interrogatoire.

On attacha soigneusement Fathi El Said sur un siège en métal scellé au sol, dans une pièce du premier sous-sol, insonorisée pour que les cris des prisonniers interrogés ne dérangent pas le travail des fonctionnaires installés au premier étage.

En Égypte, la torture était une pratique vieille comme les Pharaons.

Le capitaine Saadi était en train de préparer son

matériel lorsque son portable sonna. C'était un agent du Moukhabarat demeuré sur place. Il lui apprit qu'on avait enfin dégagé le sous-sol, découvrant le cadavre méconnaissable de l'homme qui s'était fait sauter avec une grenade et huit missiles sol-air de fabrication russe, encore dans leur caisse.

La prise la plus importante depuis longtemps. Ce ne pouvait appartenir qu'à une seule organisation : le *Tanzim Al Assazi*, le bras armé des Frères Musulmans.

Une seule personne pouvait aider le capitaine Saadi à nourrir son rapport : El Said, le patron de l'atelier de rechappage.

L'officier du Moukhabarat vissa soigneusement une mèche de taille moyenne sur sa perceuse et s'installa sur un tabouret, en face du siège où était menotté Fathi El Said. Celui-ci avait repris connaissance et regrettait de ne pas avoir été tué. Le Moukhabarat leva les yeux sur lui.

– Chien, qui est le type qui s'est fait sauter ?

Comme il ne répondait pas, il posa l'extrémité de la mèche en dessous du genou gauche du prisonnier qui poussa un cri terrifié.

– Yallah ! fit l'officier en appuyant sur la détente de la perceuse.

Une fraction de seconde plus tard, la mèche entama la peau de Fathi El Said, puis le cartillage.

Le capitaine Saadi poussa férocement, insensible au hurlement atroce de sa victime.

Le sang partait en éventail, éclaboussant même le bourreau. Celui-ci s'arrêta quelques secondes et lança à Fathi El Said.

— Je vais te faire autant de trous qu'il faut pour que tu me dises la vérité, chien.

Quand le prisonnier aurait parlé, il saurait d'où venaient les missiles sol-air et à qui ils étaient destinés. Et qui était l'homme qui s'était suicidé plutôt que d'être fait prisonnier.

CHAPITRE X

C'était une réunion secrète, dans un local peu utilisé de Nasser City. « Chaloubi », le chef du *Tanzim Al Assazi* du Caire avait convoqué plusieurs de ses hommes pour une réunion urgente. Grâce à une carte téléphonique anonyme, ils avaient un rendez-vous télé- phonique avec Abu Bukatalla qui venait d'arriver à Marsa-Matrouh, en attendant de prendre en charge Ibrahim Al Senoussi pour son voyage en Libye.

« Chaloubi » arborait une mine sombre. La descente du Moukhabarat chez Fathi El Said était un coup dur. D'abord, les Strella étaient perdus et il n'était pas près d'en ravoir d'autres. Or, le *Jund Ansar Allah*, de Gaza, les avait payés d'avance. Ensuite, il avait perdu un homme précieux : Abdul Gabal Al Afghani et vraisemblablement un second, Fathi El Said, le proprié- taire de l'atelier de rechappage. Surtout, le Moukha- barat risquait de remonter dans l'organisation de *Tanzim Al Assazi*, et, politiquement, le prix pouvait être très lourd.

Les Frères Musulmans faisaient profil bas jusqu'aux élections : la détention de missiles sol-air par sa branche armée était un fait grave, il faudrait trouver une explication.

Un fait encore secret.

Ni la télé, ni la presse, ni la radio n'avaient parlé de ce qui s'était passé.

Officiellement, il s'agissait de l'explosion acciden-telle d'une bouteille d'oxygène dans un atelier. Les gens du quartier se garderaient bien de mentionner la présence des Moukhabarat aux journalistes locaux.

Un des hommes de « Chaloubi » passa le portable :

— Le Frère Abu Bukatalla…

Le Libyen qui, bien entendu, savait ce qui était arrivé, ne dissimulait pas sa fureur. Il commença par traîner dans la boue « Chaloubi ». Lui reprochant d'avoir voulu supprimer l'agent de la CIA, sans lui en faire part. Et, en plus, de l'avoir raté. Ibrahim Al Senoussi devait partir en Libye et il y avait peu de chances que l'homme de la CIA l'y suive. Donc, le problème était réglé. Si, dans le cas contraire, il y allait aussi, ce serait plus facile de l'y liquider qu'en Égypte.

« Chaloubi » ne discuta pas : Abu Bukatalla était un homme important.

Celui-ci enchaîna :

— Je ne veux pas rester longtemps à Marsa-Matrouh. Il faut qu'Ibrahim Al Senoussi me rejoigne. Ce soir. Ne le préviens pas par téléphone. Envoie Nabil au Four Seasons.

— Ce sera fait, assura « Chaloubi », ravi de se dé-barrasser du Libyen.

— Prévois une rupture de filature pour être sûr que personne ne suit, précisa Abu Bukatalla. Rappelle-moi quand tout est calé, sur ce numéro.

***

– Les cons ! Les cons !

Jerry Tombstone écumait de fureur quand Malko entra dans son bureau après avoir franchi tous les « barrages » défendant l'ambassade américaine.

– Qu'est-ce qui se passe ? demanda Malko, convoqué une heure plus tôt par le chef de Station de la CIA.

– Le Moukhabarat a donné l'assaut à l'endroit où se cachait le type qui a essayé de vous tuer. Ça a été un massacre. Il semble qu'il se soit suicidé et ils ont découvert des Strella dans le sous-sol. Donc l'attentat contre le 777 de la British Airways et la tentative de meurtre contre vous ont bien été commis par les mêmes gens : ceux du *Tanzim Al Assazi*, n'agissant pas pour leur compte mais pour des Libyens. Il faut trouver lesquels.

– Qu'est-ce qu'on fait ?

– Il ne faut pas lâcher Ibrahim Al Senoussi. Qu'il ne nous file pas entre les doigts, c'est pour sa sécurité. Je crois qu'il ne se rend pas compte des risques qu'il court. Ce voyage en Libye ne me dit rien. Je vais au Moukhabarat voir le général Mowaffi pour savoir ce qui s'est passé réellement.

» Des cons du Moukhabarat ont donné un coup de pied dans la fourmilière, Dieu sait ce que cela va donner. En tous cas, au moins nous sommes tombés sur ceux qui ont tenté de tuer Ibrahim Al Senoussi en abattant l'avion... On va peut-être pouvoir tirer un fil.

**

Ibrahim Al Senoussi venait de rentrer du sport et sortait de sa douche quand on frappa à la porte de sa suite. Croyant qu'il s'agissait du room-service, il ouvrit sans méfiance. C'était Nabil.

Il se glissa dans la suite et annonça :

– Je viens vous chercher. Nous partons pour Marsa-Matrouh.

– Maintenant ?

– Oui. Je dois repartir avec vous. Une voiture nous attend.

– Pourquoi tout de suite ?

– Je ne sais pas, répondit Nabil avec un sourire désarmant.

Il ne bougeait pas, scellé à la moquette. Ibrahim Al Senoussi comprit qu'il devait obéir. Après tout, avancer son départ ne le gênait pas.

– Bien, fit-il, je me prépare. Vous attendez en bas.

Nabil ne bougea pas.

– Je préfère vous attendre ici, fit-il timidement mais fermement.

Ibrahim Al Senoussi ne discuta pas. Se bénissant d'avoir été rendre visite un peu plus tôt à Herbert Mallows, le représentant du MI 6 au Caire, afin de lui faire part de son départ prochain pour la Libye.

Le Britannique l'avait mis en garde contre les pièges qui pouvaient l'attendre de l'autre côté de la frontière, approuvé son désir de rencontrer le général Younès et lui avait remis un téléphone satellite Thuraya, afin de

pouvoir communiquer avec lui. Les téléphones nor-
maux passaient très mal en Libye, ou même, pas du
tout.

Le temps de boucler une valise, Ibrahim Al Senoussi
appela Cyntia, partie visiter le Musée du Caire.

Cela ne passait pas.

Il essaya quatre fois puis, devant la nervosité visible
de Nabil, renonça. De mauvaise humeur, il suivit le
jeune Égyptien. Ils descendirent à pied la rampe du
« Four Seasons ».

Une voiture attendait plus haut, sur la Corniche El
Nil. Une vieille japonaise, un Barbu au volant. Ils
parcoururent une centaine de mètres, puis le conducteur
tourna à gauche dans une rue étroite. Surpris, Ibrahim
Al Senoussi aperçut un mur de briques qui la barrait
sur toute sa largeur, un peu plus loin.

– Vous vous êtes trompé ! lança-t-il à Nabil.

– Non, assura le jeune Égyptien.

Arrivé au pied de la muraille de briques, le véhicule
s'arrêta et Nabil ouvrit la portière.

– Venez ! dit-il au Libyen.

Ils sortirent de la voiture et Ibrahim Al Senoussi
aperçut une étroite ouverture entre un des immeubles
et le mur, un passage pour piétons. Les deux hommes
s'y glissèrent, Nabil portant la valise du Libyen. Un
autre véhicule attendait de l'autre côté du mur, une
vieille Golf grise qui démarra dès qu'ils furent
installés. Ibrahim Al Senoussi, qui n'était pas habitué
aux ruptures de filature, ne comprenait pas bien.

Désormais, personne ne pouvait les avoir suivis.

Un peu plus loin, ils replongèrent dans la circulation démente de la fin de journée, se dirigeant vers le périphérique pour rattraper l'autoroute d'Alexandrie. La voiture sentait l'oignon et la saleté. Ibrahim Al Senoussi regretta tout à coup d'avoir accepté ce voyage.

Il aurait mieux fait de rester avec Cyntia.

**
*

— Vous êtes libre à dîner, ce soir ? lança la voix joyeuse de Cyntia Mulligan.

Malko n'en croyait pas ses oreilles. Il avait cherché la jeune femme à la piscine. La cabine était fermée.

— Certainement, dit-il, mais vous ?

Cyntia Mulligan éclata de rire dans le récepteur.

— Il est parti tout à l'heure, comme s'il avait le Diable à ses trousses. Je n'étais même pas à l'hôtel ! Il m'a juste laissé un message.

Visiblement, elle s'en moquait comme de sa première culotte.

Le cerveau de Malko tournait à 100 000 tours. Ce départ précipité pouvait avoir un rapport avec la réaction du Moukhabarat du matin. Il fallait coûte que coûte prévenir Jerry Tombstone.

— Je suis libre, confirma Malko à Cyntia Mulligan.

— OK, on se retrouve en bas à neuf heures.

— Vous ne craignez pas les ragots des gens de l'hôtel ? s'inquiéta Malko.

— Non, ils se moquent de ce que font les étrangers. À tout à l'heure.

Il se rua sur son portable.

Jerry Tombstone mit quelque temps à répondre.

– Je suis au Moukhabarat, annonça l'Américain. Vous pouvez me rappeler plus tard ?

– Pas de problème, je voulais juste vous dire que notre ami a pris la route. Il y a une heure.

– Vous savez comment ?

– Non.

– OK, je vous rappelle plus tard.

***

La Volkswagen avait dépassé El Alamein et la nuit était tombée. Ils avaient roulé lentement car il y avait beaucoup de camions dans les deux sens.

Nabil se tourna vers Ibrahim Al Senoussi.

– Nous sommes environ à mi-chemin. Vous voulez vous arrêter prendre un café ?

– Non, merci, affirma le Libyen.

Il avait surtout envie d'arriver et d'appeler Cyntia. Il était furieux de ne pas avoir pu lui parler avant de partir. La route filait, rectiligne, le long de la côte. À droite, la mer, à gauche, le désert.

De temps en temps, quelques lumières d'un village ou d'une station-service.

Le Libyen essaya de se détendre. Décidément, ce n'était pas facile de devenir roi.

***

Malko était accoudé à la rambarde du salon de thé du rez-de-chaussée, à côté du pianiste, lorsque Cyntia Mulligan émergea de l'ascenseur.

Belle à couper le souffle.

Elle portait un tailleur noir avec de fines rayures dont la jupe était largement fendue devant, qui allait parfaitement avec ses bas noirs « anti-moustiques ». Lorsqu'elle s'approcha, Malko aperçut sous la veste du tailleur un chemisier en mousseline noire transparente, laissant deviner le soutien-gorge de dentelles noires.

Quand la veste était boutonnée, la jeune femme était parfaitement décente. Ouverte, c'était une autre histoire. Le regard de Cyntia Mulligan respirait la joie de vivre.

– Où m'emmenez-vous dîner ? demanda-t-elle. J'espère que c'est un endroit civilisé ?

– Essayons le *Shepherd*, un peu plus loin sur la Corniche.

– Votre chauffeur est là ?

Nasser n'était pas venu. Probablement ennuyé par ce qui s'était passé.

– Non, nous allons prendre une limousine de l'hôtel, dit Malko.

Cyntia Mulligan traversa le lobby, avec l'allure de la Reine Nefertiti, suivie par les regards humides du personnel.

Alors qu'ils étaient dans la limousine, le portable de Malko sonna : Jerry Tombstone. Malko l'avertit aussitôt.

– Je vais dîner avec une amie. Quoi de neuf ?

– Ils ont pris un type vivant et l'ont « interrogé ». Il a prétendu que les Strella étaient destinés à Gaza. Qu'il ne savait rien de l'attentat, ni contre vous, ni contre l'avion…

– Qui sont ces gens ?

– Apparemment, la branche armée des Frères.

– OK, je vous rappelle demain.

– J'ai demandé au Moukhabarat de surveiller le poste frontière de Salloun, c'est le seul ouvert avec la Libye. Donc, on va savoir à quelle heure notre ami est passé et avec qui il était.

– Très bien, conclut Malko.

Il raccrocha. Cyntia commençait à lui jeter des coups d'œil intrigués.

Heureusement, ils arrivaient à destination.

Hélas, le *Shepherd* n'était plus ce qu'il était. La boîte de nuit où se produisaient les meilleures danseuses du Moyen Orient était fermée et la salle à manger à moitié vide.

Malko faillit repartir ; malheureusement, au Caire, il n'y avait pratiquement pas de restaurant en dehors des hôtels. Quant au menu, c'étaient les éternels mezzés et de l'agneau qui semblait avoir beaucoup voyagé. Ils se rabattirent sur le vin, à peu près buvable.

**

Dans la limousine qui les ramenait au « Four Seasons », Cyntia mit la tête sur l'épaule de Malko et soupira.

– C'est bon de se détendre.

– Ton ami ne t'a pas appelée ? demanda-t-il.

– Peut-être, fit Cyntia, mais j'ai coupé mon portable. Ce soir, je veux être tranquille.

Lorsqu'ils prirent l'ascenseur, elle appuya sur le bouton du 27e étage, tournée vers Malko, elle dit simplement :

– Au cas où il téléphonerait, il vaut mieux que je sois là.

Plus salope, tu meurs.

Malko écarta la veste du tailleur et effleura la pointe dure d'un sein.

Cyntia en ferma les yeux de bonheur.

– Si tu me caresses très doucement, dit-elle en reprenant le tutoiement, tu vas me faire jouir.

Il n'y parvint pas : l'ascenseur allait trop vite. Mais, à peine dans sa chambre, il reprit sa caresse là où il l'avait laissée.

Cyntia s'était débarrassée de sa veste et se laissa faire, tout en massant doucement Malko. Elle respirait rapidement, les yeux clos et, soudain, un long soupir filtra de ses lèvres. Elle leva vers Malko un regard embué.

– Tu y es arrivé. Tu as des doigts de fée…

Ce n'est pas avec la même douceur qu'il attaqua la fente de la jupe, trouvant aussitôt un slip de satin qu'il massa à son tour avec douceur.

Cyntia ronronnait.

Elle l'aida à faire glisser le triangle soyeux le long de ses jambes, puis, sans ôter sa jupe, elle se retourna et s'agenouilla en bordure du lit, remontant la jupe noire sur ses hanches, de façon à découvrir sa croupe. Comme Malko s'approchait, elle dit gentiment :

– Fais ce que tu as envie de faire.

Malko avait déjà une érection de maréchal. Il libéra son sexe, sans même ôter son pantalon et s'approcha de la jeune femme. La croupe cambrée comme une chatte prête à se faire saillir, les reins creusés, elle l'attendait…

Malko s'enfonça dans son ventre d'un trait, allant le plus loin possible, puis la saisit aux hanches et entama un long mouvement de va-et-vient.

Son sexe coulissait facilement dans un fourreau tiède et souple et Cyntia donnait de petits coups de hanche, comme pour fouetter son désir. Avec ses bas noirs montant très haut sur ses cuisses, ses escarpins assortis et sa jupe remontée sur ses hanches, elle dégageait un charme sulfureux et irrésistible. Malko en profita largement avant d'exploser, tout au fond de son ventre.

Cyntia se laissa aller doucement en avant, à plat ventre sur le lit. Elle n'avait pas joui, mais semblait de bonne humeur. Comme Malko était encore fiché en elle, elle demanda :

– Tu es satisfait ?

– Absolument, assura Malko.

Sagement, il se retira et Cyntia se renversa sur le dos, puis ouvrit son chemisier, découvrant sa poitrine durcie en un appel muet.

Lorsque la bouche de Malko se posa sur les pointes dures comme des crayons, il sentit Cyntia frémir. Les yeux fermés, elle profitait goulûment de sa caresse. Puis, tranquillement, elle écarta largement les jambes, sa jupe toujours remontée sur ses hanches, offrant son sexe découvert.

Malko ne pouvait que répondre à cet appel muet. Lorsque sa tête se glissa entre les cuisses de la jeune femme, Cyntia les resserra légèrement, comme pour le saluer.

Son sexe était brûlant et elle commença tout de suite

à réagir sous sa caresse. Beaucoup plus active que lorsqu'il la prenait… Bientôt, elle saisit les cheveux de Malko, appuyant sa tête contre son sexe.

Malko en fut si excité qu'il se dépassa.

Jusqu'au cri rauque de Cyntia, dont les jambes se déplièrent brutalement.

C'était vraiment son truc.

Un peu plus tard, elle se releva, le regard flou.

– Tu veux prendre une douche ? dit-elle.

– Vas-y d'abord.

Elle ôta sa robe et ses bas et gagna la salle de bain, en titubant légèrement. Malko attendit d'entendre l'eau couler pour se lever à son tour. La CIA ne le payait pas seulement pour satisfaire la cover-girl. Il se rapprocha du bureau où différents papiers étaient étalés.

Son œil accrocha tout de suite quelques lignes en arabe suivies d'un numéro de téléphone, notés sur un papier à en-tête de l'hôtel.

Un numéro qui commençait par 992.

Un numéro libyen.

Malko prit la feuille, la plia et la mit dans la poche de son pantalon. Il venait tout juste de revenir sur le lit quand Cyntia ressortit de la salle de bain, enveloppée dans un peignoir.

Pour venir s'allonger près de lui.

– Tu veux dormir ici ? proposa-t-elle.

Malko déclina poliment. Il avait hâte de communiquer à Jerry Tombstone ce qui pouvait être le nom et le numéro de téléphone de celui qui avait essayé de faire assassiner Ibrahim Al Senoussi avec quelques dizaines d'autres innocents.

Et la pulpeuse Cyntia.

CHAPITRE XI

On aurait entendu une mouche voler dans le bureau de Jerry Tombstone. Penché sur le bureau, un des agents arabisants de la Station examinait le mot subtilisé par Malko dans la chambre de Cyntia Mulligan. Il écrivit quelques chose sur une feuille de papier et le tendit au chef de Station.

– C'est le numéro de téléphone d'un portable libyen. Impossible de savoir à qui il appartient.

Son boulot accompli, il ressortit du bureau.

Jerry Tombstone, déçu, ouvrit son ordinateur.

– On va voir si ce numéro figure sur la fiche d'Abu Bukatalla, dit-il.

Il frappa le code d'accès donnant accès à la liste noire des Islamistes répertoriés par la CIA. Les noms défilèrent puis le tableau s'immobilisa sur la photo d'un barbu à l'air farouche. L'Américain se pencha vers l'écran pour lire le texte accompagnant la photo, Malko lisant par-dessus son épaule.

C'était édifiant.

Abu Bukatalla était originaire de la ville de Darna, en Cyrénaïque, berceau des djihadistes. Il avait été arrêté en 2003 à Fallouja, en Irak, et transféré à Guantanamo. Avant de venir y combattre les Américains, il était le responsable, pour la Cyrénaïque, du Groupe Islamique de Combat Libyen, anti-Khadafi et proche d'Al Qaida.

Ce groupe avait mené pendant des années des actions violentes en Libye contre le régime.

Transféré à Guantanamo, Abu Bukatalla y était resté quatre ans, libéré en 2007, car il n'avait commis aucun crime contre les Etats-Unis en Irak.

Par contre, une note indiquait qu'à Guantanamo, il s'était rangé sous la bannière des « *takfiri* », le mouvement islamique le plus radical, qui considère que tous ceux qui ne pensent pas comme lui sont des Infidèles, bons à égorger…

Abu Bukatalla, remis aux autorités libyennes, avait passé quelques mois en prison et avait été libéré après avoir juré abandonner l'activisme.

Ensuite, il y avait un grand trou dans sa biographie jusqu'en mars 2011, où il était réapparu à la tête de la Katiba « Abu Salim », basée à Benghazi. On savait peu de choses sur ses activités et on ne connaissait même pas sa base en Libye. Hélas, le numéro de téléphone trouvé par Malko ne figurait pas sur son C.V.

Jerry Tombstone releva la tête.

— Je vais essayer d'en savoir plus sur Bukatalla par les « Cousins ».

— Pourquoi, eux ?

— Ils ont un type très bon à Benghazi sous couverture de journaliste arabe, Peter Farnborough. Un Brit un peu pédé, parlant parfaitement arabe et bien avec les Services saoudiens. Il doit connaître ce gars.

Ce *Takfiri* semble avoir peu d'envergure, remarqua Malko, pourquoi se lancerait-il dans une opération complexe comme l'attentat contre l'avion de la British Airways ?

– Je n'en sais rien, avoua Jerry Tombstone en appuyant sur le dernier mot, mais il va falloir le savoir. Vous allez devoir le trouver, cet Abu Bukatalla.

– Comment ?

Le chef de Station arbora un sourire faussement naïf.

– En allant à Benghazi, bien sûr ! On ne chasse pas les renards en ville. Je comprends que vous n'ayez pas envie de quitter votre « fiancée », mais c'est désormais en Libye que cela se passe.

– Qu'est-ce que je vais faire là-bas ? protesta Malko, je n'ai aucun contact sur place et je ne parle pas arabe !

Jerry Tombstone ne se troubla pas.

– Nous avons une base à Benghazi. Confortable. Des gens de la D.O.[1] et quelques Marines. Ils vous fourniront un véhicule et un fixer.

» En plus, notre ami Peter Farnborough sait sûrement beaucoup de choses, plus que ne me diront ses amis, ici, au Caire. Les « Cousins » sont toujours un peu cachottiers...

– Comment vais-je aller là-bas, il n'y a plus de communication ?

L'Américain eut un sourire onctueux.

---

1. Division des opérations, chargée des actions clandestines.

– Heureusement, il y a *le World Food Program*[1]. Ils ont, deux fois par semaine, des vols pour Benghazi et Tripoli à partir du Caire, en principe pour les membres des agences onusiennes. J'ai de bons rapports avec le patron des vols, Ali Yayia. Je peux vous trouver une place sur le prochain vol, qui est, je crois, lundi…

Malko chercha à dévier la conversation.

– Vous avez des nouvelles de notre client ? demanda-t-il. Il a dû passer la frontière.

Jerry Tombstone secoua lentement ce qui lui restait de cheveux roux.

– Non, et cela m'intrigue. D'après les Égyptiens, il ne s'est pas présenté au poste frontière de Salloun, or c'est le seul qui soit ouvert avec la Libye.

– Donc, il est peut-être toujours en Égypte, dit aussitôt Malko.

La Libye s'éloignait.

– Tout est possible, admit l'Américain, mais je n'y crois pas. Pourquoi aurait-il filé en vitesse en laissant sa dulcinée, juste pour se rendre à Marsa-Matrouh ? La frontière est totalement poreuse, il y a des dizaines de pistes pour contourner le poste de Salloun, en faisant quelques dizaines de kilomètres vers le sud. Ibrahim Al Senoussi dispose d'un réseau libyen, ne l'oubliez pas.

Il fut interrompu par le téléphone. Il écouta brièvement, puis reposa l'appareil, le visage grave.

– Le problème est réglé, laissa-t-il tomber, vous partez en Libye.

– Qu'est-ce qui se passe ?

1. Programme d'alimentation national, agence onusienne.

– Khadafi vient d'être tué en s'enfuyant de Syrte. Une balle dans la tête, tirée par un *thuwar*[1] de la katiba de Misrata. Syrte est tombée, la Libye est libérée. Donc, les *vrais* problèmes vont commencer.

» La lutte pour le pouvoir.

» Le pays n'a ni gouvernement, ni armée unifiée, ni véritable pouvoir politique. Vous pouvez faire confiance aux Islamistes pour mettre le turbo.

» Donc, plus que jamais, il faut pousser notre candidat, Ibrahim Al Senoussi et faire en sorte qu'il reste vivant. Sinon, on a droit à un Émirat Islamique et à ses conséquences. Ils commenceront par couper le petit doigt des voleurs et ils finiront par la main entière. Sans compter que, même si le régime ne se libère pas lui-même du terrorisme, ce sera l'Afghanistan au temps des talibans. Ils « hébergeront » des groupes radicaux en fermant les yeux.

» Tout cela à l'ombre d'une triple poudrière : Gaza, l'Égypte et l'AQMI, au sud. Tous ces gens viendront se ravitailler en armes, se faire soigner et recruteront de nouveaux adeptes.

» Il *faut* que notre projet aboutisse.

Malko se retint de lui dire que le rétablissement d'une royauté en Libye, même dénicotinisée, relevait plus du fantasme que de la réalité ; mais le chef de Station continuait sur sa lancée, droit dans ses bottes.

– Donc, j'abandonne Cyntia ? demanda-t-il.

– Je sais, fit Jerry Tombstone, d'une voix un peu grinçante, c'est fâcheux pour votre équilibre sexuel, mais vous trouverez peut-être en Libye un *erzatz*, c'est ainsi que l'on dit dans votre belle langue ?

1. Résistant.

— Il y a autre chose que mes goûts sexuels, répliqua Malko. Ibrahim Al Senoussi appelle Cyntia pour lui donner des nouvelles. Nous n'en saurons rien. De plus, s'il se trouve vraiment en Libye, nous ignorons où… La seule personne à qui il se confiera, c'est elle !

Cette fois, l'argument fit mouche. Jerry Tombstone demeura immobile, secouant lentement la tête comme un éléphant blessé.

— *Right* ! finit-il par dire. *You made a point.* (Après un long silence :) il y a une solution, vous l'emmenez en Libye.

Malko faillit s'étrangler.

— Dans une cage ? demanda-t-il ironiquement. Ce n'est pas parce qu'elle couche avec moi qu'elle va me suivre aveuglément. Je la connais à peine et elle ignore tout de moi.

— OK, c'est à vous de jouer, trancha l'Américain. Offrez-lui un voyage de noces…

— En Libye…

L'Américain eut un geste évasif.

— Tout le monde à l'Agence dit que vous êtes un séducteur hors pair, rétorqua-t-il. Vous allez le démontrer une fois de plus. Je vais m'occuper de votre voyage et contacter Peter Farnborough.

» Allez convaincre la belle Cyntia….

*   *
*

Ibrahim Al Senoussi s'affairait fébrilement sur un Thuraya, assis à l'arrière de la grosse Chrysler qui l'avait emmené depuis Salloun. La frontière passée sur une piste quasi invisible au sud du massif montagneux. Il avait dormi dans une petite maison plantée en plein désert, avant de prendre la route à l'aube. Il était accompagné de deux inconnus, qui lui avaient dit avoir été envoyés par Abu Bukatalla et de deux chauffeurs qui se relayaient pour conduire à tombeau ouvert sur une route en parfait état, sans le moindre virage, longeant la côte. Ils venaient de passer Tobrouk et s'étaient arrêtés pour prendre de l'essence et acheter de l'eau.

Il avait beau s'acharner sur le Thuraya, impossible d'attraper un réseau. Le téléphone satellite ne fonctionnait pas à partir d'une voiture. Profitant que les conducteurs et ses accompagnateurs buvaient un café, il sortit de la Chrysler et, dissimulé par sa masse, déplia l'antenne du Thuraya. Quelques instants plus tard, l'écran afficha « Libyan ring ».

Il n'avait plus qu'à taper le numéro de Cyntia. Il dut s'y reprendre à trois fois pour accrocher son portable. Quand la jeune femme décrocha, il aurait embrassé l'appareil.

– C'est moi, dit-il. Tout va bien. Je suis en Libye.

– Où ?

– Je ne sais pas, sur la route entre Tobrouk et Benghazi.

Il aperçut les chauffeurs qui revenaient et dit rapidement : Je te rappellerai, je t'aime.

***

Cyntia Mulligan était déjà installée à la piscine lorsque Malko revint de son rendez-vous à l'ambassade. Elle l'accueillit d'un sourire radieux. Visiblement, la soirée de la veille ne lui avait pas laissé un mauvais souvenir. Malko s'assit sur le transat à côté d'elle et demanda :

– As-tu eu des nouvelles de ton ami ?

– Oui, il m'a appelée tout à l'heure de son Thuraya. Il va bien. Il est en Libye.

Malko sauta sur l'occasion.

– Je crois que je vais être obligé d'y aller aussi, laissa-t-il tomber. Khadafi vient d'être tué et les choses vont bouger.

La jeune femme posa son magazine.

– Pourquoi faire ?

– Il faut relancer la production pétrolière dare-dare. Je t'ai dit que j'étais dans le pétrole…

La jeune femme resta de marbre, puis lâcha d'une voix glaciale.

– Et moi, qu'est-ce que je vais faire ? Toute seule au Caire.

– Tu veux venir avec moi ? demanda Malko d'un ton relativement léger.

La jeune femme le fixa, abasourdie.

– Tu plaisantes ? C'est un pays de sauvages. Il paraît qu'il n'y a plus d'avions.

– Moi, si j'y vais, assura Malko, je partirai en avion.

– Il n'y a pas d'avions.

– Pas officiellement, mais l'ONU a quelques vols. Je peux avoir des places.

Cyntia le fixa, incrédule.

– L'ONU ? Tu connais des gens à l'ONU ?

– Ma boîte, oui.

Visiblement, la proposition de Malko la rebutait, mais Cyntia Mulligan revint à la charge.

– OK. Et si Ibrahim me téléphone ? Comment je vais lui expliquer que je suis en Libye ?

– Il t'appelle sur ton portable, donc il ne peut pas savoir où tu te trouves… Tu sais, cela me ferait très plaisir que tu viennes, ajouta-t-il.

La jeune femme secoua la tête.

– Nous sommes fous ! C'est impossible. S'il l'apprend, il va être fou de rage…

– Tu es amoureuse de lui ?

Devant la question directe, Cyntia demeura muette quelques instants, puis reconnut à voix basse :

– Pas vraiment. Mais il faut être correct dans la vie. En plus, on risque de tomber sur lui.

– Nous n'irons pas à l'hôtel, affirma Malko. Ma boîte a loué une très belle villa à Benghazi. Tu peux ne voir personne.

Elle resta longtemps silencieuse, puis finit par dire :

– Si tu me jures qu'on ne risque pas de le rencontrer, je veux bien venir.

Malko l'embrassa dans le cou.

– Formidable ! Je ne travaillerai pas tout le temps.

– Quand allons-nous partir ?

– Je te le dirai. À propos, tu me donnes ton portable ?

– Oui : 4477371 4662.

– OK, je t'appelle tout à l'heure pour te dire quand on part.

* * *

Malko posa un papier où était inscrit le numéro de portable de Cyntia Mulligan sur le bureau de Jerry Tombstone.

– Voilà le numéro de Cyntia Mulligan. Ce matin, Ibrahim Al Senoussi l'a appelée de quelque part en Libye, sur son Thuraya. Donc, il est là-bas. En remontant le numéro de Cyntia, on devrait pouvoir trouver celui du Thuraya de Senoussi. Et, la prochaine fois qu'il appelle, ce sera facile de le localiser, grâce au GPS incorporé dans le Thuraya. À propos, il me faut une seconde place d'avion pour Benghazi. Cyntia accepte de venir avec moi…

L'Américain marqua le coup.

– *Well done! Well done*! Pour la place, il n'y a pas de problème, je la fais inscrire aujourd'hui. Je vais demander à la T.D. [1] de trouver le numéro du Thuraya d'Al Senoussi. Les Awacs de l'OTAN screenent toutes les communications. Ce devrait être facile avec le numéro appelé.

L'Américain lui jeta soudain un regard suspicieux.

– Vous êtes *certain* qu'elle ne se doute de rien sur vous ?

– J'espère.

– *Cross your fingers…*

– Il faudra me donner de l'argent, précisa Malko, beaucoup d'argent, il n'y a pas de carte de crédit en Libye.

_____
1. Technical Division.

– Pas de problème. Nous avons tout ce qu'il faut là-bas, y compris des « baby-sitters ».

» Il faut sauver le soldat Al Senoussi. Ils pourront vous être utiles…

Ce ne serait pas inutile, étant donné la férocité des adversaires de la CIA.

Des gens qui n'hésitaient pas à abattre un avion commercial avec tous ses passagers pour tuer une seule personne, méritaient le respect.

Le voyage en Libye n'allait pas être une promenade de santé.

CHAPITRE XII

Cyntia Mulligan bâilla à se décrocher la mâchoire. Il n'était que sept heures du matin et toutes les conversations dans le hall de départ du terminal IV de l'aéroport du Caire roulaient sur la mort de Khadafi annoncée la veille.

Le petit Fokker du « World Food Programm » emmenait une cinquantaine de personnes, tous journalistes ou ONG.

– Qu'est-ce que tu me fais faire ! soupira Cyntia. Il est tout petit, cet avion, tu es sûr qu'il ne va pas tomber ?

– On n'est jamais sûr de rien, répondit Malko, mais au moins nous mourrons ensemble.

Cyntia Mulligan n'apprécia pas son humour.

– Moi, je ne veux pas mourir, fit-elle, je ne sais pas si je vais partir. Et puis, on ne sait pas ce qui se passe en Libye, après la mort de Khadafi.

Malko lui prit tendrement et fermement la main.

– À Benghazi, il ne se passe rien et, si tu as trop peur, tu pourras toujours rejoindre Ibrahim…

Cyntia lui adresa un regard furieux.

– En lui expliquant que je suis venue en Libye avec un autre homme… Tu veux qu'il m'égorge ? Tu connais les Arabes.

On appelait le vol et ils gagnèrent le tarmac. C'est vrai, le Fokker 100 était vraiment tout petit, rempli d'une faune bizarre, membres d'ONG ressemblant à des étudiants prolongés ou costauds au crâne rasé évoquant carrément le militaire.

– Nous allons nous arrêter à Marsa-Matrouh pour refueller, annonça le pilote. Vingt minutes, mais personne ne doit sortir de l'avion…

Cyntia sursauta et se pencha vers Malko.

– Mais c'est horriblement dangereux ! S'il y a le feu ?

– C'est une hypothèse qu'il vaut mieux ne pas envisager, dit sobrement Malko.

Intérieurement, il jubilait pour l'instant, sa mission se déroulait d'une façon inespérée ; il avait séduit Cyntia et l'avait enlevée ! Grâce à elle, il retrouverait la piste d'Ibrahim Al Senoussi en Libye. Sans attendre un hypothétique appel du Libyen au MI 6 du Caire. Ce qui permettrait éventuellement de le protéger.

Ensuite, il fallait trouver Abu Bukatalla, le probable sponsor de l'attentat contre le 777 de la British Airways et le neutraliser.

Pas la partie la plus facile du voyage…

La veille au soir, Jerry Tombstone avait appris à Malko que la T.D. avait bien travaillé et connaissait désormais le numéro du Thuraya d'Ibrahim Al Senoussi, ce qui permettait éventuellement de le localiser chaque fois qu'il se servirait de son appareil.

Or, il s'en servirait automatiquement pour joindre Cyntia...

À Benghazi, la Station locale de la CIA assurerait la logistique de Malko, pris en charge dès son arrivée.

Premier devoir : prendre contact aussitôt avec Peter Farnborough, l'agent du MI6 qui pouvait l'aider à localiser Abu Bukatalla. Avant son départ, Jerry Tombstone avait souligné à Malko le but éventuel de sa mission.

– Le but de votre voyage est d'éliminer physiquement Abu Bukatalla avant qu'il ne liquide Ibrahim.

– C'est peut-être déjà fait ! avait remarqué Malko. On n'a pas de nouvelles depuis qu'il a appelé Cyntia.

– Je ne crois pas. Avant son départ, Ibrahim Al Senoussi a vu mon homologue du « 6 ». Il lui a expliqué qu'il allait en Libye pour contacter des gens susceptibles de se rallier à lui. Comme Abu Bukatalla. Ce dernier le sait sûrement et va utiliser Ibrahim pour connaître ceux qui s'opposeraient à une mainmise des Islamistes sur la Libye. Ce n'est qu'après, qu'ils le liquideront.

– Pourquoi ne pas avoir averti Ibrahim du danger qu'il courait ? Et du rôle probable d'Abu Bukatalla ?

– Parce que je n'ai pas envie qu'il reprenne le premier avion pour Londres. C'est un gentil : il croit que la politique est un jeu de gentlemen... J'espère que l'élimination d'Abu Bukatalla suffira à lui permettre de mener sa campagne. En réalité, la « Tête du serpent » est au Qatar. L'Émir, c'est lui qui veut établir un Émirat Islamique en Libye.

– Le Qatar est en principe l'allié des États-Unis,

remarqua Malko. Il abrite la plus grande base navale américaine du Golfe et l'Émir « embrasse » Barak Obama sur la bouche.

– Il n'est pas dégoûté, laissa tomber l'Américain, pincé. Le Pakistan *aussi*, est un allié fidèle des Etats-Unis. Cela ne l'a pas empêché de garder Oussama Bin Laden au chaud pendant une dizaine d'années et de soutenir le groupe Haqqani, le plus virulent des Talibans anti-Américains.

– OK, conclut Jerry Tombstone. La Station de Benghazi vous donnera un Thuraya pour communiquer avec moi.

*
* *

Somnolant à côté de Cyntia, Malko se réveilla à peine lorsque le Fokker 100 se posa à Marsa-Matrouh. La jeune Britannique le secoua, paniquée.

– Ça sent l'essence, il faudrait peut-être mieux se sauver…

– Nous allons à Benghazi, pas à Marsa-Matrouh, expliqua Malko avec une patience d'ange.

Heureusement, le plein fut rapidement terminé. Il restait une heure et demie de vol au-dessus du désert pour atteindre Benghazi.

*
* *

À part quelques carcasses de MIG libyens, un vieil Airbus et deux hélicos russes M.8. qui, d'après leur état, n'étaient pas près de reprendre l'air, le tarmac de l'aéroport de Benghazi était totalement vide. Écrasé sous un soleil de plomb.

Malko aperçut par le hublot du Fokker trois hommes qui attendaient le vol. Ils ne ressemblaient pas vraiment à des ONG. Costauds, carrés, lunettes noires, chemise sur le pantalon, jean, mâchant du chewing-gum.

À peine Malko eut-il descendu la passerelle intégrée, que l'un d'eux, une carrure de docker, le cheveu ras et un visage inexpressif, s'avança vers Malko.

– You Malko ?

– Yes.

– *I am Ted. We come to pick you up*[1]. *Follow us.*

Cyntia Mulligan rejoignit Malko, regardant les trois hommes avec curiosité.

– On est venu me chercher, expliqua Malko. Tout va bien.

Ils gagnèrent la minuscule salle des bagages. Malko désigna leurs deux sacs et Ted se pencha pour les ramasser sur le tapis roulant, dévoilant la crosse d'un énorme pistolet glissé dans sa ceinture...

Une Cherokee sans plaque les attendait dehors, vitres fumées, blanche, toute neuve.

– Je voudrais avoir un tampon sur mon passeport, réclama Cyntia. Comme souvenir.

Ted secoua la tête.

– Désolé, Miss ! Ici, il n'y a ni douane ni Immigration... Mais, si vous voulez, on vous en fera un aussi beau qu'un vrai.

Ils passèrent sous un panneau arborant « Merci la

----

1. On vient vous chercher. Suivez-nous.

France » au-dessus de deux combattants libyens faisant le signe de la victoire, et se tassèrent à l'arrière de la Cherokee. Cyntia poussa un cri de douleur.

– Il y a un truc sur le plancher, dit-elle, je me suis cognée.

Elle se pencha et ramena, en le tenant par le canon, un pistolet-mitrailleur Uzi.

Ted se retourna :

– *Pardon me*, Miss, c'est à moi.

Il lui prit l'arme des mains et la posa à ses pieds. La jeune Anglaise était bouche bée.

Après l'aéroport, la route était rectiligne, bordée d'eucalyptus poussiéreux, avec le désert des deux côtés. Peu de circulation.

– Ça a donné quoi, ici, la mort de Khadafi ? demanda Malko

Ted se retourna.

– Ils tirent en l'air partout, comme des fous… On voit bien qu'ils ne paient pas les munitions.

Ils arrivaient à Benghazi.

Des larges avenues désertes, une ville plate comme la main. Peu de piétons, quelques épiceries rustiques, peu de feux rouges et beaucoup de voitures. Une alternance interminable de murs cernant des propriétés invisibles, de terrains vagues et de petits blocs d'immeubles.

Une demi-heure plus tard, ils stoppèrent devant un portail métallique surmonté de deux caméras ultra-modernes, gardé par un Libyen assis sur un pliant, Kalach sur les genoux. Coup de klaxon : le battant pour laisser entrer la Cherokee révélait deux hommes en civil, M.16

à l'épaule, pistolet à la ceinture, walkie-talkie, lunettes noires.

La Cherokee se gara le long d'une énorme pelouse, merveilleusement entretenue, en face d'une villa aux proportions pharaonesques.

Précédés de Ted, Cyntia et Malko y entrèrent. Il faisait délicieusement frais à l'intérieur, grâce à la clim. Sol de marbre, faux meubles Louis XV, avec des dorures, d'épaisses tentures partout, des tapis. On n'était pas à l'Armée du Salut.

Ted leur ouvrit la porte d'une chambre gigantesque, avec un lit de quatre mètres, un couvre lit brodé de fils d'or et annonça :

– *Your home, sir*! Nous avons un briefing dans un quart d'heure dans le lounge.

Comme il faisait demi-tour, un homme et une femme surgirent silencieusement, pieds nus, très minces, la peau foncée mais pas noire. La femme était jolie, avec des traits fins et l'homme avait des traits réguliers et une expression indifférente.

Ted revint sur ses pas.

– Ce sont Hissene et Aya, des Tchadiens. Ils s'occuperont de vous.

Les deux Tchadiens s'inclinèrent, sourirent vaguement et s'éclipsèrent.

Assise sur le lit, Cyntia semblait abasourdie.

– C'est magnifique, ici ! dit-elle. C'est ta boîte qui t'offre cela ?

– Je crois qu'elle loue cette maison à un Libyen expatrié, expliqua Malko. Si tu veux prendre un bain…

On frappa à la porte et la Tchadienne entra, portant un grand panier de fruits. Elle s'accroupit en face de Cyntia et demanda d'une voix douce, en anglais.

– *You want some fruits, Miss*?

Les regards des deux femmes se croisèrent et Malko sentit qu'il y avait des atomes crochus.

Elle commençait à peler une orange lorsque Malko s'éclipsa.

***

La réunion se tenait dans un grand salon cossu, avec d'épais rideaux de velours, des canapés et des fauteuils profonds, des tapis et une grande table basse.

Un jeune Libyen aux cheveux courts, polo et jean, était assis au bord d'un canapé, attentif et l'air sérieux. On aurait dit un étudiant écoutant un cours.

– Voilà Jafar, fit Ted, désignant le jeune Libyen assis au bord du canapé. Il est OK. Il vous servira de chauffeur et de *fixer*. Il a sa bagnole, en plaques libyennes et il parle anglais.

Jafar sourit et tendit la main à Malko.

– Je suis médecin, dit-il, je viens de finir mes études. Je suis à votre disposition.

– OK, coupa brutalement Ted, on va continuer sans vous.

Jafar s'éclipsa discrètement et le jeune Américain expliqua à Malko.

– Ici, c'est la base de la DO[1] à Benghazi. Nous avons six Marines pour la protection et nous sommes

1. Division des Opérations.

huit. Notre boss, Milton Crawford, est parti à Syrte, sur le front, pour une évaluation. Nous avons des moyens de communications sécurisés et, grâce aux Tchadiens, on bouffe à peu près correctement.

– Personne ne sait que je suis en Libye ?

– Personne. Ici, il n'y a aucun contrôle. Nous avons ce qu'il faut comme artillerie et je vous montrerai où vous servir. Bien sûr, on est à votre disposition.

– Vous savez ce que je suis venu faire ici ?

Ted eut un fin sourire d'ogre.

– Bien sûr, sir : *terminate with extreme prejudice*[1] un de ces salopards de barbus. On vous aidera bien volontiers.

Ce n'était pas un défenseur des Droits de l'Homme. En tout cas, ça s'arrêtait à la race blanche.

– Parfait, approuva Malko, je dois rencontrer quelqu'un.

– On m'a prévenu, sir. Un Brit. Voilà son mobile. Ça marche mal. Il habite à l'hôtel Ouzou, mais il vaut mieux ne pas se pointer là-bas. Vous seriez vite repéré. Arrangez un rendez-vous discret. Voilà, sir. Jafar vous attend. À plus tard. Si vous avez besoin d'un « baby-sitter », vous le dites.

Malko regagna sa chambre. Cyntia était déjà dans la salle de bains. Il entra. Elle dégustait des quartiers de fruits servis par la jeune Tchadienne, agenouillée sur un tapis de bains devant la baignoire…

– On est très bien ici ! soupira la cover-girl.

– J'ai du travail, annonça Malko, je te dis à tout à l'heure.

1. Tuer.

Il regagna le grand lounge et composa le numéro de Peter Farnborough, un portable local.

Le Britannique répondit aussitôt.

– Jerry m'a donné votre numéro, annonça Malko. Quand pouvons-nous nous rencontrer ?

– Demain, si vous voulez. Vous connaissez Al Kish ?

– Non.

– C'est l'ancien QG des troupes de Khadafi, à l'entrée de la route de Brega. Tout a été pillé ou brûlé, personne n'y va plus. C'est un endroit tranquille pour se retrouver. Vers dix heures. Vous avez une voiture et un chauffeur ?

– Oui.

– Alors, à demain.

* * *

Avec application, Ibrahim Al Senoussi refit le numéro de Cyntia. Rien, puis une sonnerie occupée. Cela faisait vingt fois qu'il essayait. Pourtant, avec un Thuraya, cela devait passer. Qu'est-ce que cela signifiait ?

Dès qu'il était arrivé à Benghazi, on l'avait installé dans une petite maison de deux étages, au cœur de la vieille ville.

Il occupait une chambre au premier étage, avec une vieille clim. Le rez-de-chaussée était occupé par plusieurs hommes qui s'entassaient dans une grande pièce.

Il n'avait pas encore rencontré Abu Bukatalla mais s'en moquait. Il avait fait prévenir le général Abdel

Fattah Younès, un des hommes les plus puissants de la nouvelle Libye, par son « contact » et neveu Abdel Razik.

Ancien ministre de la Défense de Khadafi, le général avait rallié très tôt la rebellion et le CNT l'avait pris comme chef d'État-Major. Un des rares professionnels dans le cloaque des katibas dirigées par des amateurs ou des farfelus. En plus, le général Younès était un des membres les plus importants de la tribu des Obeidi, une des plus puissantes de Cyrénaïque.

Si Ibrahim Al Senoussi parvenait à le rallier à sa cause, cela aurait un effet d'entraînement sur les autres chefs de katiba.

Or, Ibrahim Al Senoussi savait, par des intermédiaires, que le général Younès voyait son projet de monarchie constitutionnelle d'un bon œil.

Il n'y avait plus qu'à attendre son appel. Il ne se trouvait pas à Benghazi, mais sur le « front », quelque part à l'ouest.

Ibrahim Al Senoussi regarda instamment son Thuraya.

Tout aurait été bien s'il avait pu joindre Cyntia.

*
* *

Cyntia était étendue sur le lit lorsque Malko regagna leur chambre, en train de manger du raisin, son portable posé à côté d'elle.

– J'ai essayé de joindre Ibrahim, dit-elle, impossible, je n'ai pas de circuit, c'est curieux.

– Attends, je vais me renseigner, dit-il.

Il trouva Ted dans la cuisine en train de se préparer des *scrambled eggs*. Six d'un coup. Lorsqu'il lui posa la question, l'Américain ne parut pas étonné.

– C'est normal, fit l'Américain. Ici, les portables étrangers ne marchent pas : il faut un Thuraya ou une « puce » locale avec beaucoup de crédit.

– Elle a besoin de joindre quelqu'un, expliqua Malko.

– Faut qu'elle utilise votre Thuraya, conclut Ted.

Il se replongea dans ses œufs brouillés. Malko n'était pas vraiment satisfait. Si Cyntia utilisait son Thuraya pour joindre son amant, ce dernier allait s'en apercevoir et se poser des questions…

Revenu dans la chambre, il annonça à la jeune femme :

– Ce doit être un problème passager. Les Awacs de l'OTAN brouillent parfois les communications.

– Bien, fit-elle. On va aller au restaurant, je voudrais bien voir la ville.

– On peut faire un tour en voiture, répliqua Malko, mais les restaurants ne sont pas terribles. Il vaut mieux manger ici.

Cyntia lui jeta un drôle de regard.

– Il n'y a aucun endroit où aller ?

– Si, bien sûr, mais il n'y a pas beaucoup de femmes dans les endroits publics, ce n'est pas le Caire.

– Je mettrai un foulard, répondit-elle, mi-figue, mi-raisin.

Malko la sentait nerveuse et tendue. On frappa à la porte. C'était Ted.

– Faudra que vous disiez pour le dîner. Ils ne sont pas rapides.

Il ressortit et Cyntia fronça les sourcils. Cette fois, l'Américain ne portait qu'un tricot de corps et le pistolet glissé dans sa ceinture crevait les yeux.

– Tes amis sont armés *aussi* dans la maison ? demanda Cyntia, visiblement soupçonneuse, lorsqu'il fut ressorti.

– Le pays est dangereux, prétendit Malko. Il y a beaucoup de gens armés.

Cyntia sembla réfléchir puis laissa tomber.

– Est-ce que tu me prends pour une imbécile ?

Malko sursauta.

– Bien sûr que non ! Pourquoi ?

– C'est une ambiance bizarre, dit-elle, tous tes amis sont armés, la maison est gardée, on dirait une forteresse.

– Je t'ai dit, insista Malko, c'est encore un pays en guerre. Khadafi n'est mort que depuis deux jours. Il faut faire attention. Tout le monde n'aime pas notre présence ici.

Cyntia ne le lâchait plus du regard. De la même voix calme, elle demanda.

– Pourquoi as-tu pris un papier posé sur le bureau au Caire, où il y avait un numéro de téléphone important pour Ibrahim ?

CHAPITRE XIII

Le regard de Cyntia était posé sans aménité sur Malko. Elle alluma une cigarette et enchaîna.

– Je crois que tu m'as menti. Tu n'es pas ce que tu dis.

– Pourquoi dis-tu cela ? protesta Malko.

– Toutes ces armes, cette maison à l'écart et ces types qui ont des têtes de mercenaires. Pourquoi as-tu voulu m'emmener ici ?

– C'est toi qui as voulu venir, souligna Malko. Et j'en suis très heureux.

– Pourquoi as-tu pris ce papier ? insista Cyntia. Ne mens pas...

Sa voix était carrément glaciale. Malko pesa le pour et le contre. Une situation que n'avait pas prévue Jerry Tombstone.

Il sentait que, s'il lui mentait, Cyntia était capable de tout. Il pouvait difficilement l'empêcher de retourner au Caire et de mettre son amant au courant.

Il se décida d'un coup.

– C'est vrai, reconnut-il, je ne t'ai pas dit toute la vérité. Je ne travaille pas dans le pétrole.

– Qu'est-ce que tu fais, alors ?

– Je travaille pour le gouvernement américain, dit-il, à la protection d'Ibrahim Al Senoussi.

Cyntia Mulligan fronça les sourcils.

– La protection ? Qu'est-ce que tu veux dire ?

Au point où il en était, Malko pouvait se lâcher.

– Il y a des gens en Libye qui veulent sa peau. Nous cherchons à les empêcher de le tuer.

– Qui ça « nous » ?

– Une puissante organisation gouvernementale…

Cyntia Mulligan secoua la tête.

– *Bullshit* ! Personne ne veut le tuer. Dis-moi vraiment la vérité, sinon je me fais reconduire immédiatement au Caire.

– Ce sera difficile, eut l'imprudence de dire Malko.

Le regard de Cyntia s'assombrit.

– Tu m'as kidnappée ! Attention, il y a sûrement un consulat britannique ici.

Elle devenait dangereuse.

– Tu as failli ne pas arriver au Caire, dit Malko. Quelqu'un, avec un missile sol-air, a voulu abattre le 777 où tu te trouvais avec Ibrahim. Heureusement, son système de guidage n'a pas fonctionné.

– Tu te moques de moi ?

– Non, je n'ai pas envie de plaisanter.

Cyntia Mulligan se leva, folle de rage.

– OK, maintenant, tu vas me dire *pourquoi* tu m'as draguée. Parce que tu m'as draguée.

– C'est vrai, reconnut Malko, je voulais me rapprocher d'Ibrahim.

– Salaud ! En couchant avec moi ! Tu t'es foutu de moi !

Elle écumait. Malko tenta de la calmer.

— C'est vrai, reconnut-il, j'étais en service commandé, mais je ne me plains pas de la chance que j'ai eue.

La jeune Britannique le toisait, folle de rage.

— Je suis une conne de t'avoir cédé.

— Je ne me suis pas forcé, assura Malko, avec un sourire d'excuse. Tu es une très belle femme. Quelquefois, on peut joindre l'agréable à l'utile. D'ailleurs, je ne pensais pas te séduire aussi facilement.

— C'est ça ! Dis que je suis une pute ! cracha Cyntia. Je vais faire mes bagages.

— Pour aller où ? demanda Malko, avec un peu d'ironie.

— Au Caire.

— Il n'y a ni train, ni bus, ni avion, et les gens d'ici m'obéissent.

— Qui es-tu ? cria-t-elle en frappant la moquette de son pied nu.

— Je travaille pour la Central Intelligence Agency, avoua Malko, en liaison avec ton gouvernement, d'ailleurs.

— Tu es un espion ?

— C'est un mot que je n'aime pas... Je suis dans le Renseignement et j'essaie d'aider Ibrahim Al Senoussi à jouer un rôle politique important dans la Libye de demain.

— Oui, je sais, fit-elle, il veut être roi de Libye.

Cyntia Mulligan se planta soudain en face de lui, le regard flamboyant.

— Fous le camp de cette chambre ! Je ne veux plus te voir. Demain matin, on fera le point.

La porte claqua sur Malko. Il explora le couloir, découvrant deux portes plus loin, une chambre presque aussi grande et s'y installa. Cela serait parfait pour la nuit. Pour l'instant, Cyntia ne pouvait pas nuire. Sans moyens de communications, elle pouvait tout juste partir à pied et les agents de la CIA ne la laisseraient pas s'éloigner.

Il fallait quand même éclaircir définitivement la situation… Et savoir où se trouvait Ibrahim Al Senoussi.

Seule, Cyntia pouvait l'appeler. Mais pour cela, il fallait qu'elle soit passée de son côté.

***

Ibrahim Al Senoussi raccrocha le portable local qu'on lui avait remis, rasséréné. Abdel Razik, le neveu du général Younès, venait de l'appeler pour lui dire que son oncle quitterait le lendemain le front de Syrte, pour regagner Benghazi et le rencontrer.

Par discrétion, il ne serait pas accompagné de son escorte habituelle, mais seulement de deux colonels dignes de confiance. Dès qu'il serait à Benghazi, il contacterait Ibrahim.

Fou de joie, Ibrahim Al Senoussi appela immédiatement Abu Bukatalla pour le mettre au courant de la bonne nouvelle. Le général Younès était la pièce essentielle de son projet.

Connaissant personnellement tous les chefs des différentes Katibas, il était à même de les rallier. Il détestait les Islamistes qu'il avait traqués pour le compte de Khadafi pendant de nombreuses années. Aussi, les Américains lui faisaient-ils entièrement confiance.

Heureux, le Libyen essaya encore une fois de joindre Cyntia. Le numéro était toujours occupé...

***

Malko n'arrivait pas à trouver le sommeil. Son algarade avec Cyntia l'avait perturbé. Il avait absolument besoin d'elle pour renouer avec Ibrahim Al Senoussi.

La vaste maison était totalement silencieuse, on entendait même le chuintement du climatiseur. Aussi, le cri aigu qui brisa le silence parut d'autant plus incongru.

Le pouls de Malko grimpa au ciel. Il se releva et sortit dans le couloir. Plus aucun bruit. Puis, un second cri, moins fort, le fit de nouveau sursauter. Cela venait de la chambre occupée par Cyntia.

Malko s'approcha, écouta au battant, sans rien entendre. Tout doucement, il tourna la poignée : la porte n'était pas fermée à clef.

Il poussa tout délicatement le battant : la chambre était baignée par une très faible lueur. Retenant son souffle, Malko distingua une masse indistincte sur le lit, qui bougeait très légèrement. Il fallut que ses yeux se fassent à l'obscurité pour distinguer ce qui se trouvait sur le lit...

Cyntia était allongée à plat sur le dos, les bras en croix, les jambes écartées. Une masse sombre s'agitait entre ses cuisses.

Une tête de femme, occupée à donner du plaisir à la jeune Britannique.

Bien entendu, Malko ne pouvait pas l'identifier, mais quelque chose lui dit qu'il s'agissait de la domestique tchadienne qui avait apporté des fruits à Cyntia dans sa salle de bains….

Il y eut un nouveau cri bref et les cuisses de Cyntia se resserrèrent brutalement autour de la tête collée à son ventre.

Malko referma doucement la porte et repartit se coucher. Rassuré. Si Cyntia l'avait viré de sa chambre, ce n'était peut-être pas *seulement* à cause de ses mensonges.

Cela augurait bien pour une réconciliation indispensable.

**

La Cherokee blanche, conduite par Jafar, le stringer de la CIA, tourna à gauche dans la grande avenue menant vers le centre, connue comme l'avenue de la Fabrique de Tapis. À Benghazi, les voies n'avaient que rarement des noms. Toutes semblables. Rectilignes, bordées de murs interminables, dissimulant d'immenses propriétés, de petits groupes d'immeubles avec des commerçants, de terrains vagues. La ville s'étalait en demi-cercle autour du port de la vieille ville, de la lagune et de la Corniche de bord de mer.

On aurait dit une ville américaine, avec toutes ces avenues sans nom convergeant vers le centre, coupées de plusieurs « *ring-road* », des périphériques au nombre de cinq. Peu d'immeubles en hauteur, des bâtiments couleur désert, pas le moindre accident de terrain, et ces avenues qui semblaient surdimension-nées par rapport à la maigre circulation. Et, par dessus tout, un soleil brûlant, implacable. Jafar désigna sur leur gauche un bâtiment au fond d'une grande pelouse dominée par un immense écran de télé planté sur le gazon.

– C'est le restaurant Venetia, c'est correct, mais il n'y a pas d'alcool.

Un kilomètre plus loin, il prit à droite à un des rares carrefours protégés par un feu de signalisation, remon-tant une avenue strictement identique à la précédente, puis la quitta pour entrer dans un vaste espace décou-vert, bordé de bâtiments sans portes ni fenêtres, visi-blement pillés et brûlés.

Pas un chat.

– Voilà El Kish, annonça le Libyen. L'ancien QG des troupes de Khadafi ; quand elles sont parties, la population a tout pillé.

C'est tout juste si on n'avait pas volé la peinture.

Malko aperçut un magnifique 4×4 japonais, en parfait état, garé devant un des bâtiments détruits, et se tourna vers Ted.

– Il y a quelqu'un ?

– Non, c'est un véhicule que les Khadafistes ont laissé volontairement espérant que les *thuwars* s'en empareraient. Il est sûrement piégé, alors personne n'y a touché.

– Et personne ne l'a sécurisé ?

– Tous les spécialistes étaient au front. Maintenant que Khadafi est mort, ils vont revenir.

Malko regarda autour de lui.

Où se trouvait Peter Farnborough ?

Il aperçut soudain, loin vers la droite, en face d'un hangar brûlé dont il ne restait que les structures métalliques, une voiture blanche.

Il s'y dirigea à pied.

C'était une KIA « Spectra » en plaques libyennes, vide. Un léger sifflement lui fit tourner la tête. Un homme vêtu d'un costume clair venait d'apparaître devant une des ouvertures d'un autre bâtiment détruit, juste en face de lui.

L'inconnu lui fit signe et Malko le rejoignit.

Petit, rondouillard, le long nez pointu, les cheveux blancs, le teint brique, l'inconnu ressemblait à un officier de l'Armée des Indes. Il tendit la main à Malko.

— Peter Farnborough. Vous n'avez pas eu de problème pour trouver ?

— Non, mais c'est un endroit étrange.

Le Britannique sourit.

— Et surtout, complètement abandonné ! Les habitants n'y viennent plus depuis qu'il n'y a plus rien à piller.

— Où habitez-vous à Benghazi ?

— Je suis à l'hôtel Ouzou, en face de la lagune ; tout le monde est là, mais il y a trop de gens inconnus. Le CNT n'a pas encore de Service du renseignement, mais tous les groupes islamistes y ont des espions. (Il rit.) Je préfèrerais être comme vous, dans une belle villa.

— Elle appartient à qui ?

— Oh, à un Libyen qui a mangé un peu à tous les rateliers et qui a fait fortune. Il attend au Caire que les choses se calment et il a mis sa maison à la disposition – officiellement – du *State Department* américain.

» Donc, vous cherchez Abu Bukatalla ?

– Oui, vous le connaissez ?

– Je l'ai rencontré une fois. Officiellement, je suis correspondant du journal saoudien « Arab News ». Je l'avais interviewé à Darna, alors qu'il venait de former sa katiba.

» C'est un dur. Il a refusé d'aller combattre sur le front parce qu'il se serait battu aux côtés d'Infidèles de l'OTAN. C'est un *Takfiri*, un fanatique islamiste. Très dangereux.

– Pourquoi ?

– Il rêve d'un véritable Émirat islamiste en Libye, avec une charia renforcée.

Les Qatari l'ont goinfré d'armes et d'argent.

– Pourquoi ?

L'agent du MI6 sourit.

– Pourquoi les Pakistanais ont-ils donné tant d'armes et d'argent au plus fanatique des *mudjahedeen* pendant la guerre contre les Russes, en Afghanistan ?

» C'est le même cas de figure. Le Qatar veut construire ici un État véritablement islamiste, à l'abri des influences occidentales. Abu Bukatalla est un de ses bras armés.

Il se tut, regarda autour de lui.

– Well, que puis-je faire pour vous ?

– Vous savez où se trouve Abu Bukatalla ?

– Je le savais. Il avait installé son QG dans une ancienne usine de plaques de voitures, à côté d'une décharge publique, dans le quartier d'Abu Ovamina.

C'était pratique pour lui : il y jetait les gens qu'il exécutait. D'anciens moukhabarats khadafistes qui avaient jadis traqué les Islamistes.

» Un jour où j'ai été le voir, il interrogeait un prisonnier à la peau très sombre, à genoux devant lui, les poignets entravés. Celui-ci jurait qu'il n'était qu'ouvrier dans la construction et suppliait qu'on ne le tue pas.

» Abu Bukatalla m'a dit que c'était un mercenaire nigérien, qui avait commis des viols sur des femmes musulmanes.

– Et alors ?

– Quand je suis parti, j'ai entendu dans mon dos une rafale de Kalach. Je me suis retourné et j'ai vu le « mercenaire » allongé par terre. Un des hommes d'Abu Bukatalla l'avait abattu.

» Quelques jours après cet incident, il a déménagé et personne ne sait où il se trouve. Benghazi fourmille de grandes fermes closes de murs. Bukatalla n'a qu'une centaine d'hommes avec lui. C'est facile à dissimuler.

» Cependant, j'ai une piste. À l'hôtel Ouzou, il y a une Espagnole qui travaille pour une ONG danoise à former des démineurs, Manuela Esteban.

» Elle va souvent au marché aux armes, dans le quartier d'Assabri, acheter de la bière.

– De la bière ?

– Oui, ils vendent *aussi* de la bière, à 5 dollars la bouteille… En discutant avec son marchand, elle a découvert qu'il était en liaison avec le groupe Abu Bukatalla, qui lui confie des armes à vendre pour se faire de l'argent.

» Je vais aller voir ce marchand d'armes et tenter de savoir où se trouve Abu Bukatalla.

– Quand pensez-vous le savoir ?

– Je vais y aller en fin de journée, le marché n'ouvre qu'à quatre heures.On pourrait se revoir demain, à la même heure.

– Ici ?

– Non. Il vaut mieux ne pas se donner rendez-vous deux fois de suite au même endroit. Le mieux serait de se retrouver à son ancien QG, l'usine de plaques de voitures. Votre chauffeur connaît sûrement.

» *Well*, repartez le premier, je vais fumer une cigarette.

Ils se serrèrent longuement la main et Malko regagna la Cherokee blanche, passant devant des dizaines de graffitis en anglais et en arabe, tracés sur les murs des bâtiments détruits.

L'un d'eux était particulièrement explicite :

« My name is freedom. Next step, Palestine. [1] »

Ils ressortirent du Kish.

Jafar n'avait pas parcouru cent mètres qu'une violente fusillade éclata dans leur dos. Malko se retourna, le pouls à 200. Un pick-up fonçait derrière la Cherokee. Les coups de feu venaient de l'affût double de canons de 23 mm installés sur son plateau, qui crachaient leurs projectiles à tout va.

---

1. Mon nom est Liberté. Prochaine étape, la Palestine.

CHAPITRE XIV

Le pick-up se rapprochait et Malko, tous les muscles tendus, cherchait une issue. Jafar donna un violent coup de volant, fonçant vers le bas-côté et lança à Malko.

– *Dont be afraid*[1] !

Le pick-up arriva à leur hauteur, ses deux canons crachant vers le ciel. Derrière le véhicule surchargé de *thuwars*, le torse ceint de cartouchières, déboulèrent une douzaine de voitures dont l'une était décorée de mousseline blanche à toutes les poignées. Tous leurs occupants vidaient les chargeurs de leurs Kalach par chaque portière de chaque véhicule !

Tout en hurlant des slogans incompréhensibles, entrecoupés de « *Allah ou Akbar* ».

Un second pick-up fermait le cortège. La Douchka de 14,5 millimètres, installée sur son plateau, tirant vers le ciel à un régime affolant…

On se serait cru à Stalingrad.

– C'est un mariage ! cria Jafar, pour couvrir le fracas des rafales. Ils fêtent la mort de Khadafi.

1. N'ayez pas peur !

Le convoi s'éloignait.

Jafar reprit, sans crier.

— Maintenant, tout le monde a une Kalachnikov, ce n'est pas comme avant la révolution. L'année dernière, ma jeune sœur se conduisait mal. Elle flirtait à l'Université et mon père avait peur qu'elle ait une liaison qui déshonore la famille. Alors, j'ai acheté une Kalach pour pouvoir la tuer si elle continuait. Je l'ai payée 2000 dinars. Très cher, mais c'était pour l'honneur de la famille. Trois mois plus tard, après le 17 février, je l'aurais eue pour 100 dinars…

Un violent choc l'interrompit. Distrait par sa conversation, il n'avait pas vu le premier des innombrables et énormes ralentisseurs disposés en travers de la chaussée. Ils pullulaient, forçant à une attention continue.

Abasourdi, Malko se tourna vers le chauffeur.

— Vous auriez *vraiment* tué votre sœur, si elle avait eu une aventure ?

Le jeune Libyen h'hésita pas.

— Bien sûr ! C'est pour sauver l'honneur de la famille. Normalement, c'est mon père qui aurait dû le faire, mais il est handicapé…

— C'est à cause de la religion ? demanda Malko.

— Non, la coutume.

— Mais si le coupable accepte de l'épouser ?

— C'est trop tard, le déshonneur est sur la famille. Si elle a des sœurs, elles ne pourront jamais se marier. Ce n'est pas comme cela chez vous ?

— Pas vraiment, reconnut Malko.

Si les alliés des Américains avaient cette mentalité, qu'est-ce que devaient penser les Islamistes…

La Libye n'était décidément pas sur la même planète...

Un peu plus loin, un pick-up couvert d'inscriptions en arabe, avec un bi-tube de 20 mm sur le plateau, les doubla et s'arrêta devant une petite maison.

Un homme sortit de la cabine, T-shirt, bandana, cartouchières sur la poitrine, pantalon de treillis, étuis de pistolet tout neufs en cuir, pillés à l'armée de Khadafi qui s'était fournie chez G.K., en France et pénétra dans la maison, laissant son véhicule devant.

– C'est un combattant qui revient du front, expliqua Jafar.

C'est vrai qu'à Benghazi, on voyait partout ces pick-up qui formaient l'essentiel de l'armée rebelle, des véhicules civils bricolés pour recevoir un affût sur le plateau arrière, garés devant des domiciles civils, comme une simple voiture de tourisme.

Ils s'arrêtèrent devant l'entrée de la « base » de la CIA. Le gardien, reconnaissant la voiture, dit quelques mots dans une radio et le portail s'ouvrit quelques instants plus tard.

Jafar se gara entre la pelouse et la maison. Ted apparut et vint accueillir Malko sur le perron.

– *Good trip*?

– *Not so bad*, reconnut Malko. Je vais vous raconter.

Ils s'installèrent dans le salon cossu aux meubles dorés et la Tchadienne aux pieds nus et au visage angélique apporta deux cafés.

– OK, attaqua Malko, je dois savoir *en théorie* demain où se trouve Abu Bukatalla, l'homme qui fait l'objet d'un « *executive order* » du Président. He *has to go*. J'aurais besoin de vous...

Ted opina de la tête, souriant.

— *Well, that's a good news*. Il est seul ?

— Pas vraiment, il a une centaine d'hommes.

Le sourire de l'Américain s'effaça d'un coup.

— Nous ne sommes que huit, neuf avec vous. Mes hommes sont des bons, mais je dois les ramener ! Il faut s'arranger pour isoler ce « bandit ». S'ils sont quatre ou cinq, c'est OK, on a ce qu'il faut. Sinon, il faudrait utiliser des Predators[1] et on n'en a pas…

Malko dissimula sa déception. Les hommes de la D.O. étaient des tueurs prudents qui tenaient à profiter de leur retraite. À Fort Alamo, ils auraient essayé de négocier avec les Mexicains.

— OK, conclut-il, je vais travailler le problème.

Comme il se levait, Ted lui lança :

— Attention ! On a des ordres : pas de dommages collatéraux…

Il restait à renouer avec Cyntia. Malko n'eut pas à aller loin. La jeune femme était debout derrière la porte. L'air affolé, drapée dans une serviette de bain. Elle jeta un regard terrifié à Malko et murmura :

— J'ai tout entendu. C'est terrible, tu es un assassin.

Elle semblait vraiment bouleversée…

Malko la prit par le bras et l'entraîna jusqu'à la chambre où la jeune femme se laissa tomber sur le lit et alluma machinalement une cigarette « American Legend », les seules qu'on trouve à Benghazi. Au moins, sa curiosité allait éviter une longue discussion. Il s'installa dans un fauteuil en face d'elle et lança :

— OK, tu sais à peu près tout maintenant. Évidemment, quand tu as connu Ibrahim, tu ne pouvais pas

1. Drones armés.

deviner qu'il était au cœur d'une importante manip politique… Et il ne te l'a pas dit.

– Non, souffla Cyntia, il m'a parlé de projets, mais cela me paraissait plutôt amusant.

– Je ne veux pas te forcer à faire des choses qui te choquent, continua Malko. Tu es libre. Si tu veux, je vais demander à Ted de te faire conduire au Caire en voiture. Il n'y a que 1300 kilomètres.

» Au Caire, tu ferais bien de prendre le premier avion pour Londres et d'oublier Ibrahim Al Senoussi. Et *surtout*, tout ce que tu as appris.

» Sinon, ta vie serait en danger.

Cyntia Mulligan l'écoutait sans réagir.

– Je ne veux pas repartir, murmura-t-elle.

– Pourquoi ?

– J'ai peur.

– Alors, qu'est-ce que tu veux ?

– Rester ici, dit-elle d'une voix presque inaudible.

Étonné, Malko demanda.

– Pourquoi ?

– Je ne sais pas…

Le silence se prolongea jusqu'à ce que Malko remarque.

– Si tu restes, tu seras obligée d'être de notre côté.

– C'est-à-dire ?

– Je peux être amené à te demander ton aide.

– Pour tuer quelqu'un ? demanda Cyntia, horrifiée.

Malko ne put s'empêcher de sourire.

– Non, bien sûr, mais pour entrer en contact avec Ibrahim.

– Comment ?

– Je ne sais pas encore. Pour l'instant, nous ignorons où il se trouve exactement à Benghazi. Cela peut être vital de l'apprendre.

– Je peux t'aider.

– Non, pas pour le moment. En Libye, ni ton portable, ni le sien ne marchent. On peut le joindre seulement avec un Thuraya, en appelant le sien. Mais, pour cela, il faut qu'il l'allume. Donc, pour l'instant, nous ne pouvons avoir qu'un rôle passif.

– Il essaie sûrement de me joindre, dit Cyntia.

– Oui, mais il n'y arrivera pas en appelant ton portable. Donc, il faut attendre qu'il active le sien, soit pour appeler les Britanniques du MI6, au Caire, soit une autre personne, peut-être en Libye.

– Il est en danger ? demanda anxieusement Cyntia.

– Oui, confirma Malko, mais j'espère conjurer ce danger rapidement. Je suis à Benghazi pour cela.

Cyntia demanda timidement.

– C'est la conversation que tu avais tout à l'heure ?

– Oui, fit Malko, sans s'étendre. Donc, pour l'instant, on ne bouge pas.

S'il arrivait à éliminer Abu Bukatalla, les choses seraient différentes et le danger s'éloignerait d'Ibrahim Al Senoussi.

– Bon, conclut Cyntia, je vais m'habiller.

Elle semblait sonnée, abasourdie de se retrouver dans cette situation, dans ce monde dont elle ne soupçonnait pas l'existence quelques jours plus tôt.

*
* *

Abu Bukatalla, installé dans un bâtiment rustique de son nouveau QG, écoutait le rapport de l'homme qui venait d'arriver de Benghazi.

Ibrahim Al Senoussi lui avait annoncé qu'il attendait le général Younès pour le lendemain, lui demandant un endroit sûr pour le rencontrer.

C'était inespéré.

Avec la mort de Khadafi, les choses allaient s'accélérer sur le plan politique. Déjà, le CNT ne pouvait pas faire grand-chose contre les *katiba* de Misrata qui avaient liquidé le dictateur et son fils à Syrte. Les *Mistrati* refusaient de rendre le corps au CNT.

Les membres de celui-ci n'osaient même plus se rendre à Tripoli, contrôlé par Abulhakim Belhadj.

Le Qatar lui avait fait savoir qu'il fallait d'urgence éliminer les derniers obstacles à une prise de pouvoir des Islamistes, le principal étant Ibrahim Al Senoussi. Déconsidérés, la plupart anciens du régime Khadafi, les membres du CNT seraient balayés rapidement.

Avant d'éliminer le prétendant au trône, il restait aussi un peu de ménage à faire.

– Mon Frère, dit-il, retourne à Benghazi et dis à notre hôte que dès qu'il aura rencontré le général Younès, nous nous verrons ici.

Ce serait le dernier rendez-vous pour Ibrahim Al Senoussi.

***

Ibrahim Al Senoussi guettait les bruits de la circulation. Ici, la vieille ville vivait très tard, les commerces restant ouverts jusqu'à minuit. L'impossibilité de joindre Cyntia le rongeait. Il ne comptait plus les essais malheureux. Torse nu, étendu sur son lit, il transpirait à grosses gouttes. Le vieux climatiseur faisait plus de bruit que de froid… Il comptait les heures le séparant de sa rencontre avec le général Younès.

La raison essentielle de sa venue à Benghazi. Après l'avoir convaincu de se rallier à lui, Ibrahim Al Senoussi avait bien l'intention de retourner au Caire. Il ne reviendrait en Libye que plébiscité par ses nouveaux amis. Et, cette fois, avec Cyntia.

Soudain, il n'y tint plus, il fallait qu'il parle à la jeune femme. Il prit son Thuraya et monta sur la terrasse. Une brise légère, venue de la mer, rafraîchissait légèrement l'atmosphère. Le ciel brillait d'étoiles, une mosquée voisine commença d'une voix criarde à appeler les croyants à la prière.

Ibrahim Al Senoussi sortit l'antenne du Thuraya, trouva facilement le satellite stationné au-dessus de l'Océan Indien. Dès que l'écran afficha « Libya », il composa le numéro du « Four Seasons », au Caire, qu'il avait dans la mémoire de son portable. La sonnerie se déclencha au bout de quelques secondes et une voix arabe répondit, répétant le nom de l'hôtel.

— La suite 2704, demanda le Libyen.

Quelques instants de silence, puis le standardiste annonça :

— *No answer, sir. The suite is unoccupied.*

— Vous êtes certain ? insista Ibrahim en arabe.

— Tout à fait, affirma le standardiste, cette suite est libre depuis trois jours. Voulez-vous que je vous passe la réception ?

– S'il vous plaît.

Quelques instants plus tard, il avait l'employé du *desk* au bout du fil. Ce dernier lui confirma que sa suite était inoccupée depuis trois jours. La note avait été réglée.

– Par la femme ?

Il l'ignorait.

Ibrahim Al Senoussi n'insista pas. Il savait l'essentiel. Cyntia ne se trouvait plus au Caire. Fou de rage, il essaya son portable pour la centième fois.

Sans résultat.

Pourtant, si elle était retournée en Grande-Bretagne, il pourrait, au minimum, laisser un message.

Où se trouvait-elle ?

Lorsqu'il redescendit, il n'avait pas répondu à la question. Furieux, démoralisé, il se jeta sur le lit. Il n'avait même pas une bière pour se remonter le moral.

**

On frappa à la porte de la chambre et Malko ouvrit. C'était Ted. L'Américain lui lança :

– Je viens d'avoir la Station au Caire. Il faut que vous rappeliez M. Tombstone d'urgence.

Cyntia était dans la salle de bains, en train de se préparer. Malko prit son Thuraya et gagna la pelouse. La nuit tombait. Deux minutes plus tard, il avait Jerry Tombstone en ligne.

– Bingo ! annonça l'Américain. Le NATO m'annonce qu'Ibrahim Al Senoussi vient d'utiliser son portable.

Grâce au GPS incorporé du Thuraya, nous avons pu le localiser en comparant les coordonnées recueillies et le plan de Benghazi.

» L'appel venait d'un point situé au coin de Ash Sharif street et Masawi street, dans la vieille ville. Ou il a appelé de la rue, ou il a utilisé une terrasse. Le Thuraya n'émet pas de l'intérieur d'une maison. Dès demain, il faudra repérer l'endroit.

— On va s'en occuper, promit Malko.

— Autre chose, ajouta le chef de Station. Ibrahim a appelé le « Four Seasons ». Il sait donc désormais que Cyntia Mulligan ne s'y trouve pas. Il va falloir gérer cela.

— J'essaierai, promit Malko.

— Où en êtes-vous de votre recherche d'Abu Buka-talla ? insista l'Américain. Avec la mort de Khadafi, les choses vont bouger.

— Notre ami du « 6 » doit me donner sa planque demain, répondit Malko, mais cela va poser des problèmes, car nos gens ne sont pas chauds : ils ne sont pas assez nombreux pour une action sérieuse.

— S'il le faut, conclut Jerry Tombstone, on ira cher-cher Ibrahim pour le mettre à l'abri. Là, Cyntia Mul-ligan peut être utile.

Malko rentra dans la maison, puis dans sa chambre. Cyntia sortait de la salle de bains, dans un nuage de parfum, maquillée, la bouche avenante, avec une robe de coton boutonnée sur le devant, qui la moulait comme un gant.

Elle semblait complètement remise de ses émotions du matin.

– Ça va mieux ? demanda Malko.

La jeune femme sourit, une lueur nouvelle dans ses yeux gris.

– Oui, je n'avais jamais éprouvé une émotion semblable quand je vous ai entendu parler de tuer un homme. J'avais l'impression d'être au cinéma. C'était très fort.

Malko sourit.

– Nous sommes dans un milieu où on marche à l'adrénaline et où on accomplit des choses que ne fait pas le commun des mortels.

» En tout cas, tu es très belle, ce soir.

– Merci, dit Cyntia. Où m'emmènes-tu dîner ?

Elle se croyait au Caire.

– C'est difficile, fit Malko en souriant. D'abord, parce que les rares restaurants sont infects et ensuite, ce n'est pas le moment de nous montrer.

» Je vais voir avec Ted si on peut bouger.

Ted, le patron du détachement de la D.O., semblait pris de court.

– Si la *young lady* veut manger quelque chose de correct, conseilla-t-il, il faut aller au *Bala Beach*. C'est sur la Corniche et le poisson est frais. On y va de temps en temps. Évidemment, ils n'ont que de la bière sans alcool.

– Ce n'est pas très prudent, objecta Malko.

– Ça peut aller, assura l'Américain. On a une vieille Ford Winner en plaques locales. Elle est discrète. Et on peut vous suivre avec une Cherokee. Seulement, il faut que la *young lady* se change. Sinon, elle va se faire remarquer.

Malko eut soudain une idée.

— On pourrait passer par la vieille ville. Je voudrais vérifier le lieu où se trouve Ibrahim Al Senoussi. J'ai l'adresse.

— Montrez-moi, fit Ted.

Ils s'installèrent dans la cuisine pendant que Cyntia se changeait et l'Américain déploya un plan de Benghazi, plus précis que celui de Malko, trouvant aussitôt le lieu où le Thuraya avait émis.

— On peut passer par là, conclut-il, je roulerai devant. Quand j'arriverai au croisement d'Ash Sharif street et de Madhawi street, je donnerai un coup de frein. Vous verrez mes « stops ». Bien entendu, on ne s'arrête pas...

— Parfait, jubila Malko.

Il alla retrouver Cyntia. Un foulard sur la tête, un chemisier opaque ras du cou et un jean, elle était presque décente. Évidemment, en marchant, ses hanches se balançaient d'une façon inconnue du Coran.

Ils rejoignirent Ted qui attendait devant la pelouse, avec trois « baby-sitters ».

— Je passe devant, dit-il, vous me suivez. Bill conduira votre voiture, nous, on sera quatre dans la Cherokee. Deux resteront dans la voiture, deux viendront dîner au restaurant.

» Il y a souvent des étrangers là-bas.

La voiture de Malko était une vieille Ford bleue qui sentait mauvais. On installa Cyntia à l'arrière et un jeune agent prit le volant, Malko sur le siège du mort… Le portail s'ouvrit lentement et ils émergèrent sur la route non asphaltée.

Personne.

De nuit, Benghazi avait presque du charme, avec toutes ses lumières. Ils mirent une demi-heure à atteindre la lagune, puis à pénétrer dans la vieille ville dont les rues grouillaient d'animation. Beaucoup de femmes en niqab, ou simplement voilées. Pas une seule tête nue. Des dizaines de magasins de chaussures dans la rue N°20, la plus commerçante. À croire que les Libyens étaient des mille-pattes…

Malko ne quittait pas des yeux la Cherokee qui roulait vingt mètres devant. Soudain, elle ralentit et ses « stops » s'allumèrent brièvement, juste avant de franchir un croisement. L'endroit repéré grâce au Thuraya…

Sur la gauche, juste après le carrefour, il y avait une maison ancienne devant laquelle était garé en épi un pick-up équipé d'une mitrailleuse sur le plateau arrière. Malko leva la tête : la maison avait un étage, aucune fenêtre éclairée et un toit en terrasse…

Semblable à toutes ses voisines.

Ils continuèrent jusqu'à la mer, la Corniche Ahmad Rafik Al Madhawi et tournèrent à droite, laissant la place Al Tahrir sur leur gauche. Peu de promeneurs, des voitures garées un peu partout. La Cherokee s'arrêta après avoir dépassé un restaurant en surplomb de la route. À droite de la salle, il y avait un petit local, où s'étalaient des poissons sur un lit de glace. La salle du restaurant était entièrement vide.

Deux des occupants de la Cherokee revinrent sur leurs pas pour gagner le restaurant. Le véhicule fit ensuite demi-tour et se plaça de l'autre côté de la Corniche, sur un bas-côté sablonneux, tous phares éteints, mais avec une vue parfaite dans les deux sens.

Quand Cyntia et Malko montèrent les marches du restaurant, ils furent accueillis par le patron, qui les emmena immédiatement voir les poissons.

Brandissant devant Malko une cigale de mer déjà cuite.

– *Lobster*, lança le Libyen.

Malko regarda le crustacé et le prit en main. Il avait été cuit depuis très longtemps et ses pattes étaient légèrement verdâtres.

Prudemment, il se rabattit sur une énorme dorade…

Dans le restaurant, ils n'étaient que quatre, avec les deux « baby-sitters » s'ignorant ostensiblement. Cyntia semblait ravie.

– C'est joli ici… dit-elle. Et il fait bon.

C'est vrai : une brise tiède rafraîchissait l'atmosphère. Tandis qu'ils attendaient que la dorade cuise, en buvant de l'eau minérale, un vieux violoniste, au fond de la salle, surgit, probablement sorti d'un placard et se mit à jouer, installé derrière la caisse.

Inattendu.

Lorsqu'on leur apporta la dorade, entourée de légumes mal cuits, il s'éclipsa sans rien demander…

Finalement, c'était presque bon. Malko se pencha vers Cyntia.

– Tout à l'heure, nous sommes passés devant l'endroit où se trouve ton ami Ibrahim.

Il lui expliqua la manip et elle sursauta.

– Pourvu qu'il ne m'ait pas vue…

Naïve.

Les deux Américains sortirent un peu avant eux. Il n'y avait plus que quelques échoppes allumées sur la longue corniche. Le retour se passa sans histoire et ils ne croisèrent presque aucun véhicule.

À peine dans la chambre, Cyntia se retourna vers Malko.

– Merci, dit-elle.

Dix secondes plus tard, elle écrasait sa bouche contre la sienne. Il sentit tout son corps s'appuyer à lui. Une main de la jeune femme se glissa entre leurs deux corps et tenta d'extraire du pantalon d'alpaga le sexe en train de se raffermir.

Malko n'avait encore jamais vu Cyntia comme ça.

Elle arracha littéralement son chemisier, puis se débarrassa de son jean avec la même fougue. Puis, elle se rapprocha du lit, où elle se laissa tomber, les jambes ouvertes. Les soulevant aussitôt pour se débarrasser de la dentelle noire qui couvrait si peu son ventre.

N'écoutant que sa galanterie et connaissant les goûts de la jeune femme, Malko commença à se laisser glisser vers son ventre découvert, mais Cyntia l'attrapa par les cheveux.

– Non, pas ce soir.

Elle n'avait même pas retiré son soutien-gorge. Malko était déjà comme une barre de fer… Cyntia donna un coup de bassin comme pour mieux l'enfoncer en elle et poussa un soupir ravi.

– Baise-moi.

Il lui releva les jambes, les repliant comme une grenouille et se mit à labourer son sexe à grands coups de rein.

Cyntia commença à crier, les mains crispées sur son dos. Elle jouissait sans discontinuer.

En sentant Malko près d'exploser, elle lança :

— Tu es gros ! Enfonce, chéri, enfonce !

Malko s'abattit sur elle avec un cri sauvage. On était loin de leur première rencontre sexuelle. Lorsqu'il voulut se retirer, Cyntia le retint.

— Reste, dit-elle, je veux que tu me baises encore…

On s'écartait de son programme habituel. Comme si elle avait deviné les pensées de Malko, elle dit brièvement.

— J'ai l'impression d'être une autre femme. Avant, je trouvais les hommes brutaux. Tout ce qui est arrivé depuis quelques jours m'a secouée, et puis, je n'avais jamais croisé un homme comme toi. Mes amants, c'étaient des minets, quelquefois eux aussi bisexuels. Des animaux de compagnie.

— Et Ibrahim ?

— Non, pas lui. Il m'a tellement fait la cour que cela m'a touchée. Hélas, il ne pensait qu'à me défoncer. Il se moquait de me donner du plaisir.

— Je n'ai rien fait de spécial, remarqua Malko, moi aussi, j'ai été brutal.

Cyntia eut un rire de gorge.

— Je suis peut-être injuste ! Ou alors, je suis tombée amoureuse d'un autre monde.

Tout doucement, elle recommença à remuer le bassin jusqu'à ce qu'elle sente Malko redurcir au fond de son ventre. Il lui fit l'amour plus doucement et elle se mit à ronronner. Cyntia aimait quand même la douceur.

Plus tard, apaisé sexuellement, Malko se dit que si, le lendemain, Peter Farnborough le guidait jusqu'à Abu Bukatalla, ce serait décidément une période faste.

CHAPITRE XV

Depuis une demi-heure, les deux Cherokee tournaient en rond dans le quartier d'Assilmani, à l'intérieur du premier Ring. Le *Al Jalal Hospital*, des propriétés ceintes de murs, quelques boutiques et les alignements ocres de maisons modernes. Ted avait demandé à plusieurs passants l'emplacement du QG d'Abu Bukatalla mais personne ne voulait ou ne pouvait le renseigner.

Finalement, l'Américain s'arrêta à une station d'essence Al Rahla, à l'enseigne arborant un magnifique chameau, sur le rond-point de Shola Square.

Cette fois, le patron connaissait, mais ses explications étaient si compliquées que Ted lui tendit un billet de 50 dinars.

– Donne-nous un guide.

Un des pompistes, dûment chapitré, fit l'affaire et monta dans la Cherokee, prenant la place de Malko qui s'installa à l'arrière entre deux « baby-sitters » de la D.O., engoncés dans leur Kevlar G.K. Des M.16 et des chargeurs traînaient partout sur le plancher.

Ils tournèrent encore dix minutes, puis le pompiste

leur désigna l'entrée d'un complexe en contrebas de Al Mgaryif road. Un ensemble de bâtiments en apparence abandonnés avec, à droite, ce qui ressemblait à un gigantesque dépôt d'ordures... La Cherokee stoppa au milieu d'une cour entourée de bâtiments vides. Partout, des débris de toutes sortes, plusieurs voitures désossées.

Ils descendirent du véhicule et, aussitôt leur « guide » s'enfuit à toutes jambes sans leur laisser le temps de lui poser la moindre question.

Malko, encadré de ses « baby-sitters », fit le tour à pied de ces bâtiments qui auraient servi de « caserne » étant donné leur taille.

Personne.

Il regarda sa montre. Peter Farnborough aurait dû être là depuis une demi-heure.

Une des Cherokee était restée à l'entrée, afin d'affronter toute arrivée éventuelle des malfaisants.

Malko, mal à l'aise, appela l'agent du MI6 sur son portable, qui passa aussitôt sur messagerie...

Ils restèrent encore à tourner en rond une dizaine de minutes. Ted ne dissimulait plus sa nervosité.

– *It's a trap*, grommela-t-il. *We should go* [1].

– Impossible, refusa Malko, c'est trop important. On va aller se renseigner auprès des employés de la décharge.

Sur leur droite, il y avait bien une énorme décharge publique où travaillaient plusieurs hommes. Ted prit la tête du petit cortège. Les ouvriers les fixèrent, surpris ;

1. C'est un piège. Il vaut mieux se tirer.

il n'y avait pas tellement d'étrangers à Benghazi, surtout pas là. La puanteur était effroyable…

Ted commença ses questions en arabe, puis se tourna vers Malko.

— C'était bien le QG d'Abu Bukatalla mais ils sont partis, depuis plus d'un mois.

Ça, Malko le savait.

— Ils n'ont vu personne ? Nous avions rendez-vous avec un étranger.

L'homme secoua d'abord la tête négativement, puis dit.

— Quelqu'un est venu, il y a une heure. Deux types en camionnette sont venus ici déposer un gros sac. L'un m'a dit que si je voyais des étrangers, je devais le leur remettre.

Malko sentit le sang se retirer de son visage.

— Où est ce sac ?

— Là-bas, à côté du camion ou dedans, on doit aller incinérer des ordures.

— Vous pouvez le sortir ?

Comme l'homme hésitait, un billet de 20 dinars changea de main et ils se dirigèrent vers le fond de la décharge. La puanteur augmentait encore. Ted se bouchait le nez avec sa main gauche. Leur accompagnateur interpella des ouvriers en train de charger une benne à ordures et, de mauvaise grâce, ils montèrent dessus. Farfouillèrent dans les ordures. Au bout de quelques minutes, ils attrapèrent un sac qu'ils jetèrent sur le lit d'ordures.

Malko se précipitait déjà, mais Ted l'arrêta.

– *Be careful*[1]. Il est peut-être piégé...

Il s'avança et s'accroupit près du sac, examinant la façon dont il était fermé. Une simple ficelle...

L'Américain le tâta, puis, avec un poignard, coupa la ficelle, écartant l'ouverture du sac avec précaution.

Malko le vit faire un saut en arrière.

Il s'attendait à entendre une explosion, mais rien ne se passa.

Ted se redressa et fit signe à Malko de le rejoindre. L'Américain avait le teint crayeux.

– Regardez ! fit-il d'une voix étranglée.

Il semblait frappé par la foudre.

Malko écarta encore plus l'ouverture du sac et aperçut d'abord ce qu'il prit pour les poils d'un animal. En se penchant encore plus, il réalisa qu'il s'agissait de quelques cheveux roux plantés sur un crâne.

Surmontant son dégoût, il écarta encore plus l'ouverture du sac, découvrant cette fois une tête humaine.

Les yeux avaient été énucléés, remplacés par deux emplâtres de sang. Les mains étaient attachées derrière le dos. En dépit de ce massacre, il n'eut pas de mal à reconnaître Peter Farnborough...

*   *   *

Le corps de Peter Farnborough était étendu sur un tapis d'ordures, au milieu de la décharge. Il était habillé comme lors de sa rencontre avec Malko. En retournant le corps avec précaution, ils découvrirent un trou sanglant dans la nuque. Il avait été froidement

1. Attention.

exécuté. Impossible de savoir si on lui avait arraché les yeux avant ou après.

Ted fit lentement le signe de croix.

– Que Dieu maudisse les bâtards qui ont fait cette horreur ! dit-il d'une voix blanche.

L'ouvrier lui adressa la parole en arabe et l'Américain lui jeta un regard glacial.

– Il demande si on le remet dans le camion.

Malko crut que Ted allait lui sauter à la gorge.

– Dites-lui que nous ne sommes pas musulmans mais que nous respectons les morts.

– Qui sont les hommes qui ont apporté ce cadavre ?

Malko posa la question et Ted traduisit sa réponse.

– Des *thuwars*, ils avaient des Kalachnikovs et semblaient sûrs d'eux.

– Quels *thuwars* ? insista Malko.

Visiblement, l'ouvrier ne comprenait pas. Malko posa sa question autrement.

– Ils avaient des barbes ?

– Bien sûr, fit l'ouvrier, ils ressemblaient à de bons musulmans.

Donc, probablement des islamistes.

– Vous ne vouliez pas prévenir la police ? demanda Malko.

L'ouvrier secoua la tête.

– Cela arrive tout le temps qu'on découvre des corps. Ce sont des traîtres. Et puis, il n'y a plus de police…

– Celui-là était un étranger, remarqua Malko.

– Il y a aussi des mercenaires étrangers, répliqua l'ouvrier, pressé de reprendre son travail.

Il leur tourna le dos et reprit le remplissage de la benne.

Deux « baby-sitters » étaient revenus avec une grande toile verte dans laquelle on enveloppa le corps de l'agent du MI 6.

Cinq minutes plus tard, ils ressortaient de l'ancien QG d'Abu Bukatalla. Tout le temps du trajet, ils gardèrent le silence. Malko se disait que la piste d'Abu Bukatalla était coupée. Il fallait donc mettre Ibrahim Al Senoussi à l'abri le plus vite possible.

Ted ralentit pour tourner dans l'avenue en terre battue menant à leur « base ». Malko le vit fixer son rétroviseur. L'Américain laissa tomber :

– Il y a une bagnole verte qui vient de passer, je l'avais déjà vue lorsqu'on est sorti du *trash-dump* [1].

Donc, ils avaient peut-être été suivis.

Malko descendit le premier, il fallait qu'il parle à Jerry Tombstone d'urgence. La récupération d'Ibrahim Al Senoussi risquait de ne pas être de tout repos. À condition qu'il soit toujours au même endroit.

Abu Bukatalla écoutait le rapport des miliciens qu'il avait envoyés surveiller la décharge.

Édifié.

La description d'un des étrangers correspondait parfaitement à celle de l'agent de la CIA qui se trouvait au Caire et connaissait la compagne d'Ibrahim Al Senoussi. Donc, il avait gagné Benghazi où il s'acti-

---

1. Dépôt d'ordures.

vait. Sans la prudence d'un de ses correspondants, il aurait vu débarquer un commando de la CIA dans son nouveau QG...

Or, il était à la phase finale de sa manip.

Il avait besoin au moins de quarante-huit heures pour tout boucler et liquider enfin le prétendant au trône libyen. Il aurait alors rempli la mission donnée par le Qatar.

Ce qui lui donnerait droit à un poste important dans la future Libye.

Il restait à prendre une mesure d'urgence : liquider cet agent de la CIA qui était décidément trop actif.

Ce qui n'était pas évident : même lui, ne pouvait pas se permettre d'attaquer ouvertement des Américains, alliés du CNT. Il fallait donc mettre en place un dispositif permettant de monter un piège.

***

Malko, planté au milieu de la pelouse, venait de mettre au courant Jerry Tombstone du meurtre sauvage de Peter Farnborough. Le chef de Station de la CIA au Caire réagit aussitôt brutalement.

– Il faut éliminer ce Bukatalla. Avant tout. Vous n'avez pas d'autre piste ?

– J'ai un nom, avança Malko, celui d'une certaine Manuela Esteban, une ONG espagnole, qui connaissait l'homme qui a vraisemblablement tendu un piège à Peter Farnborough. Elle habite au Ouzou, c'est tout ce que je sais.

– Explorez cette piste, lâcha Jerry Tombstone. Je

vais avertir Herbert Mallows, le représentant des
« Cousins » ici de ce qui est arrivé à Peter. *Bad news*.

– OK, conclut Malko, je vais aller à l'Ouzou
essayer de trouver cette fille.

Quand il rentra dans la maison, Cyntia sortait de la
chambre.

– Que fait-on ? demanda-t-elle. Je voudrais bien
aller voir la ville de jour.

Malko ne l'avait pas mise au courant du meurtre de
Peter Farnborough. Elle dormait encore lorsqu'il était
parti à son rendez-vous.

Il hésita, puis se dit que la demande de Cyntia ne
posait pas de problème insurmontable.

– Je dois aller en ville, répondit-il. Tu peux venir,
mais il ne faudra pas sortir de la voiture.

Cinq minutes plus tard, ils quittaient la « base »,
Ted au volant, avec un « baby-sitter » à l'arrière, à
côté de Cyntia. Malko voulait en profiter pour revoir
de jour l'endroit où était supposé se trouver Ibrahim
Al Senoussi. Aussi, avant de se rendre à l'Ouzou, ils
traversèrent la vieille ville pour aboutir à la place Al
Tahrir. Là où on célébrait la révolution tous les
vendredis.

De jour, la maison repérée par le GPS d'Ibrahim Al
Senoussi, était une vieille baraque jaunâtre avec une
terrasse dont toutes les ouvertures étaient fermées.

Le pick-up armé stationnait toujours devant.

Ils longèrent ensuite le port, passant devant un char
T.72 qui braquait son canon vers la mer. En face, le
mur était tapissé de photos de martyrs.

Un peu plus loin, le sol de la place était recouvert
d'une toile noire, avec des bandes blanches qui la fai-

saient ressembler de loin à une piscine de compétition, afin que les croyants s'alignent bien en ordre, face à La Mecque, pour la prière du vendredi.

Juste en face, se trouvait une énorme pancarte proclamant en français et en arabe « Merci la France », avec un portrait de Sarkozy. Hélas, le drapeau qui surmontait cette profession de foi était le drapeau slovène…

Cyntia semblait impressionnée.

– La ville a vraiment failli être détruite par Khadafi ? demanda-t-elle.

– Sans l'ONU, c'est ce qui serait arrivé, confirma Malko.

Ils repartirent par Algeria street, contournant la lagune – le lac du 23 juillet – pour rejoindre l'hôtel Ouzou. Ted emprunta la rampe menant à l'hôtel, en contrebas de la rue. Il était gardé par un check-point de *thuwars* abrités sous un immense parasol aux couleurs de l'ancien drapeau libyen : noir, vert et rouge.

Eux aussi sanglés dans des gilets pare-balles tout neufs G.K.

Tous les véhicules étaient inspectés sommairement, puis détournés vers le parking, pour éviter d'éventuels véhicules piégés.

Malko laissa Cyntia et les Américains dans le parking et gagna l'hôtel.

Pourvu qu'il retrouve Manuela Esteban.

***

Le portail magnétique installé à l'entrée du hall de l'hôtel Ouzou sonnait sans arrêt sous le regard indifférent des *thuwars* chargés de le faire fonctionner.

C'était plus symbolique qu'autre chose.

L'hôtel Ouzou abritant la plupart des journalistes présents à Benghazi, leur matériel ne cessait d'activer le portique, dans les deux sens.

Malko gagna la réception, s'adressant à un employé qui ne parlait qu'arabe. Très vite, il comprit que le nom de Manuela Esteban n'était pas suffisant pour retrouver l'amie de Peter Farnborough : le Libyen, souriant, ne comprenait strictement rien à ce qu'il voulait.

Une douzaine de clients, surtout des hommes, étaient vautrés dans les fauteuils de cuir du hall. Malko commença à en faire le tour.

Au quatrième, il trouva ce qu'il cherchait. Un journaliste qui connaissait Manuela.

– Elle est partie à Ras Lanouf pendant deux jours, pour des cours de déminage, dit-il à Malko. Sinon, elle habite la chambre 317. Elle est toute petite, vous ne pouvez pas la rater.

Malko remercia et ressortit du Ouzou. Il fallait patienter.

– On rentre, lança-t-il à Ted, en retrouvant la Cherokee.

En sortant de l'hôtel, ils prirent Urubah road vers le sud, afin de rejoindre le premier *Ring road*.

Ils n'avaient pas fait cent mètres que Ted annonça, d'une voix égale.

– Nous sommes suivis. Un pick-up armé qui cherche à nous rattraper.

Malko se retourna et aperçut les bi-tubes d'un affût sur le plateau arrière.

Cette fois, les canons ne tiraient pas, mais, sans qu'il sache pourquoi, il se sentit menacé. Plusieurs hommes se trouvaient sur le plateau et dans la cabine.

Ted accéléra.

Deux cents mètres plus loin, ils arrivèrent à l'embranchement du premier *Ring road*. Ted poussa un juron. Un second pick-up armé était stationné sur le bas-côté. Dès que son conducteur aperçut la Cherokee, il déboîta et se plaça en travers de la chaussée. Malko vit ses canons pivoter. Dès qu'ils passeraient devant lui, ils arroseraient le véhicule avec leurs canons.

– *Shit! Shit! Shit!* jura Ted.

Au lieu de tourner, il continua tout droit sur Urubah road qui filait vers le sud.

Le premier pick-up était toujours derrière eux. Attendant de se trouver dans une zone sans habitations pour ouvrir le feu. A l'arrière, le « baby-sitter » parlait fiévreusement dans sa radio.

– Il faut les semer! lança Malko.

Cela ne pouvait être que des hommes d'Abu Bukatalla. On les avait suivis depuis leur départ de la « base ». La Cherokee accéléra et gagna du terrain sur le pick-up. Ils filaient droit vers le sud, et, très vite, se retrouvèrent en plein désert, entre des barres d'immeubles inachevés.

– Nous sommes sur la route de Brega, annonça Ted.

Derrière, le pick-up les talonnait toujours, mais ne gagnait plus de terrain.

– Qu'est-ce que c'est? demanda Cyntia lorsqu'ils

passèrent devant un transport de troupes éventré par un missile, échoué à droite de la route.

– *NATO planes*, fit sobrement Ted. *Nice job* [1].

Un kilomètre plus loin, un char T.72, les chenilles arrachées, était définitivement immobilisé sous un arbre. Les deux côtés de la route étaient bordés de carcasses de chars et de blindés divers, tourelle arrachée, déchenillés, les blindages percés.

Il ne devait pas y avoir eu beaucoup de survivants. C'est sur cette route que les avions de l'OTAN avaient anéanti la colonne de blindés lancés par Khadafi à l'assaut de Benghazi en février. Il faut dire que sur le terrain totalement plat, sans même un épineux, toucher un char avec un missile air-sol, était à la portée d'un pilote débutant…

D'autant que les blindés n'avaient pas de défense anti-aérienne.

Sur une dizaine de kilomètres, les carcasses s'allongeaient à perte de vue, rouillant déjà, couvertes de slogans vengeurs. Évidemment, si cette colonne blindée était arrivée dans Benghazi, elle n'aurait fait qu'une bouchée des pick-up hérissés de mitrailleuses et de canons légers.

La route s'allongeait devant eux, à perte de vue, filant droit vers le sud, Ajdabiya et Ras Lanouf.

Malko se retourna : le pick-up ne les lâchait pas.

– Où va-t-on ? demanda Cyntia, qui ne s'était encore aperçue de rien.

Malko n'eut pas le temps de lui répondre. Il venait de voir les flammes orange crachées par les deux

---

1. Les avions de l'OTAN. Bon boulot.

canons du pick-up. Maintenant qu'il n'y avait plus d'habitation, il attaquait.

Un choc sourd ébranla la Cherokee. Un projectile avait fait sauter un bout de l'arrière. D'autres ricochèrent sur le goudron, arrachant des morceaux de bitume.

Cyntia poussa un cri de terreur et Ted accéléra encore. Il allait plus vite que le pick-up, mais personne ne court plus vite qu'un obus de 20 mm. Malko regarda autour de lui : du désert à perte de vue.

Ils avaient autant de chances d'échapper aux armes du pick-up que des blindés de Khadafi aux chasseurs de l'OTAN.

Cyntia hurla :

– Mais ils nous tirent dessus !

Heureusement, le pick-up ne pouvait ajuster son tir, ballotté par les innombrables trous de la chaussée. Seulement, au premier obus qui toucherait la Cherokee de plein fouet, ils étaient tous morts.

Ted se retourna vers Malko, impassible, mais le visage sombre.

– *Sir, we are running out of fuel*[1].

1. Monsieur, nous n'avons presque plus d'essence.

CHAPITRE XVI

Une nouvelle rafale fit sauter des éclats d'asphalte, à gauche de la Cherokee et Ted donna un coup de volant, faisant un écart involontaire.

Cyntia poussa un hurlement.

Malko faisait tourner ses neurones à fond sans trouver de solution. La mort se rapprochait : si la Cherokee tombait en panne d'essence, elle serait une cible facile. Et, de toutes façons, les projectiles de 23mm finiraient par les atteindre.

Accélérateur à fond, Ted fonçait, mais pas assez vite pour se mettre hors de portée.

Malko aperçut soudain devant à droite de la route, plusieurs blindés incendiés dans la pierraille du désert. Dont un obusier chenillé à l'impressionnant canon de 155 qui ne tirerait plus jamais. Pourtant, le blindé n'était pas détruit, seulement déchenillé. Et pillé. Une large écoutille carrée bâillait sur la tourelle, ce qui donna une idée à Malko. Il se tourna vers Ted et cria :

– Prenez à droite, allez jusqu'au blindé.

Un chemin de terre filait à la perpendiculaire de la

route. L'agent de la D.O. tourna sans ralentir, puis, arrivé à la hauteur du blindé, fonça dans sa direction.

Les parois du char étaient couvertes d'inscriptions en arabe. Ted contourna l'engin et stoppa.

Le pick-up était encore sur la route, mais ne tarderait pas à les rejoindre.

Malko sortit, tirant Cyntia par la main, tandis que les « baby-sitters » sautaient à terre, une Uzi à la main. Ils étaient protégés des canons du pick-up par la masse de l'obusier.

Malko poussa Cyntia vers l'ouverture carrée.

– Vite, entrez !

Il l'aida à escalader le flanc du char et elle plongea dans l'ouverture. Malko la poussa jusqu'à ce qu'elle disparaisse à l'intérieur. Il la suivit, atterrissant dans une atmosphère empuantie, nauséabonde. Presque au même moment, il entendit les « poum-poum-poum » des canons de 23mm et sentit des chocs sur l'épais blindage.

Les deux Américains plongèrent à leur tour la tête la première dans le char. Il ne restait que les parois d'acier et la culasse du canon : tout le reste avait été pillé. Ted tendit à Malko une Uzi, chargeur engagé.

– Occupez-vous de ces *bastards* ! lança-t-il. J'appelle la cavalerie.

Une rafale de détonations éclata à l'extérieur. Le pick-up avait pris position sur le chemin de terre et arrosait l'obusier détruit au canon de 23mm.

Totalement inefficace sur son blindage ! Les projectiles rebondissaient comme des balles de tennis ou s'écrasaient sur l'acier. Malko prit position à l'une des écoutilles, surveillant le pick-up. Son conducteur avait compris que ses canons n'avaient aucun effet sur l'énorme obusier. Il avança un peu pour le contourner et viser les écoutilles.

Malko l'attendait et lâcha une courte rafale d'Uzi. Ses projectiles frappèrent l'avant du pick-up, qui recula à toute vitesse, et reprit son tir inutile.

Ted hurlait dans sa radio, quand il raccrocha, il lança à Malko.

– Ils arrivent avec un RPG. Ils vont exploser ces *bastards* !

– Il leur faut combien de temps ?

– Un quart d'heure minimum.

C'était long.

Malko risqua un œil dehors et vit plusieurs hommes sauter du pick-up, Kalachnikov au poing, et s'avancer vers le char immobilisé.

Il attendit qu'ils aient parcouru la moitié de la distance pour ouvrir le feu. Un des hommes tomba et les autres se replièrent précipitamment. Dans cet espace découvert, ils étaient particulièrement vulnérables. Ted entra dans la danse à son tour et tira plusieurs courtes rafales avec la seconde Uzi.

Un second *thuwar* s'effondra.

Les autres revinrent en arrière pour traîner leurs deux blessés vers le pick-up où le servant des bi-tubes continuait à arroser le char-obusier en pure perte.

Visiblement, les occupants du pick-up ne s'étaient pas attendus à cette parade…

Ted poussa soudain un cri de joie.

– Ils se tirent !

Effectivement, dès que leurs camarades eurent remonté les deux blessés sur le plateau, le pick-up se mit à rouler.

Malko baissa les yeux sur sa montre : moins de cinq minutes s'étaient écoulées depuis qu'ils s'étaient réfugiés dans l'engin blindé.

Au fond du char, Cyntia pleurait convulsivement, recroquevillée contre le blindage.

Malko s'accroupit près d'elle et dit à voix basse :

– *It's gonna be OK*.

Le pick-up était désormais hors de vue, mais il pouvait être embusqué un peu plus loin, le long de la route.

Ted reprit sa radio, pour guider ses hommes. Une voiture passa sur la route en terre sans rien remarquer. Une dizaine de minutes plus tard, deux Cherokee blanches apparurent sur la route de Brega et tournèrent dans le chemin de terre comme aux Vingt-Quatre heures du Mans pour venir stopper devant le canon du char.

Sept hommes jaillirent des deux véhicules, casqués, gilets pare-balles, M.16 muni de lance-grenade M.79. Le dernier avait un RPG7 à la main, une roquette engagée et un étui en toile fixé dans le dos avec trois roquettes supplémentaires.

Aussitôt, Ted, le « baby-sitter » et Malko sautèrent à terre. C'était bon de respirer l'air pur après la puanteur du char.

– Où sont les « bandits » ? demanda l'homme au RPG7.

– Vous ne les avez pas vus sur la route ?

– Non, ils ont dû tourner quelque part…

– OK, on y va, lança Ted. Vous ouvrez la route. On vient ensuite et Max ferme la marche.

C'est alors que Malko aperçut deux grands drapeaux américains fixés à un mât, à l'arrière des deux véhicules. Ted sourit.

– C'est une bonne assurance. Si on nous tire dessus, c'est un acte de guerre. Nous sommes les alliés du CNT. J'appelle le NATO, et ils les écrabouillent…

Procédé efficace. Ils remontèrent tous dans les véhicules lorsque Malko poussa une exclamation.

– Cyntia !

Ils avaient oublié la jeune femme au fond du blindé ! Malko redescendit et passa la tête dans l'écoutille.

– Cyntia !

Elle ne répondit pas tout de suite, puis cria :

– Qu'est-ce qui se passe ? J'ai peur.

– Ils sont partis, assura Malko.

Enfin, elle se déplaça à l'intérieur du char et il put saisir sa main, la hissant à l'extérieur. Elle était absolument terrifiée. Tremblant de tous ses membres. Elle se laissa pousser dans la Cherokee et se tassa sur la banquette, hagarde, choquée, tandis que le petit convoi démarrait, bannière au vent…

Plusieurs kilomètres plus loin, ils aperçurent un check-point sur la droite de la route qu'ils n'avaient même pas remarqué à l'aller.

Les *thuwars* saluèrent joyeusement. L'un d'eux, dans sa fougue, tira même une rafale de Kalach en l'air…

Cyntia poussa un hurlement et se jeta sur Malko.

– Ils ne tirent pas sur nous ! assura-t-il.

Ils continuèrent à fond la caisse, salués souvent par des passants, applaudissant le drapeau américain.

Benghazi était une ville sympathique, mais pas vraiment sécurisée…

Une demi-heure plus tard, ils s'engouffraient dans la « base » américaine. On dut aider Cyntia à descendre. Elle ne tenait plus debout. Malko l'accompagna jusqu'à sa chambre où elle s'écroula sur le lit. Entendant du bruit, Aya, la jeune Tchadienne, surgit silencieusement.

– Faites-lui couler un bain, ordonna Malko, elle a été très choquée. Ensuite, essayez de lui trouver un somnifère.

Il prit son Thuraya et fonça vers la pelouse. Il fallait, coûte que coûte, coordonner la suite avec Jerry Tombstone.

*
* *

Le chef de Station de la CIA au Caire n'hésita pas.

– Il faut récupérer Ibrahim le plus vite possible, décida-t-il. Nous ne savons pas quand nous pourrons atteindre Abu Bukatalla.

– Comment ? demanda Malko.

Il y eut un silence au bout du fil, puis l'Américain trancha :

– Il faut absolument établir un contact avec lui. Voilà le numéro de son Thuraya : +8707 72394053. Il faut l'appeler. Ou plutôt le faire appeler par Cyntia Mulligan.

– Et si le Thuraya n'est pas activé ?

– Il y a une boîte vocale. Qu'elle laisse un message demandant à être rappelée sur votre Thuraya.

– Quand il va la rappeler, remarqua Malko, il risque d'y avoir un malaise… Il va lui demander où elle se trouve.

– Tant pis, laissa tomber l'Américain. C'est le seul moyen *sûr* de le joindre. Il sera si content d'entendre la voix de sa dulcinée qu'il pardonnera ses mensonges.

– Il y en a beaucoup.

– Qu'elle raconte un conte de fées. L'essentiel c'est de l'arracher de là où il est pour le mettre à l'abri.

– Ici ?

– Peut-être. Je vais demander des instructions à Langley.

– Bien, conclut Malko, je lance le processus. J'espère qu'Ibrahim ne va pas nous exploser au nez.

– Cela ne vous empêche pas de continuer la traque d'Abu Bukatalla, précisa l'Américain.

– Je ne peux rien faire, affirma Malko, tant que Manuela Esteban n'a pas réapparu.

La communication coupée, il gagna la chambre. Aya, la Tchadienne, était en train de border Cyntia, inconsciente.

– Elle n'a pas pris de bain, dit-elle. Trop fatiguée. Je lui ai donné un somnifère.

Malko se pencha sur la jeune Britannique, essaya de la réveiller en vain. Elle ne réagissait pas.

Entre le somnifère et la peur, elle était hors circuit pour le moment.

Il valait mieux qu'elle soit consciente pour appeler Ibrahim Al Senoussi.

***

* * *

Ibrahim Al Senoussi, debout derrière ses volets, guettait chaque bruit de véhicule dans Ash Sharif street. Chaque fois qu'il entendait une voiture freiner, son pouls grimpait au ciel. Hélas, le carrefour franchi, le véhicule ne s'arrêtait pas, il repartait toujours.

Le général Abdel Fattah Younès aurait dû être là depuis plus d'une heure. Comme il le lui avait dit sur son portable. Dix fois, il avait appelé celui du général libyen. Il passait automatiquement sur messagerie. De plus en plus inquiet, Ibrahim Al Senoussi était descendu se renseigner auprès des deux « *thuwars* » qui gardaient la maison mais ils ne savaient rien.

Quelque chose était arrivé.

Il tournait en rond, de plus en plus angoissé. Le rendez-vous avec le général Younès était le point d'orgue de son voyage en Libye.

Il essaya de joindre Abu Bukatalla, mais sans succès…

En plus, le climatiseur était tombé en panne et la chaleur, dans la petite pièce, était insupportable.

Si le général Younès n'était pas là le lendemain matin, il se jura d'appeler le représentant du MI6 à Benghazi. Un certain Peter dont il avait le numéro.

* * *

Le général Abdel Fattah Younès somnolait, maintenu par sa ceinture de sécurité, la tête reposant sur l'accoudoir. Il avait déjà parcouru plus de 350 kilomètres depuis Ras-Lanouf sur une route rectiligne et monotone.

À côté de lui, son chauffeur avait du mal à garder les yeux ouverts. Les deux colonels qui accompagnaient le général, dormaient carrément à l'arrière.

D'habitude, le chef d'État-Major du CNT se déplaçait avec une escorte plus impressionnante : une douzaine de pick-up lourdement armés, occupés par des hommes à lui dont il connaissait la fidélité. Pour son rendez-vous avec Ibrahim Al Senoussi, il avait opté pour la discrétion. Dès qu'il aurait récupéré le petit-fils du roi Idriss, il l'emmènerait dans une des propriétés appartenant à sa tribu, à l'extérieur de Benghazi, où ils seraient en totale sécurité pour discuter.

Il avait gardé sa tenue de combat camouflée avec toutes ses décorations et les parements rouges de son col indiquaient son grade. Avec son visage énergique, son fort nez aquilin et ses abondants cheveux gris, il avait fière allure.

Un ralentissement brutal lui fit ouvrir les yeux. Des lumières barraient la route, pourtant, ils n'avaient pas encore atteint le centre de Benghazi. Il aperçut un blindé sur roues en travers de la chaussée, son canon braqué dans sa direction.

Impossible de franchir l'obstacle.

Son chauffeur stoppa, les colonels se réveillèrent. Aussitôt, plusieurs hommes armés, en tenues hétéroclites, à la barbe fournie, entourèrent le véhicule. Le chauffeur baissa sa glace et lança, furieux.

– Laissez-nous passer. C'est le général Abdel Younès.

Le barbu le plus proche ne se troubla pas. La main sur le cœur, il lança :

– *Salam aleikoum* ! Nous le savons. Nous sommes envoyés par le CNT pour escorter le général. Vous allez reprendre votre route avec nous.

– Qui vous a envoyés ? cria le général, étonné.

– Le chef de la katiba du « 17 février », répondit l'homme avant de s'éloigner.

Le blindé s'écarta et ils purent reprendre la route. Une quinzaine de pick-up bourrés de *thuwars* les encadraient.

Intrigué et inquiet, le général Younès prit son portable et appela le CNT. La ligne directe de l'adjoint de Mustapha Abdel Jalil.

Celui-ci n'était absolument pas au courant… Mais cela ne voulait rien dire, étant donné le désordre qui régnait au CNT. Il promit de se renseigner et de rappeler le général.

Celui-ci coupa la communication : ses hommes se trouvaient trois cents kilomètres plus au sud. Ce n'étaient pas les deux colonels, maintenant bien réveillés, qui allaient le défendre.

Tendu, il se tourna vers l'extérieur. En dépit de l'obscurité, il se repéra facilement, reconnaissant à un bâtiment détruit, le croisement avec le 5e Ring. Le convoi tourna à droite, vers l'Est.

Ce n'était absolument pas la direction du centre, qui se trouvait au Nord.

Cette fois, il fut certain que quelque chose ne collait pas et ramassa sa Kalach à crosse pliante, posée sur le plancher du véhicule.

Prêt à défendre chèrement sa vie.

Le long convoi continuait au milieu des terrains vagues, dans une zone complètement déserte.

Où allaient-ils ?

Il rappela le CNT mais le numéro ne répondait plus.

Tendu, une cartouche dans la chambre de la Kalach, il continua à surveiller l'extérieur.

***

Cyntia dormait toujours à poings fermés. Malko comprit qu'il ne fallait pas compter sur elle avant le lendemain matin.

Inutile de prévenir Jerry Tombstone de ce contretemps. Rien de grave ne pouvait se passer d'ici là. La garde de la « base » avait été renforcée, au cas où leurs adversaires tenteraient de les attaquer.

Il sortit un moment sur la pelouse, contemplant le ciel étoilé. Comme toujours, des rafales de Kalachnikov claquèrent dans le lointain.

Des *thuwars* qui célébraient leur victoire sur Khadafi, dont le cadavre gisait à plus de six cents kilomètres de là, à Misrata.

Malko regagna l'intérieur de la maison, puis sa chambre. Lorsqu'il s'allongea sur le lit, Cyntia ne bougea même pas.

***

Le convoi tourna à gauche, s'engouffrant dans une propriété ceinte de murs.

Le général Younès vit des véhicules arrêtés, des bâtiments avec de la lumière. C'était la base d'une katiba. Son chauffeur stoppa. Aussitôt, le véhicule fut entouré par une douzaine de *thuwars* à l'air farouche. L'un d'eux ouvrit la portière du général et deux autres celles de l'arrière.

Le premier lança d'un ton sans réplique.

– Donnez-moi vos armes.

Il y eut un court instant de silence tendu.Le général Younès avait le doigt sur la queue de détente de sa Kalach. Mais le canon d'une autre Kalach était braqué sur son ventre. Réprimant sa fureur, il tendit son arme.

Le *thuwar* tendit le doigt vers sa ceinture.

– Le pistolet aussi.

Le général sortit le Makarov 9 mm de son étui et tendit le pistolet automatique, en le tenant par le canon. À l'arrière, les deux colonels s'étaient, eux aussi, laissé désarmer sans résister. Le rapport de force n'était pas en leur faveur.

Après les avoir désarmés, les *thuwars* restèrent autour de la voiture, des barbus muets comme des carpes.

Un nouvel homme apparut : un *thuwar* en tenue de combat, pistolet au côté. Il lança au chauffeur.

– Descend, on n'a plus besoin de toi.

Comme le chauffeur ne réagissait pas, il le prit par le bras et le jeta hors du véhicule.

Aussitôt, plusieurs *thuwars* encadrèrent le chauffeur et l'entraînèrent dans l'obscurité.

Quelques secondes plus tard, le général Younès sursauta : une rafale de trois coups de Kalach venait de claquer.Venant de la direction où avait disparu le chauffeur. Il se tourna vers celui qui l'avait remplacé.

– Qu'est-ce que c'est ?

– Je ne sais pas, fit le *thuwar*, en lançant le moteur.

Cette fois, le général Younès *savai*t que quelque chose de grave était en train de se passer. Il était le chef de l'État-Major et tous ces *thuwars* auraient dû lui obéir.

Ils franchirent l'entrée du camp et repartirent sur une piste déserte filant vers l'est. La voiture du général était encadrée par un douzaine de pick-up armés.

Les véhicules roulaient à toute vitesse, soulevant des nuages de poussière. Le trajet dura une demi-heure environ, puis les véhicules s'arrêtèrent dans un désert de pierraille, formant un arc de cercle autour de la voiture du général. Le chauffeur descendit et lança au général Younès :

– Descendez tous les trois.

Les trois officiers obéirent. Ils se trouvaient en plein désert. Pas une habitation en vue. Soudain, apparut une Mercedes, arborant sur ses portières le drapeau noir, rouge et vert de la nouvelle Libye. Elle stoppa et une des portières s'ouvrit sur un homme coiffé d'un turban, vêtu d'une longue galabeya [1] blanche, la barbe noire très fournie. Il marcha vers le général et ses deux colonels, une Kalachnikov pliante à la main.

Le général Younès reconnut immédiatement Abu Bukatalla. Il était, d'une certaine façon, soulagé. Il allait enfin comprendre ce qui se passait. En théorie, Abu Bukatalla, en tant que chef d'une des katibas du

---

1. Djellabah.

CNT, était sous ses ordres. Aussi, il demanda sèchement.

– Pourquoi m'a-t-on amené ici ? Pourquoi m'a-t-on désarmé ? Rendez-moi mon pistolet. Et, où est mon chauffeur ?

L'Islamiste le toisa froidement.

– Ton chauffeur a été exécuté pour les crimes qu'il a commis, quand il interrogeait nos Frères à la prison d'Abu Salim, sur tes ordres.

La plus grande prison de Tripoli où Khadafi entassait des prisonniers politiques.

Furieux, le général Younès haussa les épaules.

– Je ne me suis jamais occupé de la prison. J'étais ministre de la Défense.

– Justement ! La prison dépendait de toi. C'est toi qui as donné l'ordre de massacrer 1200 prisonniers pour plaire au « *Chefchoufa* [1] ».

» Tu ne te souviens pas ?

– Je n'ai rien fait de tout cela, assura le général Younès. J'en ai discuté avec le président du CNT, Mustapha Abdel Jalil. Avant qu'il ne me confie la direction des troupes de l'armée de libération.

» J'exige que tu me conduises à lui immédiatement.

Abu Bukatalla le toisa de nouveau et laissa tomber :

– C'est lui qui m'a donné l'ordre de te conduire ici. Pour te juger pour les crimes passés et t'exécuter.

Le général Younès sentit le sang se retirer de son visage. Il avait compris.

– Si tu me tues, tu paieras le prix du sang, lâcha-t-il. Ma tribu est puissante. Ils me vengeront.

1. Ou « Frisé » : surnom de Khadafi.

Abu Bukatalla leva le doigt droit vers le ciel.

– Personne n'est plus puissant qu'Allah le Tout Puissant et le Miséricordieux, lança-t-il avec emphase. Tu n'es qu'un chien, un mécréant, tu as assassiné tes Frères, tu dois mourir.

Tranquillement, il leva sa kalach et lâcha plusieurs rafales de trois coups. Une pour chaque prisonnier.

Le général Younès et les deux colonels s'effondrèrent dans la poussière. Le chef de la katiba se tourna alors vers ses hommes :

– Prenez leurs corps, emmenez-les jusqu'au ravin et brûlez-les.

Les *thuwars* se précipitèrent et s'emparèrent des corps encore chauds. Étonnés quand même. Dans la religion musulmane, on respectait les morts et on ne brûlait jamais les corps.

C'était « *haram* ». Péché.

CHAPITRE XVII

Le jour se levait.

Une animation inhabituelle régnait dans une grande ferme appartenant à l'un des membres de la tribu des Obeidi, au nord-est de Benghazi. C'est là qu'était basée leur katiba et qu'ils avaient leurs stocks de munitions. Une quinzaine de pick-up armés étaient stationnés en désordre devant le bâtiment qui servait de QG.

L'atmosphère était particulièrement tendue à l'intérieur. Une demi-douzaine d'hommes étaient accrochés à leur portable, à la recherche du général Younès, membre éminent de la tribu.

Il aurait dû arriver la veille au soir, avec un hôte dont ils ignoraient l'identité, pour dormir là, dans cette base sécurisée par les *thuwars* de sa tribu.

Or, on l'avait attendu en vain toute la nuit, il n'avait pas donné signe de vie et son portable ne répondait plus. Un des hommes de la tribu raccrocha son portable et lança :

– Je viens d'avoir Ras Lanouf. Il est parti hier vers quatre heures avec une escorte légère : un chauffeur et deux colonels de son État-Major.

Un autre lança à son tour :

– Le CNT à Benghazi prétend n'être au courant de rien. Le président Abdel Jalil se trouve à Tripoli. Ils auraient reçu un appel du général hier soir, disant qu'il était intercepté par un groupe armé, mais celui qui l'a reçu n'est pas là ce matin.

L'atmosphère s'alourdit brusquement. Assis sur des tapis posés à même le sol, Fathi et Abdel Razik, les deux neveux du général Younès, sentaient l'angoisse les envahir.

– Il faut faire une enquête en ville, ordonna Fathi. Des gens ont peut-être remarqué quelque chose. Commencez par la route de Brega. Il arrivait obligatoirement par là. Interrogez tout le monde, et surtout les check-points. Certains sont tenus par des hommes de la tribu.

L'interception probable du général par des hommes armés n'était pas bon signe. Pour conjurer le sort, certains s'agenouillèrent et se mirent à prier.

***

Ibrahim Al Senoussi s'était endormi très tard, l'estomac noué par l'angoisse. Dès qu'il sauta du lit, il se rua sur la terrasse, ouvrit son Thuraya et composa le numéro du général Younès.

Sans succès.

Il redescendit encore plus angoissé, se heurtant à celui qui lui apportait tous les matins du thé à la menthe, de l'eau et des dattes. L'homme le salua, la main sur le cœur. Très jeune Islamiste au visage d'enfant, en dépit de sa barbe clairsemée. Il avait déjà le regard farouche des Fous de Dieu.

— *Salam Aleikoum*, dit-il poliment. J'ai un message pour toi.

— *Aleikoum Salam*, répondit Ibrahim Al Senoussi. De la part du général Younès?

— Non. D'Abu Bukatalla. Il va venir te rendre visite tout à l'heure, Inch Allah. Il a des nouvelles importantes pour toi.

Ibrahim Al Senoussi se détendit instantanément. Il allait sûrement apprendre ce qu'il était advenu du général Younès.

Du coup, son thé et ses dattes lui parurent avoir meilleur goût.

**

Abdel Razik, le neveu préféré du général, suivait la trace de son oncle comme un chien celle d'un renard. Son enquête avait commencé au check-point de la route de Brega, au sud de Benghazi, le dernier avant la ville.

Il était tenu par un membre de la tribu des Obeidi qui lui avait apporté sa première piste : oui, la veille, un important convoi s'était présenté au check-point : une vingtaine de pick-up lourdement armés, encadrant une Jeep Cherokee portant sur ses flancs le drapeau noir-rouge-vert. Il n'avait pu voir qui se trouvait à l'intérieur...

— Tu sais qui étaient ces gens? demanda Abdel Razik.

– Oui, la katiba de l'Émir Abu Bukatalla.

Le cœur d'Abdel Razik se serra : c'était le pire ennemi de son oncle.

– Où allaient-ils ?

– Vers la ville.

Abdel Razik fonça vers le QG abandonné de la katiba Bukatalla. Personne. Des bâtiments pillés et abandonnés, quelques caisses d'armes vides. Il repartit vers la route de Brega, allant un peu au hasard, s'arrêtant pour enquêter auprès de certains commerçants ouverts le soir.

Il apprit ainsi que le convoi avait contourné la ville, par un des *Ring roads*, puis sa piste se perdait. Après un certain embranchement, personne ne l'avait plus vu.

Donc, il avait emprunté cet embranchement, menant vers l'Est. De toute façon, il n'y avait plus personne à interroger : on était déjà dans le désert. Grâce à son portable, Abdel Razik avait rameuté quelques fidèles, et ils étaient désormais une douzaine de pick-up et de 4X4, remplis d'hommes armés.

La piste serpentait dans le désert. Il aperçut un campement de nomades et envoya quelqu'un se renseigner. L'homme revint quelques instants plus tard.

– Hier soir, ils ont bien entendu un convoi de véhicules, mais ils ignorent de qui il s'agissait.

Il ne restait plus qu'à reprendre la piste, zigzaguant dans l'étendue désertique. Ils étaient déjà à une quinzaine de kilomètres du 5e *Ring road* de Benghazi et cette piste ne menait à aucune agglomération, s'enfonçant dans le désert.

Ils continuèrent pourtant à la suivre.

Jusqu'à une sorte de vallonnement où elle se perdait dans des dunes qui se chevauchaient.

Abdel Razik descendit et découvrit de nombreuses traces de pneus : un convoi de véhicules était passé par là…

Que venait-il faire dans ce cul-de-sac désertique ?

C'est un combattant, juché sur le toit d'un pick-up, qui aperçut quelque chose. Un tas noirâtre dans un thalweg.

Abdel Razik mit pied à terre : il avait la gorge serrée et savait déjà ce qu'il allait trouver.

Les trois corps ne ressemblaient plus à rien. Une masse noirâtre et charbonneuse. On avait dû verser dessus au moins un jerrican d'essence… Impossible de savoir comment ils étaient morts.

Abdel Razik, le cœur dur comme de la pierre, ordonna qu'on amène une bâche, dans laquelle on installa respectueusement ce qui restait des trois cadavres.

Étant donné l'état des corps, il était impossible de les identifier, mais Abdel Razik était persuadé qu'il s'agissait de son oncle et des deux colonels.

S'il ne s'était pas acharné à les retrouver, ils auraient pu rester là des semaines et le sort du général Younès serait resté une énigme. Très souvent, on découvrait des hommes exécutés dans des coins isolés, sans qu'on sache de qui il s'agissait.

En ces temps troublés, il n'y avait pas d'enquête et on les enterrait.

Le cœur serré et plein de haine, tous s'agenouillèrent face à La Mecque, sur le sol caillouteux, et implorèrent le Dieu Tout Puissant de prendre soin de ses serviteurs.

Il restait deux choses à faire : donner une sépulture décente à ces martyrs et les venger.

Plusieurs rafales de Kalachnikov claquèrent. Les membres de la tribu rendaient un dernier hommage au général Younès.

Sans se concerter, le convoi reprit le chemin de la ville à tombeau ouvert, dans un nuage de poussière. Personne ne disait mot. Jamais on n'avait humilié de cette façon la puissante tribu des Obeidi.

Il allait falloir payer le prix du sang.

***

James Tuk, représentant à Benghazi du *State Department* américain, était en train de discuter de l'éventuel dégel des fonds libyens « gelés » aux États-Unis, lorsque de longues rafales de Kalachnikov claquèrent à l'extérieur du siège du CNT de Benghazi. Plusieurs vitres volèrent en éclats, dont une de la fenêtre du bureau où il se trouvait. Courageux, il se rua à la fenêtre, découvrant une vingtaine d'hommes, armes au poing, encerclant le bâtiment blanc d'un seul étage, devant lequel flottait le drapeau de la Libye nouvelle, descendus de différents véhicules.

L'un d'eux s'avança et hurla quelque chose.

– Il veut parler à un responsable, dit James Tuk qui comprenait l'arabe.

Ils attendirent. Quelques rafales claquaient encore, faisant sauter des éclats de pierre, puis le secrétaire général, plus mort que vif, s'avança à la rencontre des

assaillants. La discussion ne dura pas et le fonction-
naire regagna l'intérieur aussitôt entouré par ses col-
lègues.

– Ils disent que le général Younès a été assassiné
avec la complicité du CNT, annonça l'homme d'une
voix mal assurée. Je lui ai dit que nous n'étions au
courant de rien, mais ils ne me croient pas.

– Vous pensez que c'est vrai ? demanda l'Américain, méfiant.

Les rumeurs couraient vite en Libye.

– Ils m'ont proposé de voir son cadavre, précisa le
Libyen. Il se trouve dans un des véhicules, avec deux
autres corps découverts en même temps.

James Tuk ne tenait plus en place. Il s'excusa auprès
de son interlocuteur.

– Je crois que ce n'est pas le moment de parler
finance, je dois rendre compte à mon ministère.

Le principal allié de la politique des États-Unis en
Libye venait de disparaître.

C'était une très mauvaise nouvelle.

*
* *

Par la fenêtre de sa chambre donnant sur Ash Sharif
street, Ibrahim Al Senoussi aperçut une douzaine de
pick-up armés de canons de 20mm et bourrés d'hommes
affublés de tenues diverses qui bloquaient la rue. Juste
en face de sa maison.

En descendant, il se heurta au jeune islamiste qui
venait le chercher.

– L'Émir vient d'arriver, annonça ce dernier.

Abu Bukatalla était déjà assis par terre, le dos

appuyé à des coussins, une Kalach à crosse pliante posée à côté de lui, et dégustait un verre de thé. Il se leva pour étreindre Ibrahim Al Senoussi, puis les deux hommes se rassirent.

– Savez-vous où se trouve le général Younès ? demanda aussitôt Ibrahim Al Senoussi.

– Mon Frère, j'ai de mauvaises nouvelles, annonça aussitôt d'une voix grave Abu Bukatalla.

– Il lui est arrivé quelque chose ?

– Non, en apprenant la mort de Khadafi, il a quitté Ras-Lanouf et a filé vers le sud-ouest du pays, chez les Touaregs.

Ibrahim Al Senoussi eut l'impression de recevoir le ciel sur la tête.

– Mais pourquoi ? demanda-t-il d'une voix mal assurée.

– Le CNT menait une enquête secrète sur lui, car on le soupçonnait d'entretenir toujours des relations avec l'autre camp. Il avait refusé de mener certaines offensives... Donc, on l'a convoqué à Benghazi pour lui demander des explications et il a pris peur. Je crains qu'on ne le revoie plus jamais. C'était un traître, il espérait un revirement de la situation. Khadafi mort, cela devenait impossible.

Ibrahim Al Senoussi était effondré. Le général Younès devait être son meilleur allié. Il ne savait plus que dire. Abdul Bukatalla rompit le silence.

– Vous devez quand même poursuivre vos consultations. Il y a sûrement d'autres personnes à consulter. Des gens susceptibles de vous soutenir...

– Oui, bien sûr, balbutia Ibrahim Al Senoussi.

Mécaniquement. Il avait la tête qui tournait.

– Il faut vous réorganiser, assura Abu Bukatalla d'une voix onctueuse. J'ai certaines choses à faire, je serai absent un jour ou deux. Quand je reviendrai, nous ferons le point. Vous allez sûrement trouver d'autres alliés à rencontrer.

Il vida son verre de thé, grignota une datte dont il cracha le noyau et se leva. Ibrahim Al Senoussi en fit autant et les deux hommes s'étreignirent.

Le chef islamique sortit, escorté de quatre miliciens armés jusqu'aux dents. Quelques instants plus tard, le grondement des moteurs des pick-up ébranla le silence de la rue étroite aux boutiques encore fermées.

Ibrahim Al Senoussi regagna sa chambre, perturbé. Hésitant sur la conduite à tenir. Le général Younès disparu, il restait sa tribu, une des plus puissantes de la Cyrénaïque. Si elle se ralliait à lui, cela représenterait un considérable poids politique. Il devrait aussi rencontrer les membres du CNT. Même s'ils ne possédaient pas directement de katiba, ils avaient un poids important grâce à leurs contacts politiques extérieurs. Le monde occidental les avait adoubés comme les responsables de la Libye nouvelle, même si ce n'était qu'un tigre de papier. Seulement, ils ignoraient sa présence à Benghazi. Comment allaient-ils prendre son voyage secret organisé sous l'égide d'Abu Bukatalla et des Services britanniques ?

Il mourait d'envie d'appeler Cyntia pour se laver le cerveau mais ignorait où elle se trouvait.

***

Ted frappa à la chambre de Malko. Cyntia dormait encore.

– J'ai un message pour vous ! cria l'Américain. Vous devez rappeler Le Caire.

Malko, qui sortait de sa douche, prit son Thuraya et gagna la pelouse. Le ciel était toujours radieux. Jerry Tombstone répondit à la première sonnerie.

– *Very bad news !* annonça-t-il de sa voix traînante. Le général Younès vient d'être assassiné. C'est le *State Department* qui me l'a appris.

– Par qui ?

– On n'en sait encore rien, mais probablement par les Islamistes. J'ai parlé aussi avec le président du CNT qui se trouve à Tripoli : il n'était même pas encore au courant.

– Ça signifie quoi ? demanda Malko.

– Que le prochain sur la liste est notre ami Ibrahim. Abu Bukatalla l'avait fait venir à Benghazi pour faire sortir le général de son trou.

» Ils y sont arrivés et l'ont liquidé aussitôt. Évidemment, à Ras-Lanouf, ils ne pouvaient pas y toucher, il était au milieu de ses troupes. C'est Ibrahim Al Senoussi qui l'a attiré ici. Désormais, il ne sert plus à Abu Bukatalla. *He is the next to go…*

– Vous croyez ?

– Si ce n'est pas déjà fait… Il nous reste deux possibilités : exfiltrer Ibrahim Al Senoussi dare-dare ou liquider Abu Bukatalla. Cela m'ennuie de faire rentrer Ibrahim. Il n'y a pas que Younès, il peut convaincre d'autres gens de se joindre à lui. Et puis, la route est longue d'ici la frontière égyptienne. Plus de mille kilo-

mètres et il faut passer par Darna, le fief d'Abu Bukatalla.

– On ne peut pas le faire partir par avion ?

– Il n'y en a pas avant la fin de la semaine. Bien
sûr, on pourrait en charter un avec l'Agence mais du
coup, on compromettrait Ibrahim. Donc, on est dans la
merde. La meilleure solution est de le récupérer. On
va faire ce qu'on avait dit. Faites monter Cyntia à
l'assaut. Qu'on ait un contact avec lui. Pour l'exfiltrer
de là où il se trouve actuellement.

– On l'amènerait ici ?

– Je vais voir avec l'Agence. Il faut faire attention
de ne pas le compromettre trop.

» Allez-y.

Malko rentra dans la maison. Lorsqu'il pénétra dans
la chambre, Cyntia avait ouvert les yeux, encore
vaseuse.

– C'était horrible, hier ! bredouilla-t-elle. Je n'ai
jamais eu aussi peur de ma vie.

– Tu as été très bien ! assura Malko.

La jeune femme secoua la tête.

– Je veux rentrer en Égypte, ce pays est trop dangereux.

– Je te comprends, dit Malko, mais avant, il faut
que tu me rendes un service.

– Lequel ?

– Tu vas utiliser mon Thuraya et appeler Ibrahim.
Si le sien est déconnecté, tu lui laisses un message
demandant de te rappeler. Il le fera.

Cyntia regarda Malko, horrifiée.

– Tu veux que je lui dise que je suis ici ?

– Je le crains.

Elle secoua la tête.

– Il va me tuer…

– On l'en empêchera, affirma Malko, mais c'est indispensable.

Il lui tendit le Thuraya.

– Lève-toi et viens.

CHAPITRE XVIII

Debout à côté de Cyntia, au milieu de la pelouse, Malko écoutait le Thuraya chercher son correspondant. Il accrocha enfin et un disque annonça que l'appareil qu'ils appelaient n'était pas en service. Aussitôt, Malko prit le Thuraya des mains de Cyntia et déclencha la boîte vocale de son correspondant.

— C'est moi, dit ensuite Cyntia, rappelle-moi sur ce numéro, c'est extrêmement important. Je t'embrasse.

Elle coupa la communication et tendit le Thuraya à Malko.

— Maintenant, qu'est-ce qu'on fait ?

— On attend, dit Malko. Assies-toi sur le perron pour pouvoir capter et laisse l'appareil allumé. Moi, je vais appeler Le Caire pour la suite des opérations.

— Tu crois qu'il va rappeler ? demanda anxieusement Cyntia.

— J'en suis sûr, mais j'ignore quand.

— Qu'est-ce que je lui dis ?

— Qu'il faut l'exfiltrer de là où il est, parce qu'il est en danger de mort ; n'entre pas dans les détails. Il faut simplement qu'il nous fixe une heure où on peut aller le chercher. Sois persuasive.

Il rentra à l'intérieur et gagna le bureau où Ted avait installé les moyens de communication. L'Américain y travaillait avec un « baby-sitter ».

– Envoyez ce garçon auprès de Cyntia, demanda Malko. Qu'il vienne me prévenir dès qu'on appelle le Thuraya. Moi, j'ai besoin de joindre Le Caire.

Ted lui tendit un Thuraya.

– Voilà la ligne protégée. Allez-y.

Du coup, Malko ressortit et rejoignit la pelouse, renvoyant au passage le « baby-sitter », désormais inutile puisque Cyntia était à quelques mètres de lui.

Jerry Tombstone devait attendre son appel, car il décrocha immédiatement sa ligne directe.

– On a appelé Ibrahim, annonça Malko, on attend qu'il rappelle. Si c'est le cas, qu'est-ce qu'on fait ? On l'amène ici ?

– Non, trancha le chef de Station du Caire. J'ai parlé à Langley. Politiquement, c'est trop risqué. On le lierait à nous. Il faut le mettre ailleurs.

– Où ?

– À l'hôtel. Ted m'a dit qu'à l'Ouzou il y a beaucoup d'étrangers et que l'hôtel est gardé par les *thuwars* du CNT. Cela me paraît un lieu sûr. Abu Bukatalla ne peut pas se permettre de venir l'assassiner là-bas. Une fois Ibrahim en sécurité, cela nous donne le temps de débusquer l'autre salaud et de le liquider. Si besoin est, avec les hommes de la tribu Obeidi.

» Ils vous baiseront les mains.

La communication fut coupée. Malko rejoignit Cyntia, toujours assise sur le perron, en plein soleil.

– J'ai parlé au Caire, dit-il. Ils ne veulent pas qu'il

vienne ici. Politiquement trop dangereux. On l'installera donc à l'hôtel Ouzou, avec des « baby-sitters ». L'hôtel est sous le contrôle du CNT.

– Il n'a toujours pas appelé, objecta Cyntia.

– Espérons qu'il va le faire, soupira Malko.

Cyntia se tourna vers lui.

– S'il accepte, qu'est-ce que je fais ? Je vais avec lui ?

– Je crains que cela soit indispensable, dit Malko avec beaucoup de diplomatie. Tu seras sa « carotte ».

La jeune femme lui jeta un regard noir.

– Salaud ! Tu n'as rien à faire de moi.

– C'est faux, assura Malko, j'ai un objectif impératif : sauver Ibrahim. Quels que soient mes sentiments personnels.

Furieuse, Cyntia laissa tomber.

– De toute façon, il n'appelle pas.

***

Ibrahim Al Senoussi écouta pour la troisième fois le message de Cyntia Mulligan. Partagé entre la joie d'entendre sa voix et l'angoisse. Que signifiait cet appel ? Depuis l'annonce d'Abu Bukatalla concernant le général Younès, il était resté prostré. Ne sachant plus que faire. Il hésita encore un long moment, puis, la gorge nouée, il rappela le Thuraya inconnu.

Debout sur la petite terrasse, il attendit, le pouls à 150.

D'interminables secondes. Enfin, son Thuraya attrapa le satellite, puis le numéro sonna.

Lorsqu'il entendit une voix féminine dire « allo », il crut que son cœur allait s'arrêter.

– Cyntia ?

– Oui, c'est moi, dit la jeune femme. Je suis heureuse que tu me rappelles.

– Où es-tu ?

– À Benghazi.

– À Benghazi ?

Il n'en croyait pas ses oreilles.

– Qu'est-ce que tu fais à Benghazi ?

– Je t'expliquerai, dit Cyntia. Il faut que tu m'écoutes. Tu es en danger de mort. Je te téléphone pour te sauver la vie.

Complètement perturbé, Ibrahim Al Senoussi protesta.

– Je ne suis pas en danger ! D'où vient ce Thuraya ? Pourquoi as-tu quitté Le Caire ?

– Je t'expliquerai *tout*, répéta Cyntia, mais tu dois me croire. L'homme que tu devais rencontrer, le général Younès, a été assassiné. Par celui qui est censé te protéger, Abu Bukatalla.

Le Libyen n'en croyait pas ses oreilles. Comment Cyntia connaissait-elle tous ces noms ? Il ne lui avait jamais parlé de rien.

– C'est faux, protesta-t-il, le général Younès n'a pas été assassiné, il est en fuite, c'était un traître.

– Appelle Herbert Mallows au Caire, il te le confirmera.

Encore un coup : Ibrahim Al Senoussi n'avait jamais mentionné à Cyntia le nom du représentant du MI6 en Égypte. La jeune femme interrompit sa réflexion.

– Écoute, nous discuterons de cela plus tard. Es-tu libre de tes mouvements rue Ash Sharif ?

Ibrahim Al Senoussi en perdit la parole. Comment savait-elle où il se trouvait ? La voix de Cyntia lui parvint, comme dans un rêve.

– Tu peux sortir ou non ?

– Oui, bien sûr, pourquoi ?

– Dans une heure, une Cherokee blanche, sans plaques, s'arrêtera en face de là où tu es. Je serai à l'intérieur, avec des gens pour te protéger. Dès que je te verrai sur le trottoir, je sortirai pour venir à ta rencontre.

– Tu es folle ? Pour aller où ?

– Dans un endroit sûr. Je compte sur toi. Sinon, je crains que nous ne puissions jamais nous revoir.

Il y eut un « clac » sec et la communication fut coupée.

* * *

Ibrahim Al Senoussi regarda son Thuraya avec reproche, comme s'il était responsable de l'arrêt de la communication. Puis, il rentra l'antenne et redescendit. Le cerveau en vrac. Il ne savait plus où il en était.

Assis sur le lit, il se prit la tête entre les mains. Comment Cyntia savait-elle tant de choses ?

Une idée terrible le traversa. Et si c'étaient les Services britanniques qui l'avaient mise sur son chemin ? Pour en faire son contrôleur. Ses questions furent balayées par la jalousie.

Avec qui était-elle venue à Benghazi ?

Il regarda sa montre : onze heures cinq. Cyntia, si elle avait dit vrai, serait là dans moins d'une heure. Il n'arrivait pas à croire à cette menace sur sa vie, mais il était submergé par une seule envie : revoir Cyntia.

Après tout, il pouvait aller à ce rendez-vous, la récupérer et voir la suite.

Il lui restait cinquante-cinq minutes pour se décider.

***

Cyntia toisa Malko et lui lança d'un ton agressif.

– Alors, tu es content ?

– Tu as été parfaite ! assura-t-il. Et tu vas nous aider à sauver la vie d'Ibrahim.

– Je m'en fous d'Ibrahim ! lâcha-t-elle.

Elle s'en voulait de se dire qu'elle s'était prêtée à cette manip uniquement pour faire plaisir à l'homme dont elle était tombée amoureuse. Alors que ce dernier, pour des raisons obscures, la renvoyait froidement dans les bras de son ancien amant.

– On va y aller bientôt, fit Malko.

Son regard croisa celui de Cyntia et la jeune femme crut recevoir une décharge électrique dans le ventre. Elle réalisa qu'elle était totalement excitée, que ses cuisses avaient tendance à s'écarter toutes seules. Si Malko l'avait prise sur le perron, devant tout le monde, il n'aurait pas eu à la violer…

Cependant, l'orgueil fut le plus fort.

– Très bien ! dit-elle froidement, je vais préparer mes affaires. Je suppose que je ne reviens pas ici, après ?

– C'est exact, reconnut Malko.

Cyntia rentra dans la résidence sans se retourner et il la suivit des yeux, se disant qu'il lui aurait volontiers fait l'amour.

Hélas, il avait pour l'instant, d'autres chats à fouetter, et il gagna le bureau où Ted l'attendait.

– On y va dans dix minutes, annonça-t-il.

**
* * *

Les deux Cherokee franchirent le portail et tournèrent à droite. La première était conduite par Ted, Malko à ses côtés. Cyntia, remaquillée, pimpante bien qu'en jean, était à l'arrière, à côté d'un « baby-sitter » au crâne rasé.

Dans le second véhicule, en protection, il y avait quatre agents de la D.O. lourdement armés.

Cyntia se pencha vers Malko.

– Si Ibrahim sort, qu'est-ce que je fais ensuite ?

– Nous allons à l'hôtel Ouzou où vous vous installerez. Deux « baby-sitters » resteront avec vous.

– Et après ?

– Après on verra. *One bridge at a time* [1].

Ils arrivaient au pont enjambant le lac du 23 juillet. Les deux véhicules s'arrêtèrent et Malko descendit, rejoignant la seconde Cherokee, remplacé par un « baby-sitter » au visage carré, mâchant du chewing-gum, qui ne risquait pas d'éveiller la jalousie d'Ibrahim Al Senoussi.

Dix minutes plus tard, ils entraient dans Ash Sharif

1. Un pont à la fois.

street. La première Cherokee, avec Cyntia, franchit le carrefour avec Madhawi street et s'arrêta vingt mètres plus loin.

Celle où se trouvait Malko stoppa avant le carrefour, devant un magasin de chaussures en train d'ouvrir.

Il était 11 h 55.

La circulation était assez intense dans la rue, mais personne ne semblait prêter attention aux deux véhicules.

Encore cinq minutes.

Malko était tendu comme une corde à violon. Si Ibrahim Al Senoussi ne sortait pas, c'était difficile d'aller le chercher. Il pouvait être retenu contre son gré, ou, au contraire, ne pas vouloir quitter sa planque. Dans ce cas, la manip échouait.

Il se raidit : une silhouette venait de sortir de la maison devant laquelle était garé le pick-up armé. Un homme vêtu à l'occidentale qu'il ne put voir que de dos.

Il se dirigeait vers l'extrémité d'Ash Sharif street, donnant sur la Corniche.

Soudain, Malko vit une portière de la première Cherokee s'ouvrir et Cyntia apparut sur le trottoir, demeura immobile quelques instants puis s'avança vers l'homme sorti de la maison.

Malko retint son souffle, les deux silhouettes se rapprochèrent. Et soudain, l'homme se jeta littéralement dans les bras de Cyntia.

Juste à ce moment, deux hommes surgirent de la maison, armés de Kalachnikov et se ruèrent en vociférant vers le couple enlacé sur le trottoir.

CHAPITRE XIX

Malko poussa un juron : tout allait foirer ! Au même moment, la portière arrière de la première Cherokee s'ouvrit brutalement et un homme sauta à terre, un des « baby-sitters » de Cyntia, armé d'un M.16.

Les deux hommes se figèrent, comme frappés par la foudre. De sa place, Malko vit Ibrahim Al Senoussi pousser violemment Cyntia à l'intérieur de la Cherokee, refermant aussitôt la portière. Tout en menaçant toujours les deux hommes armés de Kalachnikov, le « baby-sitter » de la CIA remonta dans la voiture, en lâchant une dernière rafale.

Les deux gardes armés de Kalach auraient pu tirer sur la Cherokee, mais ils n'en firent rien. Retournant en courant vers la maison d'où ils étaient sortis.

Malko démarra à son tour. Lorsqu'il passa devant la maison qui avait abrité Ibrahim Al Senoussi, la Cherokee emportant le couple avait déjà atteint l'extrémité d'Ash Sharif street donnant dans la Corniche. Personne, parmi les rares passants, n'avait prêté attention aux coups de feu. Il y en avait tout le temps à Benghazi.

Ensuite, elle reprit à droite pour contourner la vieille ville et retrouver l'hôtel Ouzou, situé de l'autre côté du lac du 23 juillet. Malko les suivit jusqu'à l'embranchement menant à l'entrée de l'hôtel, gardée par des *thuwars* abrités sous un immense parasol aux couleurs de la nouvelle Libye.

— On rentre, lança-t-il au conducteur de la Cherokee.

Rassuré.

Pour l'instant, Ibrahim Al Senoussi était à l'abri.

* * *

Machinalement, Ibrahim Al Senoussi avait pris la main de Cyntia. Il demanda d'une voix absente.

— Où va-t-on ?

— À l'hôtel Ouzou, répondit Ted, au volant.

Le Libyen demeura interloqué. Pourquoi à l'hôtel ? Il n'avait plus qu'une obsession : se trouver en tête à tête avec Cyntia pour comprendre ce qui se passait. Ils franchirent sans encombre le *check-point* des thuwars. Un des « baby-sitters » prit la valise de Cyntia et ils pénétrèrent dans l'hôtel.

Ted se tourna vers Ibrahim Al Senoussi.

— Donnez-moi votre passeport, sir. Je vais vous enregistrer avec nous. Nous occuperons les deux chambres encadrant la vôtre.

Vautrés un peu partout, dans les différents salons du Ouzou, des journalistes de toutes nationalités tapaient sur des ordinateurs ou lisaient. L'hôtel était propre, moderne et sans âme.

Tout le personnel étranger s'étant enfui depuis la Révolution, il fonctionnait tant bien que mal avec du personnel local, peu professionnel et ne parlant qu'arabe. Par prudence, le réceptionniste gardait les passeports des clients pour éviter les impayés...

Ted utilisa tout son arabe et négocia une caution de 500 dinars afin de pouvoir conserver le passeport d'Ibrahim Al Senoussi. Il était préférable de ne pas le laisser traîner. L'employé enregistra sans mot dire. Le nom d'Al Senoussi étant courant, ce n'était, à ses yeux, qu'un client comme les autres.

Les formalités remplies, Ted revint vers le Libyen et lui tendit sa clef magnétique.

– Vous êtes au 407, nous aux 406 et 408. On monte avec vous.

Ibrahim Al Senoussi était encore sous le choc de son « kidnapping » et ne protesta pas.

Ils se tassèrent tous les quatre dans un des ascenseurs.

La moquette de l'étage avait été rose mais il ne restait que des taches...

Quand Ibrahim Al Senoussi découvrit sa chambre, petite et spartiate, à part un gros climatiseur et une minuscule salle de bains, il sentit soudain la fatigue l'envahir et il se laissa tomber sur le lit.

– Je n'ai rien pour me changer ! gémit-il. J'ai tout laissé là-bas.

– On t'achètera tout ce qu'il faut, promit Cyntia. Tu veux te reposer ?

Ibrahim Al Senoussi lui jeta un regard noir.

– Me reposer ! Je veux savoir ce qui se passe et

surtout ce que tu fais à Benghazi. Pourquoi m'avoir menti ?

Dans la voiture, ils n'avaient pas échangé un mot.

Cyntia, dûment briefée par Malko, s'assit sur le lit à côté de son amant.

– C'est un peu compliqué, avoua-t-elle. Après que tu as quitté Le Caire, j'ai été abordée par un homme, qui s'est dit agent de la CIA et m'a emmenée à l'ambassade américaine où j'ai rencontré son supérieur, un certain Jerry Tombstone. Celui-ci m'a expliqué que la CIA travaillait main dans la main avec les Britanniques sur une opération politique tendant à te faire occuper une place importante dans la nouvelle Libye.

Ibrahim Al Senoussi écoutait, stupéfait : tout ce qu'elle disait était exact. La jeune femme continua :

– Ils m'ont appris aussi que l'avion qui nous amenait au Caire avait failli être abattu par un missile sol-air. Heureusement, celui-ci ne s'était pas activé…

Le Libyen sursauta.

– Quoi, mais on n'a rien vu…

– Oui, mais c'était vrai, les Égyptiens ont découvert le missile non explosé. Cet incident a montré aux Anglais et aux Américains que des gens, en Libye, voulaient t'éliminer physiquement parce que tu contrariais leurs plans…

– Quels plans ?

– Ceux du Qatar, continua la jeune femme. L'Émir du Qatar a l'intention d'installer un régime islamiste strict en Libye. En s'appuyant sur les différents groupes islamistes qui y grenouillent. Dont fait partie Abu Bukatalla. C'est, paraît-il, un *takfiri*, les plus extrémistes.

– Abu Bukatalla ! répéta d'une voix blanche Ibrahim
Al Senoussi. Son représentant à Londres m'avait juré
qu'il était prêt à se ranger derrière moi. C'est lui qui
m'a demandé de venir au Caire.

» Si c'était vrai, objecta le Libyen, pourquoi ne
m'a-t-il pas tué immédiatement, après cette première
tentative ?

– Parce qu'il avait besoin de toi. Pour attirer
l'ennemi mortel des islamistes, le général Younès,
dans un piège.

– Le général Younès s'est enfui avec les khađa-
fistes, coupa Ibrahim Al Senoussi.

– C'est faux ! assena Cyntia. Il a été assassiné en
venant te rendre visite. Il n'y a que toi à ne pas le
savoir... Le CNT enquête sur sa mort. Tu peux vérifier
ce point en appelant Herbert Mallows au Caire.

– Tu le connais ? demanda Ibrahim Al Senoussi.

– Non, mais on m'a donné son nom. L'homme en
qui tu avais confiance, Abu Bukatalla, a joué double
jeu. Maintenant que le général Younès est mort, tu es
en sursis. Voilà pourquoi les Américains t'ont récupéré...

Le Libyen secoua la tête.

– Tout cela est fou ! Il faut que je parle à Abu
Bukatalla. Il a sûrement une explication.

Cyntia tiqua.

– Tu sais où il se trouve ?

– Non, avoua Ibrahim Al Senoussi. (Se reprenant,
il la fixa d'un air presque méchant.) Cela ne me dit pas
pourquoi tu m'as menti. Pourquoi tu es venue à
Benghazi ?

– Pour te sauver la vie, fit simplement la jeune femme. Les Américains ne savaient pas où tu te trouvais ni si tu répondrais au téléphone à des inconnus. Mais ils savaient que tu me répondrais, à moi.

» Grâce à ton Thuraya, ils t'avaient localisé. Ils m'ont demandé de les aider, c'est la raison pour laquelle je t'ai appelé. Je parie que si tu ne m'avais pas vue, tu ne serais pas sorti…

Accablé, le Libyen secoua la tête.

– Tu habites dans cet hôtel ?

– Non, j'étais hébergée par les Américains, mais, si tu veux, je reste avec toi…

Ibrahim Al Senoussi poussa un véritable rugissement.

– Si je veux ! Cela fait des jours que je ne t'ai pas vue ! Je ne savais plus où tu étais. Je croyais que tu étais partie avec un autre homme.

– Non, protesta Cyntia, j'étais partie avec des Américains de la CIA du Caire. Ensuite, je suis venue ici dans un avion de l'ONU et ils m'ont installée dans leur « base », une très belle résidence.

Soupçonneux, le Libyen demanda aussitôt :

– Pourquoi ne m'ont-ils pas emmené où tu te trouves ?

Cyntia eut un sourire désarmant.

– Parce que c'est une résidence *officielle* du State Department. Cela te compromettrait.

– Et les Anglais ?

– Les Américains agissent la main dans la main avec eux. Ici, ils ne sont pas organisés. Les Islamistes détestent les Américains.

Ibrahim Al Senoussi fixa Cyntia. Sa peur et sa surprise avaient presque disparu et il retrouvait le goût de vivre. En voyant les seins de la jeune femme jouer librement sous son chemisier, il sentit son sang se mettre à bouillir.

– Tu es toujours aussi belle, fit-il d'une voix cassée par le désir.

Sa main était déjà crochée dans le pantalon de Cyntia, attrapant son sexe à pleine main, à travers le tissu.

C'était plus fort que lui.

Il ne l'embrassa même pas. Il y eut une mêlée confuse où les vêtements volèrent. Cyntia s'était attendue à ce déchaînement et se laissait faire. Essayant de superposer à l'image du Libyen celle de l'amant dont elle était tombée amoureuse.

Quand Ibrahim Al Senoussi lui écarta les cuisses d'un violent coup de genou et plongea en elle un membre prêt à exploser, elle se mordit les lèvres et ferma les yeux.

***

Abu Bukatalla avait du mal à maîtriser sa rage. Abrité avec une trentaine de ses hommes dans la ferme à la périphérie de Benghazi, il venait d'apprendre la fuite d'Ibrahim Al Senoussi et ne se l'expliquait pas.

Le prétendant au trône libyen l'avait toujours écouté et, apparemment, lui faisait confiance.

Pour terminer la tâche confiée par ses sponsors du Caire, Abu Bukatalla n'avait plus que deux choses à faire : éliminer le chef de la tribu des Obeidi et, ensuite, Ibrahim Al Senoussi. Pour ce dernier, ce serait facile : comme il n'y avait pas d'avion pour regagner Le Caire, il serait obligé de revenir par la route, sous la protection de ses hommes.

Il suffisait de monter une fausse embuscade…

Ensuite, la route serait libre pour celui que désigneraient les différents chefs islamistes de Libye et l'Émir du Qatar. Abu Bukatalla lui-même escomptait bien tenir une place importante dans le nouveau gouvernement qui allait récupérer les milliards de dollars d'avoirs libyens gelés par les États-Unis qui hésitaient à les rendre au CNT, dont ils mesuraient bien la faiblesse.

Le chef *takfiri* s'était juré d'utiliser une partie de l'argent qu'il récupérerait à consolider le Djihad en Afrique, à travers l'AQMI qui manquait d'armes et de moyens.

Pour lui, le but était clair : fonder un Émirat islamique en Libye qui appliquerait toutes les règles du Coran interprétées de la façon la plus stricte. Grâce à cette base, il pourrait aider tous ses Frères du Djihad qui luttaient contre les Infidèles exécrés.

Maintenant, tout ce beau plan risquait de voler en éclats. Il fallait donc récupérer Ibrahim Al Senoussi par la ruse. Mais d'abord, savoir où il était.

Heureusement, il n'y avait pas d'avions. Mais les Américains pouvaient l'exfiltrer par la route avec une escorte armée et l'appui de l'OTAN.

Après avoir grignoté quelques dattes, il appela un de ses hommes.

– Mets-toi en planque près de chez les Américains, ordonna Abu Bukatalla. S'il est toujours à Benghazi, c'est là qu'il doit se trouver.

La « base » américaine était difficile à attaquer, sauf de nuit, avec de gros risques. Les Américains de la CIA étaient armés et entraînés. Ils sauraient se défendre…

Le chef *takfiri* venait de finir son thé lorsque son portable sonna : c'était un de ses « contacts » à l'hôtel Ouzou. Qui lui annonça qu'un Libyen accompagné d'une étrangère venait de s'y installer, protégés par deux Américains.

Abu Bukatalla bénit le nom d'Allah : il avait retrouvé Ibrahim Al Senoussi. Les deux miliciens qui le gardaient lui avaient dit qu'il avait rejoint une femme avec qui il s'était enfui. Il restait à le récupérer. Une attaque frontale de l'hôtel était exclue. Il restait la ruse : l'attirer hors de sa planque et le liquider.

CHAPITRE XX

– Le CNT vient d'annoncer qu'il n'était pour rien dans le meurtre du général Younès, annonça Ted, en brandissant un communiqué juste publié sur le Net.

– Je vais parler au Caire, dit Malko. Ibrahim est bien installé à l'Ouzou ?

– Ça en a l'air, confirma l'Américain. Nos deux gars sont avec lui.

– Parfait, reconnut Malko. Je vais faire le point avec Le Caire.

Le passage à l'Ouzou n'était que provisoire, il fallait imaginer la suite. Malko éprouvait quand même un petit pincement au cœur en pensant à Cyntia. De nouveau, il gagna la pelouse inondée de soleil. Seul endroit où le Thuraya fonctionnait.

– La situation est sous contrôle, annonça-t-il à Jerry Tombstone. Ibrahim est en sûreté à l'Ouzou. Il ne reste plus qu'à l'exfiltrer de Benghazi.

– Pas encore, objecta l'Américain. Nous allons essayer de capitaliser sur le meurtre du général Younès. Depuis le début, la tribu des Obeidi nous est plutôt favorable. Désormais, ils ne décolèrent plus contre les islamistes. Ted est déjà en contact avec eux. Je vais lui demander d'organiser un rendez-vous avec le chef de la tribu. Par l'intermédiaire du neveu du général, Abdel Razik.

» S'ils adoubent Ibrahim,on pourra l'exfiltrer.

– Vous croyez que ce sera suffisant ?

– Non, reconnut Jerry Tombstone, mais on aura au moins cela. Et puis, il y a un autre point à régler : Abu Bukatalla. Il a une très forte capacité de nuisance. C'est le bras armé du Qatar, qui veut un État islamiste à sa botte.

» Le CNT est trop faible pour faire quoi que ce soit contre lui. Donc, c'est vous que je charge de régler le problème. Vous vous ferez des amis chez les « Cousins ». Ils n'ont pas encaissé le meurtre de Peter Farnborough.

– On ignore où est Bukatalla, objecta Malko.

– Vous m'avez dit que l'ONG, Manuela Esteban, revenait aujourd'hui à Benghazi. Grâce à elle, vous pourrez probablement remonter la piste.

– Je vais essayer, promit Malko, mais les gens de la D.O. ne sont pas chauds pour mener une opération contre lui.

– Ils obéiront aux ordres, fit sèchement le chef de Station. Et, de toute façon, si vous le localisez vous pourrez compter sur les Obeidi. Ils ont une dette d'honneur à régler avec Abu Bukatalla et, ici, on ne plaisante pas avec ce genre d'affaire…

» Alors, je compte sur vous.

En rentrant dans le salon, Malko avait compris deux choses. D'abord, l'opération Ibrahim Al Senoussi avait du plomb dans l'aile et, ensuite, le cas Abu Bukatalla était devenu une affaire personnelle pour l'Agence et les « Cousins ». Non seulement les Anglo-saxons respectaient leurs morts, mais ils les vengeaient.

Il devait donc aller à l'Ouzou rencontrer Manuela Esteban, où il risquait de se heurter à Ibrahim Al Senoussi et à Cyntia. Il y avait un gros problème : le Libyen avait vu Malko au Caire. Il pouvait se poser des questions en le revoyant à Benghazi et conclure que c'est lui qui avait amené Cyntia en Libye.

S'il prenait la mouche, cela risquait de perturber sérieusement la manip de la CIA.

Une solution lui sauta aux yeux : envoyer d'abord Ted chercher Ibrahim Al Senoussi pour une réunion avec Abdel Razik, le neveu du général Younès, et aller, lui, ensuite à l'Ouzou, certain de ne pas se heurter au Libyen.

Il n'y avait plus qu'à calibrer le planning.

*
* *

Enfoncé dans un des profonds fauteuils de cuir d'un des salons en contrebas du hall de l'hôtel Ouzou, Ibrahim Al Senoussi ne pouvait s'empêcher de garder la main sur la cuisse de Cyntia, sagement installée dans le siège voisin.

Ted essayait de regarder ailleurs.

Fervent Quaker, il considérait ces manifestations d'intimité totalement déplacées… Comme les rares voisins libyens du couple, qui se disaient que, dans un

État bien tenu, on aurait coupé la main de ce chien infidèle. À croire que cette jeune femme n'avait pas un frère, un père ou un cousin pour exterminer cette vermine lubrique.

— Nous avons rendez-vous chez le neveu du général Younès, Abdel Razik, annonça l'Américain qui venait d'arriver à l'Ouzou. Il s'était présenté à Ibrahim Al Senoussi comme le responsable de ses « protecteurs ».

Ballotté entre des gens qui semblaient tous pratiquer le double jeu, le Libyen ne savait plus à quel saint se vouer.

— Il sera en compagnie de représentants de la tribu des Obeidi. Vous devez les convaincre de se rallier à votre projet.

Ibrahim Al Senoussi aurait préféré passer l'après-midi avec Cyntia, mais il comprit que l'Américain ne le lâcherait pas.

— Je peux emmener mon amie ? demanda-t-il.

Ted réussit à demeurer impassible.

— Non, *sir*, cela serait inapproprié…

Et encore, c'était une litote. On n'avait encore jamais vu emmener une femme dans une réunion sérieuse en Libye. Ibrahim était en train de méditer la réponse quand son portable sonna. Un numéro inconnu.

— Mon Frère, que t'est-il arrivé ? demanda la voix mielleuse d'Abu Bukatalla. On m'a dit que tu as été enlevé par des étrangers. Où es-tu ? Pourquoi ne m'as-tu pas prévenu ?

Heureusement, briefé par Ted qui venait de lui mettre sous le nez le communiqué du CNT concernant la mort du général Younès, Ibrahim Al Senoussi savait désormais à quoi s'en tenir. Au lieu de heurter de front l'islamiste, il avoua d'une voix confuse :

– Je n'ai pas été enlevé... J'ai seulement voulu rejoindre mon amie, arrivée du Caire. Je suis à l'hôtel Ouzou.

– Il faudrait que je te voie, enchaîna l'islamiste, je vais t'envoyer une voiture.

– Maintenant, je ne peux pas, assura Ibrahim Al Senoussi. J'ai un rendez-vous important.

Ted griffonna sur un journal : *dites-lui avec qui*.

– Avec qui ? demanda l'Islamiste.

– Des représentants de la tribu Obeidi. Chez le neveu du général Younès, Abdel Razik. Ils ont demandé à me voir.

Il y eut un bref silence et Abu Bukatalla laissa tomber d'une voix onctueuse.

– C'est bien, c'est encourageant.

– Pourquoi ne viens-tu pas me rejoindre à l'hôtel pour prendre un thé, en fin de journée, suggéra Ibrahim Al Senoussi.

– C'est une excellente idée, approuva l'Islamiste. Je viendrai une heure avant la prière, nous pourrons y aller ensemble ensuite.

– *Inch Allah* ! à ce soir, conclut Ibrahim avant de couper la communication.

Ted arborait un sourire plein de vice.

– *Well done* ! approuva-t-il. J'ai l'impression que cela va être *rock and roll*, aujourd'hui.

Ibrahim Al Senoussi le fixa, interrogateur.

– Qu'est-ce que vous voulez dire ?

– Je parierais une pizza contre un kilo de caviar que ce salaud va tenter de faire d'une pierre deux coups, laissa tomber l'Américain. Vous liquider en même temps que quelques-uns de ses pires ennemis.

– Il faudrait mieux que je n'aille pas à ce rendez-vous, conclut le Libyen.

– Au contraire ! protesta Ted. On va leur préparer une petite surprise. Venez en haut, on va vous équiper.

***

Inquiète, Cyntia regardait Ibrahim Al Senoussi enfiler un gilet pare-balles G.K. en Kevlar soigneusement ajusté, apporté par Ted dans un sac de sport.

Le Libyen n'en menait pas large. Lorsque les Britanniques lui avaient proposé d'être le prochain roi de Libye, il avait trouvé l'idée séduisante, imaginant d'interminables palabres, des flots de thé et de petits gâteaux, des gens aimables et civilisés.

Pas des tueurs féroces décidés à l'éliminer.

Ted qui dissimulait sous son long gilet de photographe un automatique 357 Magnum capable de faire exploser un éléphant, le poussa hors de la chambre.

– *Let's roll* ! dit-il avec un sourire pour Cyntia. On va vous le ramener entier, Miss.

Cyntia n'en était plus absolument sûre. Commençant à découvrir le nouvel univers où elle s'était trouvée précipitée. Elle se contenta d'un sourire un peu crispé et d'un léger baiser sur la bouche sèche de son amant.

Ibrahim Al Senoussi descendit, retrouvant quatre autres Américains dans le hall.

Trois Cherokee sans plaques étaient garées devant l'hôtel. Avec d'autres « baby-sitters ».

Tout le monde s'entassa dans les voitures et le petit convoi se lança dans Algeria street. Chaque Cherokee était armée comme un petit porte-avions, les RPG rangés sur le plancher par sécurité.

Ted composa un numéro sur son portable.

– Nous partons de l'hôtel, annonça-t-il à son interlocuteur. Nous serons là-bas dans trente minutes.

Ibrahim n'entendit pas la réponse.

Cela valait mieux. Ted s'était adressé à Fathi, l'autre neveu du général Younès. Ce dernier s'était regroupé avec une vingtaine de pick-up croulant sous les canons de 20 mm et les Douchkas, à un jet de pierre de la résidence de l'homme qu'allait rencontrer le prétendant au trône de Libye.

Tous les membres de ces pick-up, membres de la tribu Obeidi, n'avaient qu'une idée : venger le général assassiné et étaient prêts à risquer leur vie à condition d'exterminer leurs ennemis.

C'était beaucoup plus important que de traquer les Khadafistes. En Libye, les dettes de sang se payaient comptant, et avec intérêts.

Ibrahim Al Senoussi, serré entre deux balèzes, regardait défiler le paysage plat, les maisons protégées par de hauts murs. S'efforçant à penser à Cyntia pour ne pas imaginer ce qui pouvait se passer dans les heures qui venaient. Le déploiement de forces ne le rassurait pas entièrement. Il connaissait la férocité et le fanatisme des Islamistes comme les *Takfiri*.

Prêts à sacrifier leur vie pour atteindre leur but.

Ça lui ferait une belle jambe s'ils se faisaient tous tuer par les Américains, si lui se retrouvait avec une balle dans la tête.

Le convoi ralentit, ils étaient dans un quartier cossu, de très belles maisons, protégées de hauts murs, pas un piéton. Ici, il n'y avait que des riches.

Tandis qu'ils attendaient que le portail s'ouvre, il aperçut une petite Hyundai rouge sortir d'une propriété voisine, conduite par une très jolie brune aux lèvres pulpeuses, la tête à peine couverte d'un foulard mauve.

Le paradis.

Puis, la Cherokee pénétra dans la propriété. Un jeune homme attendait sur le perron. Il étreignit Ibrahim Al Senoussi, l'embrassant deux fois sur l'épaule en signe de respect.

C'était un intérieur cossu, avec des meubles neufs, des tentures partout, tellement en ordre qu'on aurait dit un appartement témoin. Une douzaine d'hommes étaient répartis le long des murs, assis par terre, appuyés à des coussins brodés : les représentants de la tribu Obeidi. Le neveu fit les présentations et Ted s'éclipsa discrètement.

Il devait être prêt pour une attaque éventuelle d'Abu Bukatalla.

*

Malko franchit le portail métallique du Ouzou et se dirigea vers la réception.

Personne.

Il prit alors l'ascenseur et alla frapper à la porte du 317. La chambre de Manuela Esteban, l'amie de Peter Farnborough. Pas de réponse. La porte de la chambre d'en face était ouverte et plusieurs hommes y travaillaient. Des ONG ou des journalistes. L'un d'eux cria à Malko :

– Vous cherchez Manuela ?

– Oui.

– Elle est partie sur le front, entraîner des démineurs, elle rentre tout à l'heure.

Il remercia et reprit le chemin de l'ascenseur. Lorsque ses portes s'ouvrirent, il eut un choc : Cyntia lui faisait face, très sage dans un chemisier épais et un jean.

La surprise fut réciproque.

– C'est moi que tu cherches ? demanda aussitôt la jeune femme.

– Non, fit Malko, je ne veux pas jouer avec le feu.

– Ibrahim n'est pas là, précisa aussitôt la jeune femme, il est parti à un rendez-vous avec tes amis. Qu'est-ce que tu fais ici, alors ?

– J'essaie de retrouver celui qui a assassiné un agent du MI6, mais la personne que je voulais voir n'est pas là.

L'ascenseur s'arrêta avec une secousse au rez-de-chaussée et Malko s'effaça pour laisser passer la jeune femme. Celle-ci se planta devant lui.

– Il faut que je te parle.

– Ici, c'est imprudent.

Cyntia ne se troubla pas.

– Écoute, dit-elle d'une voix contenue et tremblante de fureur. Si tu ne m'écoutes pas, je te jure, je prends un taxi et je retourne en Égypte. Je n'en peux plus.

Malko jaugea le regard de la jeune femme. Pas de doute, elle parlait sérieusement.

Si elle mettait sa menace à exécution, Ibrahim Al Senoussi deviendrait incontrôlable.

— OK, fit-il, on va au restaurant. Si Ibrahim arrive, tu lui dis simplement que je fais partie de l'équipe d'ici de la CIA.

Cyntia lui jeta un regard ironique.

— Tu oublies qu'il t'a vu au Four Seasons. Il faut trouver une autre histoire.

Déjà, elle l'entraînait vers la salle à manger déserte. Ils prirent une table à l'écart, Malko ne quittant pas des yeux la porte d'entrée. Si Ibrahim Al Senoussi le trouvait en compagnie de Cyntia, il risquait de soupçonner la vérité et c'était la cata.

Il avait peu de temps pour convaincre la jeune Britannique de ne pas se mettre en travers des plans de la CIA, déjà bien mal en point.

CHAPITRE XXI

Les croissants étaient si durs qu'ils semblaient avoir été sculptés dans de la pierre. Le café était immonde et il n'y avait que des œufs durs déjà fatigués et des confitures faites à partir de fruits qui semblaient venir d'une autre planète.

Cyntia trempa les lèvres dans son café et lâcha, son regard planté dans celui de Malko.

– Je n'en peux plus d'Ibrahim. Je veux revenir avec toi.

Inattendu et flatteur.

– Plus tard, fit Malko avec diplomatie, mais pour l'instant, tu restes avec lui. Il faut tenir quelques jours, Ibrahim est en train de convaincre d'importants chefs de tribus de se rallier à lui. Abu Bukatalla est en embuscade, il va sûrement essayer de l'éliminer.

– Pourquoi ne retourne-t-il pas en Égypte ?

– Il n'y a pas d'avions et, par la route, c'est trop dangereux. Avant qu'il ne le tente, nous devons avoir éliminé Abu Bukatalla. C'est pour cela que je suis ici.

– Ce sera fait quand ?

Malko eut un sourire ironique.

— Si je le savais ! Je dois d'abord découvrir où il se planque.

Cyntia demeura quelques instants silencieuse. Puis laissa tomber.

— *Well*, j'accepte de rester, mais pas longtemps. Toi, il faut que tu fasses quelque chose.

— Qoi ?

— Remonte dans la chambre avec moi. Il ne va pas revenir tout de suite...

Malko sentit la chair de poule hérisser le dessus de ses mains.

— Non, fit-il fermement, c'est impossible.

La Britannique ne se découragea pas.

— *Well*, emmène-moi un moment chez tes « amis » Tu as une voiture, non ?

Cyntia posa sa main sur la sienne et enfonça ses ongles dans sa peau, avec un sourire un peu crispé.

— J'ai envie que tu me manges...

Il comprit qu'elle ne lâcherait pas ; Cyntia se moquait éperdument des projets royaux d'Ibrahim Al Senoussi, guidée uniquement par son instinct de femelle. Malko avait ouvert la boîte de Pandore...

— OK, dit-il, mais on ne restera pas longtemps. Ibrahim va te chercher partout.

— Je lui dirai que j'ai été faire du shopping, dit la jeune femme en se levant...

Malko secoua la tête, découragé.

— Il n'y a pas de shopping, ici ! Tu lui diras que tu as été changer de l'argent dans la vieille ville.

Priant pour que le rendez-vous d'Ibrahim Al Senoussi se prolonge.

***

La dizaine de pick-up surchargés d'hommes, de munitions et équipés d'affûts d'armes automatiques capables d'exploser un mur, dont un canon de 23 mm, étaient dissimulés derrière une ferme abandonnée, le long du troisième *Ring road*. Abu Bukatalla se trouvait dans la seconde cabine du premier véhicule, équipé d'un affût quadruple.

Avec la force dont il disposait, il pouvait balayer sans difficulté les Américains qui assuraient la protection d'Ibrahim Al Senoussi. Ensuite, la situation serait dégagée pour le camp islamiste. Le Qatar apprécierait le premier candidat qu'il adouberait, il serait facilement élu. Sinon, lors de la formation du prochain gouvernement, les Islamistes s'arrangeraient pour contrôler les postes essentiels.

Grâce au Qatar, qui fournissait toute l'essence consommée en Libye, ils avaient un argument de poids.

Son portable sonna.

– Ils sont arrivés, annonça son « *chouf* », l'homme qu'il avait posté près de la villa de Fathi Obeidi. Deux voitures des Infidèles sont postées à chaque extrémité de la rue. D'autres sont à l'intérieur avec lui.

– *Choukran*[1], fit Abu Butakella. Nous arrivons. Quand tu nous verras, attaque un des véhicules des Infidèles.

– *Allah ou Akbar*! lança le *takfiri* d'une voix vibrante.

_____
1. Merci !

Il le croyait sincèrement.

La colonne des pick-up émergea de la ferme et s'engagea sur le *Ring road* n° 3 en direction de l'ouest.

À Benghazi, cela n'étonnait personne de voir un convoi semblable. On en croisait tout le temps, revenant du front ou y allant. Comme personne ne contrôlait les mouvements des différentes katibas, farouchement jalouses de leur indépendance, qu'il n'y avait plus de commandement central depuis la mort du général Younès, pas de police militaire et que quiconque arborant le drapeau « révolutionnaire » avait le droit de parader avec une arme, Abu Bukatalla ne risquait pas trop de problèmes...

Ils grillèrent trois feux rouges de suite, personne ne songeant à disputer le passage à une armada aussi puissante, et débouchèrent dans le quartier d'Al Mhayshi, regroupant de luxueuses propriétés, celles des affidés de Khadafi qui avaient tranquillement amasssé de considérables fortunes en 42 ans de Jamariyah. Abu Bukatalla aperçut un homme appuyé à un mur, juste avant l'angle de la rue voisine.

En voyant les 4X4, il se déplaça, un RPG7 sur l'épaule, s'agenouilla et visa la première Cherokee bloquant la route menant à la villa.

Cyntia et Malko arrivaient devant le portail magnétique du Ouzou, passant devant les « gardes » vautrés sur de vieux canapés de cuir lorsqu'un groupe déboula dans l'hôtel. Une demi-douzaine d'hommes et de femmes, dont l'une était particulièrement petite.

Brune, des bottes, un blouson, l'air énergique. Dans sa main droite, elle tenait une mine anti-char, probablement factice.

Malko sentit son pouls grimper au ciel.

Abandonnant Cyntia, il barra la route à la nouvelle arrivante.

— Vous êtes Manuela Esteban ?

Elle leva les yeux, surprise.

— Oui, on se connaît ?

— Non, j'étais un ami proche de Peter Farnborough.

— Peter, mais…

— Il est mort, je sais, enchaîna Malko. C'est pour cela que je suis ici. Je peux vous parler ?

— Oui, je monte dans ma chambre poser ça.

— Je peux venir avec vous ? demanda Malko.

Elle le toisa rapidement, puis sentit qu'il n'y avait rien de sexuel dans sa demande.

— *Bueno*, fit-elle, suivez-moi.

Malko prit le temps de foncer sur Cyntia, interdite, plantée au milieu du hall.

— C'est la personne que je devais voir, dit-il. Remonte dans ta chambre, je viendrai te chercher.

Il se glissa de justesse dans l'ascenseur, au côté de la minuscule Espagnole qui lui arrivait tout juste à l'épaule, mais qui pouvait peut-être l'aider à retrouver Abu Bukatalla.

*
* *

— Ils attaquent ! lança Ted dans son portable.

Un rugissement de joie lui répondit. Les hommes de

la tribu des Obeidi étaient massés à trois rues de là, avec leurs pick-up exactement semblables à ceux d'Abu Bukatalla. L'idée de venger le général Younès les galvanisait. Le premier véhicule s'ébranla tandis que le servant de l'affût double de 23 mm, à l'arrière, armait ses canons et tirait une courte rafale en l'air pour s'assurer qu'il fonctionnait bien. Cinq minutes plus tard, il se trouvait nez à nez avec un pick-up arborant le fanion blanc de la katiba d'Abu Bukatalla. Devant eux, la Cherokee touchée par la roquette RPG7 brûlait.

Prudents, les Américains s'étaient repliés à l'intérieur de la villa.

Les deux véhicules réagirent de la même façon. D'un violent coup de volant, leurs conducteurs les mirent en travers de la rue pour permettre aux armes automatiques d'arroser plus facilement leurs adversaires.

Pendant quelques secondes, on n'entendit que les « poum-poum-poum » saccadés des canons de 23 mm. Leurs projectiles déchiquetant les véhicules dans un fracas effroyable.

Dans n'importe quelle ville civilisée, les voisins se seraient précipités sur leur téléphone pour appeler la police.

Seulement, à Benghazi, il n'y avait pas de police et encore des Khadafistes embusqués. Cela pouvait donc être un combat justifié.

Le silence retomba brusquement. L'inconvénient de ces armes automatiques, c'est que leurs chargeurs se vidaient rapidement, quand on tirait par longues rafales. Une autre fusillade éclata un peu plus loin. Plusieurs pick-up des Obeidi attaquaient la queue de la colonne d'Abu Bukatalla.

Les deux véhicules qui s'étaient affrontés avaient pris feu. Ceux qui les occupaient étaient tous morts ou blessés, dont les servants. Les canons de 23 mm pointaient vers le ciel, inutiles.

Abu Bukatalla, qui avait rampé dès le début de l'attaque et sauté de son véhicule vers la rue encore protégée, remonta dans un autre pick-up. Fou de rage. Comment les Américains avaient-ils su qu'il allait les attaquer ? Il donna des ordres avec son portable et ses « blindés » commencèrent à refluer. Le décrochage avait toujours été un des points forts des *Thuwars*.

Un pick-up se sacrifia pour retarder ses adversaires, beaucoup plus nombreux.

Tout en fuyant, il remâchait sa rage : désormais, vis-à-vis d'Ibrahim Al Senoussi, le masque était tombé ; le petit-fils du roi Idriss savait qu'il avait voulu le tuer. Il devait donc, dans une nouvelle tentative, éliminer l'homme des Américains pendant qu'il se trouvait encore à Benghazi.

À n'importe quel prix.

***

Les détonations s'espaçaient, assourdies par les murs épais de la villa.

Ibrahim Al Senoussi était allongé derrière un lourd canapé, un des « baby-sitters » de la CIA lui faisant un rempart de son corps. D'autres Américains et des membres de la tribu Obeidi étaient embusqués dans toutes les pièces et le jardin, mais le combat n'était jamais venu jusque-là.

Le silence retomba enfin.

Ted n'arrêtait pas de communiquer par radio avec ses hommes à l'extérieur. Il se tourna vers le Libyen.

— Ils s'enfuient ! Ils ont perdu trois véhicules et pas mal d'hommes.

— Vous êtes certain qu'il s'agit bien d'Abu Bukatalla ? demanda-t-il.

Incrédule. On avait beau lui dire que les islamistes avaient l'intention de le tuer et avaient déjà essayé à son arrivée au Caire, il n'arrivait pas à le croire…

— Oui, affirma Ted. Malheureusement, lui a pu s'échapper. Mais les morts sont là. On pourra les identifier.

Ibrahim Al Senoussi se releva, étourdi. Il prit le thé brûlant qu'on lui tendait et le but d'un trait.

— Qu'est-ce que je dois faire ? demanda-t-il.

Un barbu âgé, le chef de la tribu des Obeidi, laissa tomber d'une voix glaciale.

— Prendre le pouvoir et liquider ces mauvais musulmans, ces Fous de Dieu qui croient connaître le Coran mieux que nous, et, ensuite, faire que la Libye soit en paix, Inch Allah.

Ibrahim Al Senoussi ne répondit pas. Pour le moment, il avait surtout envie de retourner au Ouzou retrouver Cyntia. Décidément, il ne se sentait pas fait pour le métier de Roi.

**

Assis sur le coin du lit de la chambre minuscule de Manuela Esteban, Malko écoutait la jeune « démineuse » vider son sac. D'abord, elle avait été réticente, puis Malko l'avait convaincue qu'elle pouvait l'aider à retrouver les assassins de Peter Farnborough.

– Je sais comment Peter a obtenu le renseignement qu'il cherchait, dit-elle. Par moi.

– Comment ?

– J'achetais de la bière, au Marché aux Armes, à un Toubou qui vend aussi des armes. Il m'avait dit qu'il se les procurait dans la katiba d'Abu Bukatalla. Peter m'a demandé de le rencontrer et je l'ai emmené à son stand du Marché aux Armes. Je n'ai pas entendu ce qu'ils se sont dit, mais, en repartant, Peter m'a dit qu'il avait rendez-vous le lendemain avec quelqu'un qui le mènerait à Abu Bukatalla.

– Le lendemain, on a retrouvé Peter assassiné sauvagement, enchaîna Malko, donc, c'est cet homme qui l'a trahi.

– Oui, probablement.

– Vous pourriez le reconnaître ?

– Oui, bien sûr, mais je ne sais pas son nom.

– Vous savez où il se tient dans le marché ?

– Oui, toujours à la même place, pas loin de Syria street.

– Quand pourrait-on le voir ?

Elle hésita puis regarda sa montre.

– Le marché doit être ouvert maintenant. Mais c'est dangereux. Je ne sais pas si…

– Allons-y, dit Malko, vous ne vous montrerez pas. Vous me désignerez seulement cet homme, s'il est là. Ensuite, vous partirez.

– *Bueno*, accepta-t-elle après un court silence, je vais venir avec vous. J'aimais beaucoup Peter.

CHAPITRE XXII

C'était une immense esplanade, entre Algeria street et Syria street, dans le quartier Assilmani, au nord de la ville, non loin de la mer. Des centaines de voitures étaient garées en désordre sur un parking improvisé. Le « baby-sitter » qui conduisait celle de Malko se gara en bordure de Syria street, prêt à repartir et il descendit, Manuela Esteban sur ses talons.

Une chose frappait immédiatement : le silence. Pourtant, il y avait des centaines de gens sur la place, marchands, acheteurs ou badauds entre les allées improvisées.

Cela faisait un peu foire aux puces.

Malko s'approcha d'un des stands proposant plusieurs armes de poing sur un tréteau, des chargeurs vides, plusieurs Kalachnikov et même un vieux pistolet-mitrailleur Schmeisser qui datait de l'Afrika Korps…

Manuela Esteban et Malko remontèrent l'allée. Les gens discutaient à voix basse, les marchands ne cherchaient pas à retaper le client. Tout se passait dans une sorte de silence ouaté. Fantomatique.

Malko se tourna vers la jeune Espagnole.

– C'est par où ?

– Par là, au fond. J'espère qu'il est là.

Ils continuèrent. Salués parfois par des regards surpris, mais pas hostiles. Ils étaient les seuls étrangers. Involontairement, Malko vit un homme embarquer un pack de six bouteilles de bière Heinecken sorties d'une caisse. Croisant le regard de Malko, il s'enfuit, honteux, comme surpris avec des images pédophiles.

L'atmosphère était lourde. On sentait les gens sur leurs gardes.

– La police ne vient jamais ici ? demanda Malko.

– Quelle police ? Il n'y en a pas à Benghazi et ceux qui font la circulation ne sont pas armés, répliqua l'Espagnole.

Ils continuaient à avancer à travers le marché. Certes, il n'y avait pas d'armes sophistiquées visibles, même pas un RPG, mais il fallait peut-être les demander. Beaucoup de munitions, pas mal d'armes de poing, certaines peu courantes, des uniformes, des bottes. Et de la bière…

Ils étaient presque arrivés au bout du marché. Soudain, Manuela tira Malko par la manche.

– C'est lui, là-bas. Le type avec la Kalach.

Elle désignait un homme âgé à la tête couverte d'un turban noir dont les pans retombaient de chaque côté de son visage, à la peau très foncée, avec une courte barbe blanche, en train de montrer une Kalachnikov à un acheteur potentiel. Soudain, il braqua l'arme vers le ciel et tira une courte rafale.

– Il lui montre qu'elle marche bien, dit Manuela, à voix basse.

Le Noir continuait à gesticuler avec son client. Ils s'éloignèrent un peu. Manuela Esteban ne semblait pas rassurée.

– Je crois que je vais vous laisser maintenant, dit-elle.

– Comment allez-vous rentrer à l'hôtel ?

– Je prendrai un taxi.

Les taxis noir et blanc étaient partout. Sans attendre la réponse de Malko, elle s'éclipsa.

Celui-ci continua à observer le grand Toubou à la tête de grand père tranquille avec ses lunettes et sa courte barbe. Il discutait avec une animation feutrée avec son acheteur. Finalement, il enveloppa la Kalachnikov dans un tissu sale et une poignée de dinars changea de mains.

Malko regarda sa montre : la nuit tombait, le marché allait fermer.

Déjà, le vieux Toubou commençait à empiler des pistolets dans une boîte métallique. Malko se fondit dans la foule et regagna la Ford bleue.

– Il va falloir suivre quelqu'un, dit-il au « baby-sitter ». Venez.

L'Américain déplaça sa voiture, gagnant l'extrémité du marché où se trouvait le Toubou. Celui-ci finissait de remballer. Transportant ses cartons dans une vieille Station-wagon garée au bord de Syria street. D'ailleurs, la plupart des marchands en faisaient autant.

Malko regagna sa Ford bleue.

Un quart d'heure plus tard, le Toubou se glissa au volant de son break et démarra, accompagné d'un petit garçon qui lui servait de boy, tout aussi foncé que lui.

Il tourna dans Syria street et partit en direction de l'est. Il faisait déjà très sombre et il ne risquait pas de repérer une voiture en plaques libyennes. D'ailleurs, la circulation était assez intense...

Ils parcoururent plusieurs kilomètres, tournèrent dans une rue sombre et le break stoppa devant un petit immeuble en pierres. C'était un quartier assez bourgeois, avec des voitures garées partout.

Le Toubou pénétra dans l'immeuble, laissant le gosse se coltiner les cartons jusqu'à un garage au rez-de-chaussée. Malko s'était garé un peu plus loin et l'Américain avait éteint ses phares.

Quand il n'y eut plus rien dans la voiture, le gosse rentra à son tour.

– Qu'est-ce qu'on fait ? demanda le « baby-sitter ».

– On attend, répondit Malko.

Cet homme avait emmené Peter Farnborough à la mort. Donc, il avait forcément des liens avec Abu Bukatalla. Évidemment, chez lui, il était intouchable. Il fallait donc attendre qu'il sorte.

Malko se tourna vers l'Américain.

– On peut être amené à le kidnapper...

– Il faut que je demande à Ted, dit aussitôt le « baby-sitter ».

– Appelez-le.

Lorsqu'il eut le responsable de la D.O. en ligne, il le passa à Malko.

– Ibrahim est O.K., annonça Ted aussitôt. Ces salauds ont perdu pas mal de monde.

– Vous avez attrapé Abu Bukatalla ?

– Non.

– Vous avez pu les suivre ?

– Non. Deux de leurs pick-up se sont sacrifiés pour protéger leur fuite.

Malko lui expliqua où il en était.

– Ce Toubou a un lien avec Abu Bukatalla, expliqua-t-il. Il faut le faire parler. Nous ne pouvons compter que sur nous. Il faudrait pouvoir l'interroger « à la maison ».

Il sentit une petite réticence chez son interlocuteur et Ted dit finalement.

– Il faut que je demande le feu vert au Caire. Mais je pense qu'ils le donneront. Seulement, c'est un « *one way street* ».

– C'est-à-dire ?

– On ne peut pas le relâcher ensuite dans la nature. Trop dangereux politiquement. Quand vous aurez fini avec lui, « *he has to go* ».

Autrement dit, s'ils capturaient le Toubou, ils étaient obligés de l'exécuter. Ted raccrocha. Ce n'était pas *sa* décision et les pertes ennemies ne le concernaient pas. En Afghanistan et en Irak, il avait vu assez de « bandits » froidement liquidés parce qu'on ne savait pas quoi en faire pour que le sort du Toubou le trouble beaucoup.

C'était la guerre. Dans la guerre, il y a des morts.

Malko regarda la façade de l'immeuble gris. Pensant à la pièce de Jean-Paul Sartre, « Les Mains Sales ». Dans son métier, il fallait parfois se salir les mains… C'est-à-dire, abandonner un peu de son âme, pour ne pas échouer.

Dilemme vieux comme le monde.

Évidemment, si le Toubou restait chez lui jusqu'au lendemain, le problème était réglé. Impossible de planquer toute la nuit, ils se feraient repérer.

La voix du « baby-sitter » fit sursauter Malko.

– Il ressort.

En effet, le Toubou venait de réapparaître et se dirigeait vers sa voiture. Il se mit au volant et démarra, suivi aussitôt par Malko.

Ils roulèrent une vingtaine de minutes, puis atteignirent une grande avenue. Le break du Toubou se gara sur un large bas-côté, au milieu d'autres voitures, juste en face du restaurant Venitia.

A peine était-il arrêté qu'un homme surgit de l'ombre et rejoignit le Toubou dans sa voiture. Les deux hommes y restèrent quelques minutes, puis ressortirent ensemble pour entrer dans le grand restaurant en plein air et prendre une table juste en dessous d'un énorme écran de télé diffusant un match de foot.

– Qu'est-ce qu'on fait ? demanda l'Américain à Malko.

Les deux autres allaient dîner. Ils avaient déjà commandé des bières sans alcool.

– On attend ! décida Malko.

C'était trop risqué de s'installer au restaurant, même s'il y avait deux tables avec des étrangers. L'immense majorité de la clientèle était libyenne. Rien que des hommes.

Juste à côté, se trouvait un restaurant jumeau, réservé aux familles, où il y avait quelques femmes.

Malko se mit à réfléchir sur la conduite à tenir. Continuer à suivre le Toubou était risqué, car il pouvait s'en apercevoir. Il était pourtant le seul lien possible menant à Abu Bukatalla.

**

Ibrahim Al Senoussi et Cyntia dînaient dans la salle à manger sinistre de l'*Ouzou*, en silence. Lui, était revenu bouleversé à la suite de sa nouvelle tentative de meurtre. Désormais, il croyait à l'histoire racontée par Cyntia, celle de l'attentat contre son avion. En se disant qu'il y en aurait d'autres.

Quant à la jeune femme, elle broyait du noir, après son rendez-vous avorté avec Malko.

Ce dernier n'était pas revenu à l'hôtel et la petite Espagnole dînait non loin d'eux, avec d'autres ONG.

Le Libyen rompit le silence.

– Tu as le contact avec le chef des Américains ? demanda-t-il.

– Oui, bien sûr, pourquoi ?

– Je voudrais que tu ailles les voir. Je veux m'en aller d'ici. Je ne veux plus entrer dans leur combine. Moi, je suis très heureux à Londres, je gagne bien ma vie et personne n'essaie de m'assassiner. Ici, les gens sont trop brutaux.

Cyntia lui jeta un regard plein d'ironie.

– Tu ne veux plus que je sois la reine de Libye ?

Ibrahim botta en touche.

– Je ne veux pas encore mourir. Je ne suis pas fait pour cela. Alors, je veux que tu demandes à tes amis américains de m'exfiltrer de Benghazi le plus vite possible.

– Ce soir ?

– Non, ce soir, tu restes avec moi. Demain matin. Tu diras à un des officiers de sécurité de t'amener où ils sont. Moi, je ne bouge plus de l'hôtel.

» Ce soir, j'ai besoin de me détendre.

Son regard brûlant était posé sur la jeune femme et elle comprit ce que cela signifiait.

Elle compenserait le lendemain...

Malko n'avait toujours pas pris de décision lorsque le vieux Toubou et son ami ressortirent du restaurant, se dirigeant tous les deux vers le break. Le Toubou prit le volant et roula quelques mètres sur le bas-côté, s'arrêtant cent mètres plus loin devant un petit fourgon.

Malko et son « baby-sitter » avaient suivi à pied, noyés dans la masse des clients du restaurant regagnant leurs voitures.

Dans l'ombre, ils assistèrent à un curieux manège.

L'inconnu ouvrit les portes arrière de son fourgon et en sortit un long paquet enveloppé dans une toile, que le Toubou enfourna aussitôt dans son break.

Il y eut trois transferts avant que l'inconnu ne referme les portes de son véhicule.

Malko avait compris.

– Ce type doit faire partie de la katiba d'Abu Bukatalla, dit-il. Il vend des armes. Comme le Toubou a vendu une Kalach, il a dû venir le payer.

Les deux hommes étaient en train de se séparer.

– On le suit ? proposa le « baby-sitter ».
Malko déclina.
– Non, trop dangereux. On suit le Toubou.
– On fait quoi ?
– On le kidnappe.
Il avait pris sa décision. Le temps passait et il devait
retrouver Abu Bukatalla.

***

Abu Bukatalla avait établi son QG à côté d'Al
Abyar, en plein désert, à une vingtaine de kilomètres à
l'est de Benghazi, dans un repli du désert dominant le
paysage plat à l'infini, ce qui permettait de voir venir
d'éventuels adversaires. Il se trouvait dans une ferme
ceinte de murs dont il avait fait murer toutes les ouvertures, sauf deux. Il avait fait transporter là des stocks
de munitions et de vivres, laissant le gros de son matériel à Darna, dans un entrepôt bien gardé.

Après son attaque ratée contre Ibrahim Al Senoussi,
il avait lancé des informateurs un peu partout, afin de
préparer un assaut plus ciblé, et surtout, par surprise.
Même lui n'était pas de taille à lutter contre la tribu
des Obeidi qui comptait des milliers d'hommes armés.

Ce n'était plus la peine de contacter le prétendant
au trône de Libye.

Son adjoint attendait la fin de sa réflexion, assis sur
ses talons, la Kalach à côté de lui.

– Tu vas envoyer quelqu'un au *Ouzou*, ordonna
Abu Bukatalla. Je veux savoir tout ce qu'il fait.

» Et surtout, quand il se déplace.

Son idée était simple : Ibrahim Al Senoussi allait être obligé de quitter la Libye par la route, faute d'avion. C'était l'occasion idéale pour un guet-apens.

Son adjoint croisa un homme qui entrait et tendit une liasse de billets à Abu Bukatalla.

– Hisham m'a dit qu'il avait un client pour celles que je lui ai livrées, annonça-t-il. Il me prévient dès qu'il a l'argent.

Le trafic d'armes était une ressource annexe pour Abu Bukatalla. Certes, le Qatar lui donnait beaucoup d'argent, mais c'était idiot de ne pas transformer les milliers de Kalachnikov volées à Al Beida en dinars… D'ailleurs, Ibrahim Al Senoussi liquidé, il essaierait de faire un tour au Qatar pour assurer sa position. Sur cette bonne pensée, il gagna sa tente et s'allongea sur une couchette, à même le sol.

Il vivait d'une façon frugale, se nourrissant de dattes, de lait, et parfois, de mouton, buvant énormément de thé. Comme le Prophète.

***

Le Toubou venait de garer son break juste en face de son garage. Malko se tourna vers le « baby-sitter ».

– Approchez-vous.

Le Toubou leva les yeux sur leur voiture, croyant probablement à l'arrivée d'un voisin. Il avait déjà plusieurs Kalach dans les bras quand il se trouva nez à nez avec Malko, sorti de la voiture bleue.

Il ne vit que le pistolet dans sa main droite. Paralysé, il entendit l'inconnu ordonner en anglais :

– *Get back in your car*[1].

Le vieux Toubou baragouinait assez d'anglais pour comprendre. Il remit les armes à l'intérieur du break et se glissa au volant.

Malko monta aussitôt à côté de lui et lui montra la voiture bleue.

– *Follow this car*[2].

Le canon du pistolet enfoncé dans son flanc droit le dissuadait de discuter. Il démarra.

Malko regardait son profil, réprimant une très forte envie de lui mettre deux balles dans la tête. C'était quand même lui le responsable du meurtre sauvage de Peter Farnborough…

1. Retournez dans votre voiture.
2. Suivez cette voiture.

CHAPITRE XXIII

Les deux véhicules s'engouffrèrent dans le portail de la résidence de la CIA, dont les battants se refermèrent immédiatement.

Durant tout le trajet, le Toubou n'avait pas ouvert la bouche, mais Malko voyait ses mains trembler sur le volant : il était terrorisé. Au moment où il stoppait devant le perron de la résidence, son portable sonna. C'était Ted.

– Ne sortez pas de la voiture, demanda l'Américain, on vient le « conditionner ». Coupez le moteur.

Malko coupa le moteur. Le Toubou regardait fixement devant lui, les mains crispées sur le volant. Les phares éclairaient la pelouse. Une des portières arrière s'ouvrit et un des « baby-sitters » s'installa derrière le Toubou. D'un geste rapide, il ôta ses lunettes et lui fixa sur le visage une large bande de scotch noir qui l'aveugla totalement.

Ensuite, il ressortit de la voiture, ouvrit la portière conducteur et fit sortir le Toubou. En un clin d'œil, celui-ci eut les mains liées derrière le dos, avec des liens de plastique indéchirables.

L'Américain le prit par le bras et l'emmena jusqu'à un garage attenant à la maison. Le faisant s'asseoir sur un lourd siège métallique auquel on l'attacha avec des menottes.

Le vieux Toubou ne disait toujours pas un mot. Ted surgit et lança à Malko en anglais.

— Maintenant, il est à vous.

Pour la première fois, le Toubou ouvrit la bouche pour une courte phrase.

Ted traduisit aussitôt.

— Il demande pourquoi on l'a arrêté. Il ne faisait rien de mal. C'est un bon croyant et il déteste Khadafi.

— Est-ce qu'il connaît Peter Farnborough ? demanda Malko.

Ted posa la question et traduisit la réponse.

— Non, traduisit Ted, il ne sait pas qui c'est.

— C'est lui qui lui a demandé de l'amener à Abu Bukatalla, insista Malko, il y a quelques jours.

Cette fois, le Toubou inclina la tête affirmativement, et lança un flot de paroles.

— Oui, il l'a vu mais ne connaît pas son nom.

— Ensuite, que s'est-il passé ?

— Il a appelé l'homme qu'il connaît dans la katiba, Hassan, et lui a transmis la demande de cet étranger. Hassan lui a dit de lui fixer rendez-vous le lendemain, à l'ancienne caserne de la katiba.

— Et ensuite ?

— Cet étranger semblait très content. Il lui a donné cent dinars et il ne l'a plus revu.

Visiblement, il était de bonne foi. Il avait été manipulé et Peter Farnborough, lui, avait été imprudent…

Tassé sur lui-même, la tête sur la poitrine, le Toubou n'en menait pas large. D'une voix plaintive, il demanda :

– Je peux m'en aller maintenant ?

C'est Ted qui répondit d'une phrase sèche.

Aussitôt, le prisonnier s'agita et se mit à pleurer.

– Je lui ai dit qu'on allait le tuer, expliqua Ted, parce qu'il est responsable de la mort de notre ami.

Pour renforcer sa menace, il sortit de sous sa chemise un Beretta 92 et fit monter une balle dans le canon. Aveugle, le Toubou ne vit pas le geste, mais entendit le claquement caractéristique : il se mit à couiner comme un chiot malheureux. Poursuivant son avantage, Ted appuya l'extrémité du canon de l'arme sur la nuque du prisonnier.

Celui-ci commença à protester d'une voix plaintive, secouant la tête, essayant d'échapper au contact de l'acier. Ted arma le chien extérieur de l'arme.

Le nouveau bruit métallique déclencha une nouvelle vague de hurlements mêlés de supplications.

– Dites-lui qu'il a un moyen d'avoir la vie sauve.

Il y eut un bref dialogue et Ted traduisit.

– Il ne veut pas mourir. Il a des enfants, deux femmes et c'est un bon musulman. Il fera ce qu'on voudra.

– Qu'il nous mène à Abu Bukatalla.

Cette fois, la réponse fut encore plus larmoyante. Ted traduisait au fur et à mesure.

– Il dit qu'Abu Bukatalla est un homme très cruel, très fanatique, un *takfiri*. S'il fait cela, il le tuera, il l'égorgera comme un mouton.

– S'il refuse, on va le tuer *tout de suite*.

S'il avait eu les mains libres, le Toubou se les serait tordues. Il gémissait sans arrêt. Ted lui lança une phrase sèche et ses cris redoublèrent.

— Que lui avez-vous dit ? demanda Malko.

— Qu'il avait le droit de prier une dernière fois. Qu'on allait lui indiquer la direction de La Mecque.

En même temps, il l'avait détaché. Le Toubou était tombé immédiatement à genoux, cognant son front contre le sol de béton.

Malko et Ted échangèrent un regard : il était mûr.

— Une dernière fois, demanda Ted : où se trouve Abu Bukatalla ?

— Dans le désert, une ferme au milieu du désert, juste avant Al Abyar. Il n'y a qu'une piste pour y aller.

— C'est loin ?

— Une heure, la piste est mauvaise.

— Tu vas nous conduire.

Le Toubou se cogna le front encore plus fort sur le béton.

— Il ne veut pas, traduisit Ted.

Malko n'insista pas. Ils en savaient déjà assez. Même en plein désert, c'était facile de repérer un camp de cette importance.

Pour se racheter, le Toubou n'arrêtait pas de parler, expliquant qu'il s'agissait d'une ferme abandonnée, avec une oasis, située dans un creux.

Ted le fit taire. Ils en savaient assez.

— On va le descendre au sous-sol, dit-il. On verra demain si on peut faire mieux.

*
* *

Ted avait sorti des bières du frigo. Lui et Malko étaient installés dans la cuisine.

— Qu'est-ce que vous voulez faire ? demanda l'Américain.

— Vous connaissez les instructions de Langley, répondit Malko. Il faut éliminer Abu Bukatalla. Ordre de la Maison Blanche. Sans cela, il n'y a plus d'opération « Sunrise ».

L'Américain lui jeta un regard en coin.

— Comment ?

— Vous ne vous sentez pas assez nombreux ?

Il secoua la tête.

— Même avec un ordre écrit de la D.O., je n'y vais pas. Nous n'avons aucune chance contre ces types. Ils ont des armes lourdes, ils savent se battre et sont vingt fois plus nombreux que nous. En plus, beaucoup sont des anciens d'Irak : ils nous haïssent. Ils sont prêts à jouer au *chushal*a [1] pour nous mettre en pièces.

— Vous avez une autre solution ?

Ted le fixa avec un sourire.

— Bien sûr. Le NATO. Eux, ont le matos. Avec deux F.16, il ne reste plus rien de ces salopards. Ils ne sauront même pas d'où cela vient.

— Il y a juste un *little snag*. Il faut convaincre le QG du NATO qu'il s'agit d'une bande de Khadafistes retranchés dans le désert.

— Moi, je n'ai pas les couilles…

Il but une gorgée de bière et reposa bruyamment sa bouteille.

1. Martyr, en dialecte libyen.

Malko broyait du noir. Ils avaient déniché leur ennemi, mais étaient incapables de le frapper. Or, en Libye, les Américains n'avaient aucune structure, pas de drones d'attaque, pas de troupes au sol, à part la poignée de « baby-sitters ».

— OK, je vais en parler avec Jerry Tombstone demain, conclut Malko. Vous avez des nouvelles de l'Ouzou ?

Ted eut un sourire en coin.

— Les « baby-sitters » qui veillent sur Ibrahim ont été obligés d'acheter des boules Quiès, tellement il se déchaîne sur sa copine. Il paraît que ça hurle toute la nuit… Elle a vraiment envie d'être reine de Libye.

— Ce n'est pas sûr, soupira Malko.

* *
*

Malko réfléchissait, allongé sur son lit, quand un léger grincement le fit sursauter. Dans la pénombre, il vit le battant de la porte s'écarter et une silhouette se glisser dans la chambre.

Son pouls grimpé au ciel, redescendit vite : il ne risquait rien.

La silhouette s'approcha du lit et avec l'aisance d'un fantôme, s'allongea à côté de lui, dans une légère odeur citronnée. Il retint son souffle. Une longue main fine lui effleurait la poitrine, légère comme une aile de papillon. La main descendit jusqu'à son ventre, l'effleurant avec la même douceur, mais provoquant chez Malko une érection immédiate.

Ses yeux s'habituaient à l'obscurité et il distingua une femme accroupie à côté de lui. Sa tête s'abaissa à son tour et des lèvres chaudes se posèrent sur sa poitrine. Il effleura une chevelure crépue puis, en descendant, ses doigts trouvèrent une poitrine aiguë protégée par un tissu d'une finesse arachnéenne. La bouche était descendue, rencontrant son sexe d'un mouvement naturel.

Ses doigts se crispèrent sur le sein qu'il tenait ; un sein de dessin animé, si dur qu'il semblait en marbre, triangulaire, orgueilleux.

Il descendit, remonta la longue robe et trouva un ventre rasé, puis un sexe tiède.

Il allait s'y enfoncer lorsque d'un léger mouvement du bassin, sa fellatrice lui fit comprendre qu'elle ne souhaitait pas sa caresse.

Il n'insista pas et, égoïstement, se laissa aller. La Tchadienne avait une maîtrise parfaite de sa bouche et faisait durer le plaisir. Elle se plaça de façon à ce qu'il puisse profiter de cette extraordinaire poitrine, irréelle.

Jusqu'à ce qu'il se sente partir dans cette bouche accueillante. Elle le garda le plus longtemps possible, puis se redressa, se glissa hors du lit, et disparut comme elle était venue.

Laissant Malko, les sens apaisés, mais le cerveau en ébullition. Il avait réuni tous les éléments nécessaires à une riposte, mais il lui manquait le principal, la force de frappe.

**

On frappa un coup léger à la porte et Malko cria d'entrer. Le battant s'entr'ouvrit, poussé par la jeune Tchadienne, laissant place à Cyntia.

Malko crut qu'il rêvait. Elle avait de la suite dans les idées. Puis, il vit sa tenue – jean et chemisier ras du cou – qui n'était pas vraiment une tenue de séduction. D'ailleurs, elle le fit rapidement redescendre sur terre.

– Ibrahim veut s'en aller ! lâcha-t-elle. Il trépigne et menace de prendre la route tout seul, si on ne l'aide pas.

Autrement dit, d'aller se jeter dans les griffes d'Abu Bukatalla qui devait guetter son départ.

– Qu'est-ce qui lui prend ? demanda Malko.

– Il veut tout laisser tomber. Il a peur. On a essayé de le tuer hier.

– Je sais. Où est-il ?

– À l'hôtel.

– OK, on va aller lui parler. Va prendre un café, j'arrive.

Dès qu'il fut seul, il s'habilla et fonça jusqu'à la pelouse avec son Thuraya.

Jerry Tombstone tomba des nues.

– Mais qu'est-ce qui lui prend ! protesta-t-il. On lui offre un truc formidable sur un plateau d'argent et il fait la fine bouche …

– C'est un plateau d'argent, remarqua Malko, mais il y a un peu de plomb avec. Apparemment, il n'a pas la fibre royale…

L'Américain soupira, accablé.

– Si je dis ça à Washington, ils vont me tuer… Ils misent tout sur lui. Il faut le raisonner.

– Et si on n'y arrive pas ?

– Vous y arriverez, assura Jerry Tombstone avec son aplomb habituel. Avec l'aide de Cyntia.

– Autre chose, enchaîna Malko. J'ai retrouvé Abu Bukatalla.

L'Américain eut un hennissement de joie.

– Formidable ! Je veux que vous m'apportiez sa tête.

Parfois, il se laissait emporter par le lyrisme des grandes universités américaines…

– Pour l'instant, corrigea Malko, je ne pourrais même pas vous offrir un poil de sa barbe…

Il expliqua la situation à Jerry Tombstone, qui se contenta de dire :

– Vous allez *aussi* trouver une solution ! Bon sang, on vous paie des fortunes pour cela. Je suis sûr que l'Agence vous paie mieux que moi.

Il était toujours un peu obsédé par l'argent.

– C'est possible, reconnut Malko, pour remuer le fer dans la plaie, mais nous ne courons pas les mêmes risques. À part le choléra, les vôtres sont limités. OK, je vais m'attaquer au moral de notre futur roi…

***

Dans la Cherokee, Malko se tourna vers Cyntia.

– J'espère qu'en me voyant, Ibrahim ne va pas se poser de questions.

La jeune Britannique sourit.

– Il a tellement peur qu'il se fout de tout ; si on arrivait la main dans la main, il ne s'en rendrait même pas compte.

– Que Dieu t'entende !

Il avait quand même le cœur battant quand ils fran-

chirent la porte du Ouzou. Ils n'eurent pas à aller loin :
Ibrahim Al Senoussi était étalé dans un des grands
fauteuils de cuir du hall. Lorsqu'il les vit, il se leva,
comme poussé par un ressort et fonça vers eux.

D'une voix sucrée, Cyntia fit les présentations.

— Je te présente Malko Linge, un « opératif » de
l'Agence qui veille sur toi.

Le Libyen dévisagea Malko et fronça les sourcils.

— Mais, je vous ai déjà vu quelque part…

— C'est possible, fit Malko sans se démonter, je
voyage beaucoup…

Le Libyen continuait à le fixer.

— Vous n'étiez pas au « Four Seasons » au Caire ?

Malko avait envie de rentrer sous terre. Il n'avait
pas beaucoup de choix.

— C'est exact, reconnut-il. Je m'occupais déjà de
vous.

Ibrahim Al Senoussi ne s'appesantit pas.

— OK, venez au fond, il faut qu'on discute.

Ils s'installèrent en face du restaurant et le Libyen
n'y alla pas par quatre chemins.

— Je veux que vous disiez à vos chefs que j'abandonne. Je ne veux pas jouer le rôle qu'on me demande.

— C'est dommage, dit Malko. C'est une belle aventure.

L'autre s'en étrangla.

— Cela fait plusieurs fois qu'on essaye de me tuer.
Je déteste la Libye.

— C'est votre pays…

— C'est la première fois que j'y mets les pieds. Je
préfère Londres.

Malko n'osa pas lui dire qu'il partageait son point de vue.

– Que voulez-vous ? demanda-t-il.

– Partir. Quitter Benghazi. Et tout laisser tomber.

– Je ne suis pas habilité à discuter de vos projets, assura Malko. Vous verrez cela à Londres, avec ceux qui vous ont entraîné dans cette aventure. Il y a un problème : nous n'avons pas d'avion pour Le Caire avant la fin de la semaine.

– Eh bien, je partirai par la route. J'ai de l'argent. Il paraît qu'on trouve des taxis pour un millier de dinars.

Malko allait répondre lorsqu'il aperçut un jeune barbu, vautré sur un canapé voisin, qui les fixait avec insistance. Ce qui l'alerta. Il se pencha vers le Libyen.

– Vous voyez le barbu sur le canapé. Je suis sûr qu'il nous surveille ; c'est sûrement un agent d'Abu Bukatalla. Celui-ci attend que vous partiez pour vous régler votre compte sur la route. Et là, nous ne pourrons rien pour vous. Il y a 1300 kilomètres entre Benghazi et Le Caire.

Ibrahim Al Senoussi se décomposa instantanément.

– Il faut me trouver un avion, insista-t-il. Pour Cyntia aussi.

Il reprenait goût à la vie.

Malko allait lui répondre lorsqu'une idée lui traversa l'esprit. Un plan audacieux et pas facile à réaliser, mais qui lui permettrait de remplir au moins la moitié de sa mission.

La plus importante à ses yeux.

– Écoutez, fit-il, donnez-moi deux ou trois jours et je vais organiser votre exfiltration.

– C'est vrai ?

– Je vous le jure.

Le regard de Malko croisa celui de Cyntia et celle-ci dit aussitôt au Libyen :

– Tu peux le croire.

– Très bien.

Ibrahim Al Senoussi se leva brusquement et lança :

– Prévenez-moi dès que nous pourrons prendre la route.

Il prit Cyntia par la main et l'entraîna vers l'ascenseur. Avant de se laisser emmener, la jeune femme adressa à Malko un long regard où il y avait des reproches et beaucoup d'autres choses.

**

À peine la porte de la chambre claquée, Ibrahim Al Senoussi prit Cyntia à la gorge et commença à lui cogner la tête contre le mur, les yeux hors de la tête.

– *Slut*[1] ! C'est ton amant ! Tu te moques de moi !

Cyntia essaya de protester, envoya des coups de pieds, mais se dit qu'il allait la tuer.

Enfin, elle parvint à lancer :

– Tu es fou ! Ce n'est pas vrai !

– *Slut* ! répéta le Libyen. Tu crois que je n'ai pas vu comment tu le regardais. Si je n'avais pas été là, tu te serais couchée. Tu n'es qu'une chienne.

Le côté arabe reprenait le dessus. Cyntia, folle de terreur, arriva à lui expédier un violent coup de genoux dans le bas-ventre et il la lâcha.

---

1. Salope.

En un clin d'œil, elle fonça vers la porte et bondit dans le couloir. Tout en courant vers l'ascenseur, elle hurla à l'intention du Libyen :

– Oui, c'est vrai, il m'a baisée et il me baisera encore !

Sa belle histoire d'amour était terminée : elle ne serait jamais reine de la Libye Nouvelle.

***

Abdel Razik, le neveu du général Younès, avait reçu Malko immédiatement, dans sa belle villa, à peine effleurée par les combats de la veille.

Il l'avait écouté scrupuleusement avec un intérêt grandissant.

– Je ne peux pas prendre une telle décision tout seul, conclut Abdel Razik. Seul le responsable de notre tribu peut le faire. Mais je pense qu'il vous écoutera.

– Quand ?

– Si vous le souhaitez, je peux vous conduire à lui maintenant.

– Je le souhaite, dit Malko. Le temps nous est compté

Tandis que le neveu du général Younès allait se préparer, il se dit que, si Dieu était de son côté, Peter Farnborough allait être vengé.

Et qu'il y aurait quelques *Takfiri* de moins en Libye.

CHAPITRE XXIV

Cyntia Mulligan et Ibrahim Al Senoussi se regardaient en chiens de faïence, de part et d'autre d'une des tables de l'arrière *lounge* du Ouzou. Encore essoufflée par sa course, elle avait descendu les quatre étages à pied. Cyntia fixait son amant d'un air mauvais.

– Remonte ! ordonna celui-ci. Il faut qu'on parle...

– Sûrement pas, je n'ai pas envie que tu me tues... D'abord, je n'ai rien fait, j'ai juste voulu t'agacer. Cet homme n'est rien pour moi.

Le Libyen ne demandait qu'à la croire... Il se radoucit.

– Je te crois. Mais je ne veux pas rester ici, je veux retourner au Caire. Tu es d'accord ?

C'était bien la seule chose sur laquelle Cyntia était d'accord avec lui.

– Bien sûr ! confirma-t-elle.

– OK, je vais régler le problème. Sans les Américains.

Il se leva et gagna la réception où officiait un jeune Libyen passablement abruti, qui ne sembla pas apte à lui trouver ce qu'il lui demandait. Comme Ibrahim Al

Senoussi allait renoncer, un jeune homme à la barbe bien taillée, souriant, s'approcha de lui.

— *Salam Aleikoum*. Vous cherchez un taxi pour aller au Caire.

— Oui. Pourquoi ?

— Moi, j'ai une voiture. Une grosse Chrysler, j'ai déjà conduit des journalistes au front. Mon frère m'accompagnerait parce que c'est très loin, et il vaut mieux avoir deux chauffeurs.

Ibrahim Al Senoussi n'en croyait pas sa chance.

— Quand pourriez-vous partir ?

— Inch Allah, dans un jour ou deux. Il faut préparer la voiture.

— Vous prenez combien ?

Le jeune homme eut un sourire rassurant.

— Pas cher. Cela dépend. Vous êtes combien ?

— Deux.

— Alors, ce sera 1000 dinars. Il faut prendre une assurance spéciale pour l'Égypte à la frontière. C'est un peu cher.

— Très bien, approuva Ibrahim. Voilà mon portable. Appelez-moi dès que vous serez prêt. Donnez-moi aussi votre portable.

Dès que ce fut fait, il alla retrouver Cyntia.

— Nous partons dans deux jours, au plus tard, annonça-t-il.

La jeune femme se détendit d'un coup. Une partie de ses angoisses s'envolait.

— Bravo, approuva-t-elle presque tendrement.

— Bien, dit Ibrahim, on remonte.

Cette fois, elle le suivit. Tout en sachant qu'il allait

sûrement vouloir célébrer cette bonne nouvelle en s'agitant un peu sur elle.

C'était le prix à payer.

À peine dans la chambre, quand il la plaqua contre le mur, se pressant contre elle pour lui faire sentir le gros bâton de chair dressé le long de son ventre, elle ferma les yeux et se mit à penser à l'homme dont elle était amoureuse.

* * *

Le vieil homme à la barbe carrée, drapé dans une *galabeya* marron, accoudé à des coussins dans la pièce nue, à part un grand écran plat, écoutait Malko avec attention. Une grande carte avait été déployée devant eux, tout l'est de la Libye, avec les différentes routes partant de Benghazi.

Le Libyen avait écouté l'offre de Malko, opinant de la tête, entouré d'une demi-douzaine de cousins, le « conseil d'administration » de la tribu des Obeidi. Il rompit le silence.

– Votre idée est très séduisante, approuva-t-il. Nous venger de ceux qui ont assassiné sauvagement le général Younès est notre vœu le plus cher, mais le plan que vous avez imaginé est très compliqué à mettre en œuvre.

– Pourquoi ? demanda Malko.

– L'idée de passer par Ajdabiya pour emprunter ensuite la route directe pour Tripoli est bonne. Il n'y a que du désert des deux côtés et aucune agglomération. Seulement, il y a de la circulation, dans les deux sens. Il est impossible de bloquer la route par des travaux.

– Vous avez une autre idée ? demanda Malko.

– Non, avoua le Libyen, il faut réfléchir. Il faut aussi tout savoir de leur parcours, l'itinéraire et l'horaire. Sinon, cela risque de se retourner contre nous…

Le vieil Arabe se servit un peu de thé et, devant la déception manifeste de Malko, assura :

– Je vais prendre des conseils et voir comment nous pouvons nous procurer ce dont nous avons besoin.

– Le temps presse, souligna Malko.

Le Cheikh sourit dans sa barbe.

– Seul Allah est maître du temps.

Il se releva, signifiant la fin de l'entretien et étreignit Malko qui quitta la pièce, escorté par le « cousin » qui l'avait amené.

En montant dans sa Hyundai, le jeune homme assura :

– Cheikh Hassan est un homme très prudent, mais je sais qu'il va tout faire pour réaliser votre plan. Il ne retrouvera la paix que le général Younès vengé.

C'étaient, certes, des paroles encourageantes, mais pas des actes. Malko bouillait : il savait son idée excellente, mais effectivement, il manquait quelque chose.

Qu'il fallait trouver, à tout prix.

Pendant ce temps, le Toubou se morfondait dans le garage des Américains. On ne pouvait l'y garder indéfiniment. Sa famille allait découvrir sa disparition et se remuer…

Bien sûr, comme l'avait suggéré Ted, il était simple de lui tirer une balle dans la tête et de l'abandonner dans un coin de désert.

Dommage collatéral.

Cependant, cette solution répugnait à Malko qui n'était pas un assassin. En plus, le Toubou pouvait peut-être être encore utile.

Il n'avait pas résolu le problème lorsqu'il descendit de la voiture.

**

Tarik ralentit pour franchir l'étroite porte laissée ouverte dans la clôture entourant la ferme où s'était retranché Abu Bukatalla.

Vu de l'extérieur, c'était un simple trou dans l'enceinte de la ferme. Ne laissant rien deviner des deux postes de garde dissimulés derrière le mur, dotés chacun d'une mitrailleuse lourde prête à hacher les importuns.

Tarik stoppa, tout de suite l'entrée franchie, et attendit. Deux miliciens de la *katiba* vinrent inspecter son véhicule et lui posèrent quelques questions. Ensuite, l'un d'eux monta à côté de lui pour le conduire à Abu Bukatalla.

Celui-ci était installé derrière un bureau dans une pièce nue, avec quelques gardes du corps assis à même le sol.

De nouveau, Tarik dut subir une fouille. Même si c'était l'un des leurs, la méfiance était de règle.

En Libye, on « retournait » facilement les gens… Avec de l'argent ou d'autres arguments.

Rassuré, le chef de la katiba vint s'asseoir avec le nouveau venu, sur un tapis usé.

Tarik bouillait de lui apprendre la bonne nouvelle. Tandis qu'il parlait, l'Islamiste se sentit pousser des ailes.

– Allah t'a guidé ! dit-il. Tu vas les conduire. Qu'on me donne une carte.

On étala une carte devant eux et Abu Bukatalla posa le doigt dessus.

– Il ne faut pas que tu prennes la route du nord, celle qui passe par Darna, expliqua-t-il. Il y a beaucoup de circulation, des check-points et il est difficile de la quitter. Tu dois convaincre ton « client » de prendre la route directe qui va d'Ajdabiya à Tobrouk, à travers le désert.

» Là, on peut disparaître facilement, une fois la tâche accomplie.

» Sais-tu si les Américains les accompagneront ?

– Non, avoua Tarik.

Abu Bukatalla eut un geste insouciant.

– Inch Allah, s'ils sont là, on les tuera aussi…

Il se pencha à nouveau sur la carte. La route d'Ajdaniya-Al Adam, puís Tobrouk, était un long ruban rectiligne de 398 kilomètres, avec seulement deux agglomérations : Bir Tanjar et Bir Hakeim, où avait eu lieu une des plus féroces batailles de la Seconde Guerre mondiale, entre l'Afrika Korps et les Français.

À part cela, il n'y avait que du désert, plat et rocailleux, avec quelques pistes de part et d'autre. C'était l'endroit idéal pour une embuscade.

L'Islamiste posa l'index sur un point de la route. L'embranchement d'une piste en dur venant du nord et de la route Ajdabiya-Tobrouk.

– Nous pourrons arriver par là, dit-il, et les attendre le long de la route. Ensuite, nous avons plus de deux cents kilomètres pour agir.

Il se tourna vers Tarik.

– Maintenant, tout dépend de toi, mon frère, tu dois les convaincre d'emprunter cet itinéraire.

Tarik hocha la tête.

– Je ferai de mon mieux. Il me faut une voiture puissante. La Chrysler.

– Pas de problème, affirma Abu Bukatalla. Ton frère t'accompagnera. Tu vas repartir avec la Chrysler. Il faut que tu partes le matin tôt, de façon à te retrouver sur la grande route vers neuf heures…

Il se leva et étreignit Tarik.

Grâce à lui, il allait pouvoir accomplir ce qui semblait impossible.

**

Cyntia était radieuse.

– Nous partons après-demain à sept heures ! annonça-t-elle.

Malko venait de retrouver le couple dans le hall du Ouzou. La jeune femme rayonnait.

– Très bien, dit-il. Je vais faire en sorte que vous ayez une escorte. Au moins tant que vous êtes dans la zone d'action d'Abu Bukatalla. Qui vous conduit ?

– Quelqu'un qui nous a proposé le voyage, à l'hôtel. Il travaille avec des journalistes. Il a une grosse voiture. Il nous a dit qu'il fallait environ quinze heures pour le trajet, y compris le passage de la frontière avec l'Égypte. Nous allons gagner du temps en prenant la route directe Ajdabiya-Tobrouk. On y roule, paraît-il, mieux. Et c'est vraiment le désert... J'aime le désert.

Inutile de discuter.

Malko était plutôt déçu. Non seulement il ne pourrait éliminer le *Takfiri*, mais les rêves de royauté d'Ibrahim Al Senoussi s'envolaient.

Il n'avait plus rien à faire à Benghazi.

– Puis-je venir avec vous ? demanda-t-il. Jusqu'au Caire.

Cyntia répondit avant qu'Ibrahim Al Senoussi eût le temps d'ouvrir la bouche.

– Bien sûr...

– Je vais avertir mes amis américains, précisa Malko. Je serai là à six heures et demie, après-demain.

Il avait un goût amer dans la bouche en roulant vers sa « base ».

Ted l'acceuillit avec le sourire et écouta son plan, les sourcils froncés.

– Faites attention, la route Adjabiya-Tobrouk est peu fréquentée. C'est curieux qu'ils passent par là. S'ils ont un pépin mécanique, c'est ennuyeux. On vous donnera deux Cherokee qui vous accompagneront aussi loin que possible.

» Vous êtes certain de vouloir partir aussi ?

– Je n'ai plus rien à faire ici, trancha Malko.

– *As you like*. Qu'est-ce qu'on fait du négro ?

Malko avait complètement oublié le Toubou. Il savait que Ted le considérait comme mort, cependant il lui répugnait de le voir se faire liquider. Ce n'était qu'un petit trafiquant qui n'avait rien fait pour leur nuire. Il eut soudain une idée.

– Prêtez-le-moi tout à l'heure.

– Pour quoi faire ?

– Je veux lui demander quelque chose, lui montrer quelqu'un.

» *Just a long shot.*

– Pas de problème.

***

Malko s'était posté juste avant la rampe partant d'Urubah road pour gagner le Ouzou. Sur un terre-plein libre.

Le Toubou était à côté de lui, menotté, n'en menant pas large et deux « baby-sitters » occupaient les sièges arrière de la Ford bleue.

Une grosse voiture bleue ralentit pour emprunter la rampe.

– Attention ! lança Malko au Toubou. Regardez bien la voiture qui va passer et ses passagers.

Il était l'heure du rendez-vous donné par Ibrahim Al Senoussi : il devait s'agir du véhicule qui devait les emmener au Caire… Son conducteur parlementa avec les soldats du check-point sous leur parasol « nationa-liste » et l'un d'eux souleva la barrière pour le laisser s'approcher de l'hôtel.

La Chrysler stoppa devant l'entrée et un homme en sortit. Le Toubou se tourna vers l'arrière et dit quelques mots en arabe.

– Il connaît cet homme, traduisit Ted. Il fait partie de la *katiba* d'Abu Bukatalla.

Soudain, Malko reconnut l'homme à qui le vieux

Toubou avait remis de l'argent, devant le restaurant Venettia.

Le lien était établi. Il venait d'obtenir la preuve de ce qu'il soupçonnait : Abu Bukatalla était en train de monter un piège à Ibrahim Al Senoussi.

— On s'en va, dit-il. On rentre à la maison.

Ibrahim Al Senoussi se reposait dans sa chambre avec Cyntia. À l'*Ouzou*, il n'y avait ni piscine, ni aucun lieu agréable et rien à faire en ville... Le téléphone grelotta. C'était la réception : un certain Tarik voulait le voir.

— Je descends, dit le Libyen.

Il avait demandé à son chauffeur de lui montrer la voiture qui devait les emmener au Caire, pour s'assurer qu'elle n'était pas pourrie.

Tarik attendait à la réception, rayonnant.

— La voiture est dehors, annonça-t-il.

Ibrahim Al Senoussi le suivit : une grosse Chrysler bleue était garée devant l'escalier de l'hôtel.

Un second homme se trouvait au volant. Tarik le présenta.

— Mon frère. Il vient avec nous, la voiture est à son nom.

Ibrahim Al Senoussi inspecta le véhicule qui semblait en bon état, y compris les pneus. Sursautant quand même devant le kilomètrage : 112 732 kilomètres.

— Elle est très bien entretenue, affirma Tarik et nous avons deux pneus de secours. La clim marche.

C'était la moindre des choses.

Satisfait, Ibrahim Al Senoussi confirma son départ.

– Soyez là à sept heures pile. Nous serons trois. Un ami vient avec nous.

Tarik ne broncha pas, et repartit au volant de la Chrysler.

***

Comme la dernière fois, Abdel Razik, le neveu du général Younès, avait conduit Malko au QG de la tribu. Où il avait dû attendre, le chef étant en réunion. Ils se prêtèrent à la cérémonie du thé et le vieil homme demanda :

– Avez-vous du nouveau ?

– Oui, dit Malko, je sais quand partira Ibrahim Al Senoussi, je connais son itinéraire et j'ai la preuve qu'Abu Bukatalla va tenter de l'assassiner.

Le Cheikh des Obeidi écouta attentivement ses explications puis se lança dans un long discours en arabe pour le traduire à ses voisins. Ce qui prit pas mal de temps. Suivit une discussion animée, puis le vieux Cheikh reprit la parole en anglais.

– Cela change tout. Nous avions réfléchi à une façon de procéder, mais il nous manquait des éléments. Désormais, cela semble possible.

» Voilà comment nous pouvons faire...

Malko écouta et finalement, approuva.

– Votre plan est parfait.

– Évidemment, cela peut rater et dans ce cas, notre ami y laissera la vie, reconnut le vieux Cheikh, mais c'est la seule façon de procéder...

– J'y laisserai aussi la mienne, corrigea Malko, car je fais le voyage avec eux.

Le Cheikh demeura impassible.

– Vous êtes un homme courageux. Nous avons juste le temps de tout préparer.

» *Inch Allah*, nous nous reverrons peut-être. Sinon…

Malko lui tendit la main.

– Peu importe, pourvu que ce plan fonctionne.

Si c'était le cas, il avait résolu la quadrature du cercle.

***

Malko n'avait ni faim ni sommeil. Dans quelques heures, il saurait si son quitte ou double avait fonctionné.

Dans l'hypothèse négative, il n'existerait plus. C'était un élément qu'il avait toujours escompté sans le souhaiter. Au moins, personne ne pourrait lui reprocher son échec.

Le vieux Toubou avait réintégré son garage. Malko avait obtenu de Ted qu'il soit relâché le lendemain. Avec les menaces nécessaires pour qu'il ne parle pas.

D'ailleurs, il ne savait pas grand-chose.

***

Il faisait déjà jour depuis longtemps et les gens se pressaient dans la *breakfast-room* de l'Ouzou. C'est là que Malko rejoignit Ibrahim Al Senoussi et Cyntia. La jeune femme portait un jean moulant à souhait, des bottes et un chemisier vert ajusté. Maquillée comme pour aller au bal.

Malko partagea un mauvais café avec eux. Ibrahim Al Senoussi était nerveux.

– Qu'est-ce qu'il fait ? grommela-t-il.

Presque aussitôt, Tarik, le chauffeur, apparut, souriant et poli, refusant même un café.

– La voiture est prête, annonça-t-il. J'ai fait charger vos bagages. Nous pouvons partir quand vous voulez.

Ils étaient déjà debout.

La Chrysler bleue était garée devant le perron de l'hôtel, en compagnie de deux Cherokee blanches sans plaques. L'escorte de la CIA.

Tarik ne sembla pas les voir et Malko expliqua.

– Ils vont nous escorter jusqu'à l'embranchement d'Ajdabiya.

Cinq minutes plus tard, le petit convoi s'ébranlait sous le regard nonchalant d'un élégant chat à la maigreur presque aristocratique, juché sur le perron.

Direction Urubah road, la route de Brega et de Ras Lanouf. Il y avait beaucoup de circulation et ils ne roulaient pas très vite. Ensuite, sur la partie rectiligne, après le dernier check-point, ils accélérèrent, passant devant les carcasses de blindés de l'armée khadafiste. Dont l'obusier monté sur chenilles où Malko et Cyntia avaient dû se réfugier.

Celui-ci était à l'avant, à côté du chauffeur. Cyntia et Ibrahim Al Senoussi occupaient la banquette arrière et le second chauffeur était au fond.

Personne ne disait mot. Ibrahim tenait la main de Cyntia.

Malko, derrière ses lunettes noires, inspectait le paysage, tout en sachant qu'ils ne se trouvaient pas encore dans la zone dangereuse. Beaucoup de pick-up lourdement armés parcouraient la route, dans les deux sens.

Une heure et demie plus tard, les maisons commencèrent à se faire plus nombreuses : ils arrivaient à Ajdibiya. La fin de l'autoroute qui contournait la ville, et se terminait un peu plus loin.

Tarik ralentit. Pas un panneau routier. Pourtant, il ne rata pas l'embranchement qui filait vers l'Est, passant devant une station-service encombrée : après, il n'y avait plus rien pendant quatre cents kilomètres...

Malko entendit des klaxons. Un bras s'agitait émergeant de la première Cherokee.

L'adieu des Américains.

Les deux 4X4 firent demi-tour. Malko les regarda s'éloigner dans le rétroviseur. Désormais, ils étaient seuls. Ibrahim et Cyntia ignoraient qu'en croyant rouler vers la liberté, ils se dirigeaient peut-être vers la mort. Malko avait dans sa sacoche un Beretta 92 offert par Ted.

C'était modeste.

Tarik accéléra. La route s'étendait sans un virage sur des centaines de kilomètres. Ils croisaient peu de véhicules. À gauche, le désert, à droite, le désert, avec au fond quelques vagues moutonnements. Ceux du *Minjakat Umm Kihuwari*, un massif montagneux. Une zone totalement déserte et inhospitalière, comme la plus grande partie de la Libye.

La route semblait se gondoler sous le soleil.

Malko calculait mentalement la distance parcourue.

Au bout d'une heure, il aperçut sur sa gauche une piste s'enfonçant dans le désert. Probablement celle de Saurinu. Il se raidit. Si quelque chose se passait, ce serait dans cette zone...

Rien n'arriva jusqu'à ce qu'il aperçoive sur leur droite, derrière eux, un nuage de poussière.

Son pouls grimpa au ciel.

Le nuage de poussière se résorba et il devina plusieurs véhicules qui venaient d'atteindre la route goudronnée venant de la piste.

Sûrement l'armada d'Abu Bukatalla.

Lancée à leur poursuite. Cyntia et Ibrahim Al Senoussi n'avaient rien vu. Soudain, un camion citerne apparut devant eux, les forçant à ralentir, car il tenait toute la route.

La vitesse tomba à soixante.

Malko se retourna. Désormais, il pouvait identifier les véhicules qui roulaient derrière eux : une colonne de pick-up. Devant, le camion-citerne roulait toujours aussi lentement. Tarik se mit à klaxonner furieusement. Derrière, les pick-up se rapprochaient.

Alors qu'ils n'étaient plus qu'à une centaine de mètres, le camion-citerne accepta enfin de déboîter ! Tarik le doubla avec un coup de klaxon furieux, mais, curieusement, n'accéléra pas beaucoup. Comme s'il s'était endormi.

Malko était tendu comme une corde à violon.

S'il voyait dans le rétroviseur pointer le museau d'un pick-up en train de doubler le camion, il savait que sa vie s'arrêterait bientôt.

**

Abu Bukatalla fixait la route, sa Kalach à crosse pliante sur les genoux. Remerciant ce formidable cadeau d'Allah. Il allait éliminer Ibrahim Al Senoussi, et en prime un agent de la CIA.

Inespéré.

Les huit pick-up occupaient le centre de la chaussée, empêchant d'autres véhicules de doubler.

Soudain, ils arrivèrent derrière le camion-citerne. Le chauffeur du *Takfiri* klaxonna. Le camion ne se rangea pas.

– Le chien ! gronda Abu Bukatalla.

Il roulait désormais à une dizaine de mètres derrière le camion. Une odeur inattendue frappa soudain ses narines. Il lui fallut quelques secondes pour l'identifier. Cela sentait l'essence. Il se tourna vers son chauffeur.

– On a une fuite ?

Se rendant compte aussitôt de son erreur : tous ses véhicules roulaient au diesel…

Devant lui, la chaussée semblait étrangement humide. Il n'eut pas le temps de se poser de question. Une voiture arrêtée sur le bas-côté de la route, venait de surgir dans son champ de vision.

Un homme se trouvait debout à côté.

Juste comme le camion venait de le dépasser, il leva le bras et jeta quelque chose sur la chaussée, se plaquant aussitôt contre le sol.

Abu Bukatalla poussa un hurlement.

– Stop !

C'était déjà trop tard : tout le convoi était enveloppé dans une nappe de feu !

La route s'était mise à brûler, sur plus de cent mètres ! Des flammes orange et rouge qui enveloppaient les pick-up.

Abu Bukatalla vit des flammes monter le long des parois de la cabine de son pick-up.

Le chauffeur, ne sachant que faire, eut le mauvais réflexe d'appuyer sur le frein. Aussitôt, les flammes enveloppèrent le véhicule.

La peinture brûlait, l'huile brûlait, un nuage noir obscurcissait le pare-brise.

Abu Bukatalla ouvrit la portière et sauta à terre. Se transformant instantanément en torche vivante.

Les flammes venant de l'essence répandue à profusion sur la chaussée par le camion-citerne, se nourrissaient de tout…

La colonne était désormais immobilisée. Les munitions de certains pick-up commencèrent à exploser. Les hommes tentaient de s'enfuir mais étaient rattrapés par les flammes.

Le camion-citerne était loin, presque invisible.

Un énorme nuage de fumée noire s'élevait de la route, visible à plusieurs kilomètres.

***

Le Cheikh Hassan Obeidi remontait la colonne des pick-up en flammes, roulant sur le bas-côté de la route, assez loin pour ne pas être atteint par l'incendie. Ses deux canons de 23 millimètres arrosaient systématiquement les véhicules immobilisés et leurs occupants.

Hurlant à pleins poumons.

« *Ilaha Illallahi* [1] *!* »

C'était bon de savourer sa vengeance.

Il s'arrêta, ses magasins vides. Le temps qu'on les lui recharge, il repartit en sens inverse, pour un second passage inutile : tous les miliciens d'Abu Bukatalla étaient morts, grillés ou abattus par lui.

Au passage, l'homme qui avait jeté la grenade incendiaire, destinée à enflammer l'essence répandue sur le bitume par le camion-citerne, le salua joyeusement.

Ils avaient dépensé plusieurs centaines de litres d'essence mais le résultat en valait la peine... Ironie du sort : cette essence venait juste d'être livrée par un pétrolier qatari, allié d'Abu Bukatalla.

Malko se sentait détendu comme après un bon massage. Le nuage de fumée noire continuait à monter dans le ciel derrière lui.

Tarik serrait les mains sur le volant, le regard fixé obstinément sur la route. Malko lui lança gentiment.

- *You're OK, Tarik* ?

Le chauffeur ne répondit pas, se contentant d'opiner de la tête.

Cyntia s'était retournée.

– Qu'est-ce que c'est, derrière nous ? demanda-t-elle.

– Ce doit être un accident, répondit calmement Malko.

Il serait toujours temps de lui expliquer. Ils échangèrent un long regard et il se dit qu'il avait hâte d'être au Caire.

1. Il n'y a d'autre Dieu qu'Allah.

Commandez
sur le Net :
toutes nos collections

habituelles

SAS

BRIGADE MONDAINE   L'EXECUTEUR

POLICE DES MOEURS

BLADE...

et les **NOUVEAUTÉS**

COLLECTION **REGIOPOLICE**

CERCLE POCHE **CLASSIQUES**

COLLECTION **FRISSONS**

LE CERCLE POCHE

EN TAPANT

WWW.EDITIONSGDV.COM

BON DE COMMANDE

LE LIVRE QUE

VOUS N'AUREZ

JAMAIS FINI

DE LIRE

Je désire recevoir à l'adresse ci-dessous ...... exemplaires du titre
L'Anthologie érotique de SAS

au prix unitaire ttc de 7,35 euro pour un total de .... euro
et je règle ma commande par chèque joint à la présente

Nom:...........................…..Prénom......................…

Adresse...

....

Code postal.................Ville................................

Paiement par chèque à
éditions Gérard de
Villiers
14, rue Léonce Reynaul
75116 Paris
Tél. 01 40 70 95 57

PORT OFFERT !

Impression réalisée par

à La Flèche (Sarthe), le 16-12-2011

Mise en pages : Firmin-Didot

ÉDITIONS GÉRARD DE VILLIERS
14, rue Léonce Reynaud - 75116 Paris
Tél. : 01-40-70-95-57

N° d'impression : 67022
Dépôt légal : décembre 2011
Imprimé en France